Die Schneekugel

von Inge Pflüger

Ein Märchen für Erwachsene

Kema - Verlag

Pflüger, Inge
Die Schneekugel - Ein Märchen für Erwachsene
Stuttgart, 1998

ISBN 3-933489-13-X

Layout und Satz:
Kema - Verlag
I.Pflüger/J.v.Wackerode GbR
Zürnstraße 4
D-70563 Stuttgart
Tel.: (0711) 735 26 07

Druck und Vertrieb:
Georg Lingenbrink GmbH & Co.
Stresemannstraße 300
D-22761 Hamburg
Tel.: (040) 85 39 8-0

Meinen lieben Eltern
gewidmet

Danksagung

Es gibt sehr viele Menschen, die mir geholfen haben dieses Buch schreiben zu können. Allen voran gebührt meinem besten Freund Joachim v.Wackerode der meiste Dank. Für finanzielle Unterstützung, das Mut machen und den Glauben an mich. Auch bei meinem Bruder Hans, meinem Cousin Hans-Peter Kieß, meinen Freundinnen Olga, Antara, Elke, Sonja, Petra, Heide und Judit möchte ich mich ganz herzlich bedanken.

Vorwort

von Walter-Jörg Langbein, Schriftsteller und Journalist

Liebe Inge!

"Die Schneekugel" ist ein Märchen zum Träumen, innerlich und äußerlich schön. Ich lasse es immer wieder mit Genuß auf mich wirken und bin dankbar für die Gewißheit, die es mir schenkt: unsere Welt, die wir tagtäglich erleben und wahrnehmen, ist nicht die alleinige Welt. Es gibt noch mindestens eine andere - die der Schneekugel.

Viele von uns meinten, wenn wir je darüber nachdachten, daß die Welt der Feen, Elfen und Zwerge für immer und ewig verlorengegangen ist. Indem wir "Die Schneekugel" - Ihr so wichtiges Märchen - lesen, wird uns klar, daß sie immer noch da ist, daß wir nur verlernt haben, sie wahrzunehmen. Es ist, als ob wir, die wir uns so viel darauf einbilden, "Erwachsene" zu sein, das sind, was mensch herablassend als "infantil" zu bezeichnen pflegt. Wir bilden uns ein, alles zu sehen, was es um uns herum und in der Ferne gibt.....und müssen doch endlich lernen, daß wir die Augen zukneifen, nur um nicht wahrnehmen zu müssen, wie bunt und im besten Sinne skurril die Wirklichkeit ist.

Gott sei Dank öffnet uns "Die Schneekugel" wieder die Augen - ein "Wintermärchen", das natürlich sehr viel mehr ist als das, nämlich ein Schlüssel zur Anderswelt. Aber ist es wirklich eine andere Welt, losgelöst von der unsrigen? Erkennen wir nicht vielmehr, daß wir bisher nur einen recht bescheidenen Ausschnitt der großen, weiten wirklichen Welt wahrgenommen haben? Es lohnt sich nicht wirklich, über diese Frage ausgiebig zu diskutieren. Statt dessen sollte und kann mensch "Die Schneekugel" immer wieder und wieder mit wachsendem Gewinn lesen.

Lesen können - dazu fällt mir etwas ein. Ich erinnere mich gut daran, wie ich als kleiner Pimpf meine liebe Uroma, die herzensgute Hedwig, immer wieder so lange nervte, bis sie mir bereitwillig ein Märchen vorlas. Bald lernte ich selbst die Kunst des Lesens - und konnte doch bald schon nicht mehr wirklich lesen. Lesen, das wurde etwas Wichtiges, etwas, das mit wohliger Freude nichts mehr zu tun haben durfte. Les-bar war nicht mehr das, was angeblich alberner Kinderkram war, sondern seriöse, oft langweilige Literatur. So gingen Jahre, ja Jahrzehnte ins Land. Ich wurde selbst "Schriftsteller". Natürlich las ich sehr viel, fraß mich förmlich durch Berge von wichtiger Fachliteratur, so wie ein Bergarbeiter Kohle oder Erz aus den Tiefen der Erde holt. Lesen degenerierte bei mir zum Aneignen von Fakten. Sicher: Kohle und Erz sind wichtig für unser tägliches Leben. Aber es gibt doch so viel mehr!

Irgendwo aber war so etwas wie eine Flamme der Sehnsucht nach anderem Lesen, die einst aufkeimte, als mir meine Uroma Hedwig Märchen vorlas. Ich fühlte in mir diesen Wunsch nach anderem Lesen. Die Flamme drohte zu erlöschen. Da begegnete mir "Die Schneekugel". Dieses wundervolle Märchen ist Labsal für die Seele. Es speist die Flamme der Sehnsucht nach jenem Lesen-Können, wovon man als Kind einst geträumt hat, als Buchstaben noch ein unergründbares Mysterium zu sein schienen!

"Die Schneekugel" zeigt uns, daß Lesen-Können eine wirkliche, eine unbesiegbare Macht ist. Dieses Märchen macht klar, daß es auch heute noch möglich ist zu erkennen, daß die Welt viel größer, viel bunter, viel schöner ist, als es graue Grantler wahrhaben wollen. Es verdeutlicht, daß jenseits jener Grenzen, die wichtigtuerische Wächter aufgebaut haben, die eigentliche Welt erst anfängt. "Die Schneekugel" ist eine wohlschmeckende Medizin, die grauen Grantlern wieder Farbe schenkt - und wichtigtuerischen Wächtern gute Laune. "Die Schneekugel" ist der Schlüssel in die Anderswelt. Und wenn wir uns dort erst einmal umgesehen haben, dann stellen wir glücklich fest, daß wir gar keine wirklich andere Welt betreten haben. Wir sind in der unsrigen geblieben. "Die

Schneekugel" hat nur - ausgestattet mit der unendlichen Kraft der Phantasie - dumme und vollkommen überflüssige Sichtblenden zum Einsturz gebracht. Sie hat uns beigebracht, daß Lesen so schön sein kann, wie wir es uns erträumt haben.
Wer sind nun aber die von mir erwähnten grauen Grantler und die wichtigtuerischen Wächter? Wer oder was sie auch waren, es lohnt sich nicht mehr über sie nachzudenken. "Die Schneekugel" hat sie weggefegt. Oder verzaubert - vielleicht in Clowns oder in Blumen?
"Die Schneekugel" schenkt jedem, der dieses wunderschöne Märchen liest, etwas Wertvolles zurück. Viele von uns haben dieser Fähigkeit, die ja einst jeder Mensch besaß, nachgetrauert. (Einst, das war nicht in ferner Vergangenheit, etwa zu Zeiten von Atlantis - sondern in unserer Kindheit!) Und was noch schlimmer ist: Nicht wenige von uns haben mehr oder minder vollkommen vergessen, was wir einst zu tun vermochten. Wir konnten einst nicht nur die Welt sehen, wie sie wirklich ist. Wir waren sogar dazu imstande, sie allein durch die Kraft unserer Gedanken zu verändern und umzugestalten, so daß sie so wurde, wie wir uns das wünschten. Und wie sie eigentlich ja auch sein sollte.

Da mag es Menschen geben, die diesen meinen Gedanken nicht folgen können, die mir nicht glauben wollen? Das mag sein! Jene Menschen freilich können "Die Schneekugel" nicht gelesen haben. Und das sollten sie schnell nachholen!

Es lohnt sich, in die Welt der Schneekugel einzutauchen. Mit wachsendem Gewinn kann man dieses wunderschöne Märchen immer wieder genießen. Und Inge Pflüger kann ich nicht, ihr muß ich von ganzem Herzen zu dieser echten Perle gratulieren! Herzlichen Glückwunsch und herzlichen Dank!

Ein Traum erfüllt sich

Es dämmerte bereits, als es endlich anfing zu schneien. Große, schwere Flocken wurden vom Wind heftig durcheinander gewirbelt. Binnen kürzester Zeit hatte alles einen weißen Überzug und, da es die Tage davor sehr kalt gewesen war, blieb er liegen. Den ganzen Tag "roch" es schon nach Schnee, die Wolkendecke war immer dichter geworden und nun entlud sich alles. Vermutlich würde es die ganze Nacht hindurch schneien, was mir nur recht war!

Von meinem kleinen, gemütlichen Sofa aus, hatte ich einen schönen Ausblick auf den Garten. Das Buch, in dem ich schon ein paar Stunden gelesen und von dem ich vergeblich gehofft hatte, es würde noch irgendwann interessant werden, hatte ich beiseite gelegt. Nun genoß ich in vollen Zügen das Bild, das sich mir darbot.
Unweit der Terrassentür, durch die ich hinaussehen konnte, stand der japanische Ahornbaum - mein Baum! Als ich dieses Haus, das schon längere Zeit zum Verkauf angeboten war, besichtigte und in den Garten hinaustrat, da war es der Baum, der vor allem den Ausschlag gab, es zu kaufen. Ich sah ihn und ich könnte schwören, ich hörte ihn sagen "Na, endlich bist du da! Willkommen Zuhause!".
Er begann gerade seine Blätter blutrot zu färben und noch immer trug er sie, es war eine Art, die bis weit in den Winter hinein ihre Blätter behielt. Im Japanischen gibt es, soviel ich weiß, sogar ein spezielles Wort für dieses Rot!
Es sah wunderbar aus, ein kräftiger Farbklecks inmitten der Brauns und Grüns der anderen Bäume. Nun allerdings war alles zugeschneit, nur hier und da leuchtete es rot.

Der Winter würde hart werden dieses Jahr, das spürte ich, mit sehr viel Schnee. Ich freute mich darüber wie ein kleines Kind, das war schon immer so gewesen. Früher saßen mein Bruder und ich im Herbst oft vor der Haustür, schnitzten an kleinen Stöckchen herum und versuchten den Schnee herbeizudenken.
Wir waren fest davon überzeugt, daß wir nur ständig "es schneit, es schneit" denken müssen und dann wird es wahr! Wer von uns beiden auf die Idee kam, weiß ich nicht, aber eine Zeit lang waren wir nur darauf konzentriert.

Beide hatten wir schon immer unseren Spaß daran gehabt, wie die meisten Kinder, doch ich denke, da war auch schon mehr, der Zauber einer unberührten Schneefläche, das Glitzern und Funkeln und natürlich dann die Aussicht auf Weihnachten. In dieser Zeit schien uns alles möglich, alles, was unsere Phantasie sich ausmalen konnte, war möglich. Wir schmiedeten Pläne für später, sprachen darüber wie wir unsere Häuser einrichten würden. Mein Bruder, in seiner Gründlichkeit, malte jedes einzelne Stockwerk, jedes Zimmer auf, genau nach meinen Anweisungen und ich sah es im Geiste vor mir!

Die Freude über Schnee, die Vorfreude auf Weihnachten, all dies habe ich mir bis heute bewahrt, für mich ist es eine wunderschöne Zeit. Andere schimpften jedesmal über den Winter, mir war es immer egal, ob es Nachteile brachte oder nicht. Die Schwierigkeiten zur Arbeit zu kommen, das frühere Aufstehen, die Kälte, all das konnte mich nicht hindern, mich zu freuen, sobald ich die erste Schneeflocke sah. Nun, mittlerweile war dies unwichtig geworden, ich arbeitete nicht mehr und konnte es um so mehr genießen!

Früher halfen wir oft meinem Vater im Winter beim "Schnee schippen", da mußte schon die ganze Familie herhalten. Unsere Eltern waren Hausmeister in einem Gymnasium und da gab es viele Wege, Einfahrten, Treppen und Höfe, die geräumt und gestreut werden mußten. Ich fand es immer aufregend, wir wurden früher wie sonst, noch fast mitten in der Nacht geweckt, standen auf und nach einem kurzen Frühstück gingen wir alle hinaus mit Schneeschaufeln bewaffnet und warm angezogen. Hinterher gab es dann noch einmal ein zweites, ausgiebiges Frühstück, das wir dann ziemlich ausdehnten.

Dies alles hatte einen besonderen Reiz, wir waren zwar alle müde, zunächst froren wir entsetzlich, aber nach einiger Zeit wurde uns warm durch das Arbeiten, wir wurden wacher und die Luft war herrlich! Und anschließend saßen wir beisammen, unterhielten uns und tranken Kaffee bis es für uns Zeit war zum Unterricht zu gehen. Dies änderte sich später, als mein Vater einen kleinen Traktor bekam mit einer Schneeschaufel vorne dran, in kürzester Zeit waren die Wege rund um die Schule geräumt. Eine ungeheure Arbeitserleichterung für meine Eltern, aber doch irgendwie schade, denn Spaß hatte es schon gemacht!

An dem Punkt meiner Gedanken angekommen, hielt ich inne und kam zurück in die Gegenwart. Ich würde wohl, wenn es so weiterschneite, nachher noch hinaus müssen, um den Schnee bei mir vor der Tür wegzuräumen. Das Haus lag zwar an dem Ende einer Sackgasse, so lief bei mir eigentlich niemand vorbei, es sei denn ein paar Kinder auf Entdeckungsreise, aber sicher ist sicher. Außerdem hatte ich keine Lust morgen früh so viel zu tun, ich wollte ja in aller Ruhe in die Stadt bummeln gehen.
Das Licht im Stövchen flackerte und ging zischend aus, ich öffnete hinter mir eine Schublade des antiken Schränkchens, auf dem eine ebenfalls sehr alte Lampe stand, holte ein neues Teelicht heraus und zündete es an.
Außer der Wärmeplatte mit der Tonteekanne darauf, stand auf dem Couchtisch vor mir noch ein Gesteck aus Tannenzweigen, leicht geschmückt, mit einer langen rosèfarbenen Kerze, die nun auch schon fast abgebrannt war.
Ich liebe es im Winter nur bei Kerzenlicht da zu sitzen und zuzuschauen wie es dunkel wird. Manche meiner Bekannten halten mich für hoffnungslos verträumt, andere wiederum meinen, ich wäre sehr hart, wenn es darauf ankäme und realistisch. Ich mußte grinsen, die wenigsten wußten nämlich, daß ich beides bin! Es gibt sehr viele extreme Gegensätze in meiner Natur, ich habe bisher nie damit Schwierigkeiten gehabt, aber sehr wohl manchmal mein Umfeld. Die meisten kannten nur zwei, drei Seiten von mir und waren sehr erstaunt, wenn sie etwas über meine anderen erfuhren. Aber das war mir sogar recht, denn obwohl ich sehr offen und zutraulich bin, gibt es doch noch sehr vieles, das ich für mich behalte und ich bin froh, daß kaum jemand mich wirklich genau kennt.
Ich trank einen Schluck Tee, seit dem Sommer trinke ich sehr viel Tee, vor allem grünen mit Kirscharoma und ab und zu Kräutertees. Früher trank ich fast ausschließlich Kaffee und das kannenweise!

Nun hatte ich es aufgeteilt, teils Kaffee, teils Tee und ich merkte, daß mir das gut bekam.
Bald würde die Teekanne schon wieder leer sein und ich müßte aufstehen, doch einstweilen kuschelte ich mich in meine Decke und schaute hinaus und beobachtete das Schneetreiben. Es war noch schlimmer geworden und es erschien mir fast wie eine weiße Wand, die sich bewegte, durcheinander wirbelte, leuchtete und ab und zu glitzerte.
Ich versank in den Anblick und plötzlich wurde mir so richtig bewußt, wie oft ich schon davon geträumt hatte genau dies zu tun - in meiner Bibliothek auf der Couch liegen, in den Garten zu schauen und zuzusehen wie es schneit!
Ich atmete tief und bewußt ein, ja, genauso, ganz genauso hatte ich es mir ausgemalt und nun, nun passierte es wirklich, ich war genau da, wo ich schon immer sein wollte! So oft hatte ich diese Szene vor mir gesehen in meinen Tagträumen und nun bin ich da! Meine Gedanken wanderten langsam zurück, ein paar Monate zurück zu einem sehr heißen Junitag...

Wir saßen im Wohnzimmer und rauchten gerade, nach dem Abendessen, eine Zigarette, der Ventilator war in Betrieb, wie schon längere Zeit den ganzen Tag über bis zur Schlafenszeit. Trotzdem war uns warm, die Luft in der kleinen Zweizimmerwohnung konnte man regelrecht schneiden. Es war heiß, stickig, meine drei Katzen lagen auch energielos herum, schliefen meist und fraßen kaum etwas!
Joachim stellte den Ventilator auf Stufe 2, ah, das war schon besser, und schnippte die Asche seiner Zigarette wieder einmal mehr neben wie in den Aschenbecher. Ich knurrte etwas, er grinste breit, woraufhin wir beide lachen mußten. Wir kannten uns wirklich sehr gut!

Bis vor etwa zwei Jahren waren wir zusammen gewesen, dann trennten wir uns, wohnten aber aus verschiedenen Gründen weiterhin zusammen. Zum einen hatten wir gemeinsam Schulden, ich hatte gerade meinen Job aufgegeben und nichts Günstiges in Aussicht, zum anderen verstanden wir uns als Freunde wirklich gut. Beide wollten wir uns nicht weiter verschulden und noch mehr

Schwierigkeiten haben, so dachten wir, dies sei die beste Lösung! Dies ging nun schon mehr oder weniger zwei Jahre lang gut, natürlich gab es die eine oder andere Schwierigkeit oder auch mal Streit, aber ansonsten klappte es gut und wir waren ganz zufrieden damit. Unsere Freunde dachten und hofften, wir würden wieder ein Paar, viele verstanden dies nicht, aber das war uns egal. Durch die Probleme, die wir im Laufe dieser Zeit hatten und gemeinsam bewältigten, wurde unsere Freundschaft enger und intensiver! Das Seltsame war, daß keiner von uns beiden in dieser Zeit einen dauerhaften Partner fand!

Ich suchte nach einer geeigneten Arbeit für mich, doch auch da passierten merkwürdige Dinge! Fand ich etwas Gutes, dann wurde ich nicht genommen, obwohl ich mir sicher war, daß ich die geeignetste Person war. Es war, wie wenn ständig jemand meine Pläne durchkreuzen würde und das Komischste war, ich wußte es jedesmal vorher!
Wir kamen dann überein, daß er das Geld verdienen würde, während ich mich eben um den Haushalt kümmerte bis sich etwas für mich ergeben würde. Irgendein Job wäre für mich nicht in Frage gekommen, ich hatte sowieso schon einen sehr langen Lebenslauf, so konnte ich mir mehr Arbeitsplatzwechsel nicht erlauben, um mir meine Chancen nicht noch mehr zu verderben. So ließ ich mir Zeit, wählte sorgfältig aus, doch es kam, wie so oft, ganz anders wie erwartet!

An diesem Abend, genauer gesagt, an einem Samstag abend im Juni, wußten wir noch nicht, was da alles in nächster Zeit auf uns zukommen würde. Hätte uns das jemand erzählt, ich weiß nicht, ob wir es geglaubt hätten.
Wir saßen zusammen, hörten Musik und sprachen über Alltagsdinge, über Joachims Tag, die schwierige Reparatur eines Lastwagens und dergleichen mehr. Plötzlich unterbrach er: "Oh, wir haben ja ganz vergessen nachzuschauen, ob wir im Lotto gewonnen haben!" Wir grinsten uns beide schief an, er stand auf um den Tippschein zu holen, während ich den Fernseher einschaltete und im Videotext die Lottozahlen heraussuchte. Er verglich und ich legte meine Patience, die ich vorher angefangen hatte, weiter,

obwohl schon abzusehen war, daß sie diesmal nicht aufgehen würde.
"Das gibt es doch nicht!" sagte Jo heiser, ich schaute auf und stellte fest, daß er ganz weiß im Gesicht war. Mir wurde komisch, als er mir den Schein hinhielt, ich begriff nicht recht. Ich kontrollierte die Zahlen, sie waren identisch! Mir wurde heiß und kalt, ich zitterte ein bißchen und sagte so wie Jo zuvor : "Das ist doch nicht möglich! Oder doch?"
Wie betäubt schauten wir uns nur stumm an, dann verglichen wir wieder und wieder die Zahlen - kein Zweifel, kein Fehler, wir hatten sechs Richtige im Lotto!
Auf einen Schlag gab es keinen Halten mehr, wir fielen uns um den Hals, hopsten herum, sprachen beide auf einmal, lachten und weinten gleichzeitig!
"Du, schau mal wie die drei uns angucken!" sagte auf einmal Jo lachend und wies auf meine Katzen, die alle dasaßen und uns verständnislos betrachteten. Ich knutschte jede einzelne ab und zeigte jeder den Tippschein, den sie zwar interessiert begutachteten, aber dann zum Schluß zu dem Ergebnis kamen, daß Frauchen eben gerade ihre spinnigen "fünf Minuten" hat. Sie verzogen sich in den Nebenraum, ja, und wir öffneten eine Flasche Krimsekt, die schon lange im Kühlschrank auf eine besondere Gelegenheit gewartet hatte.
Das war ein Abend! Da wir sowieso selten Alkohol trinken, stieg uns der Sekt ganz schön zu Kopf. Ich denke, wir redeten ziemlichen Blödsinn zusammen, aber das war unwichtig! Wichtig war, daß unsere Geldsorgen ein Ende hatten!
Natürlich versuchten wir unsere übergroße Freude etwas zu dämpfen, denn wir wußten ja gar nicht, wieviele ebenfalls die sechs richtigen Zahlen hatten und was wir im Endeffekt bekommen würden. Trotzdem waren wir aufgedreht und voller Vorfreude, denn es spielte keine allzu große Rolle, wir waren über jede Summe froh und unglaublich dankbar!
Die folgenden Wochen waren chaotisch, es ging drunter und drüber wie man so schön sagt! Es stellte sich nämlich heraus, daß wir die Einzigen mit sechs Richtigen waren und die Summe, die wir bekamen, war sehr hoch!

Nicht nur sämtliche Schulden konnten bezahlt werden, nein, auch reichte es gut aus, um uns beiden alle Wünsche zu erfüllen.
Joachim wollte eine Penthousewohnung mit Dachgarten und einen neuen Wagen und ich machte mich auf die Suche nach einem Haus mit Garten. Es gab so viel zu erledigen und zu besprechen, Joachim nahm noch einmal Urlaub und gemeinsam machten wir uns auf die Suche nach der Wohnung und dem Haus.
Ich war erstaunt, wie schnell alles abgewickelt werden konnte, er fand seine Traumwohnung so ziemlich auf Anhieb und ich mein Haus beim dritten Anlauf!
Zunächst wollte ich es mir eigentlich gar nicht ansehen, denn am Telefon wurde mir gesagt, daß der Besitzer eine Bedingung daran knüpfen würde.
Es war ein amerikanisches Ehepaar. Der Mann war in der Armee und wurde überraschend nach Hause abkommandiert, seine Frau war bereits mit der persönlichen Habe in die USA zurückgekehrt.
Das Problem war, daß sie zwei Hunde hatten, an denen sie sehr hingen! Sie wollten es ihnen nicht zumuten - die unvermeidliche Quarantäne und den Flug in die USA - aber in ein Tierheim wollten sie die beiden natürlich auch nicht geben. Also boten sie das Haus zu einem sehr niedrigen Preis an, mit der Bedingung, die Hunde zu übernehmen und Mr. Copeland schaute sich die Interessenten ganz genau an.
Ich war sehr skeptisch, als er mir am Telefon die Sache erklärte und gab zu bedenken, daß ich drei Katzen hätte, die es nicht gewohnt waren mit Hunden zusammenzusein. Ganz erstaunt war ich, als er bei meinen Worten begeistert ausrief: "Das ist ja phantastisch! Meine Hunde lieben nämlich Katzen sehr, sie wuchsen mit unseren beiden auf, die aber schon vor einem Jahr gestorben sind. Sie trauerten sehr um die beiden und tun das auch heute noch!"
Trotz seiner Beteuerung, daß es bestimmt gut gehen würde, war ich sehr mißtrauisch, da ich meine Katzen doch kannte. Die und sich mit Hunden anfreunden - nie und nimmer! Es schien mir unmöglich, doch ich ließ mich überreden, das Haus wenigstens mal anzusehen, ganz unverbindlich.
Von den Hunden wurde ich überaus freundlich begrüßt, vor allem die Größere schien von mir angetan zu sein, denn sie wich nicht

mehr von meiner Seite. Mr. Copeland führte Joachim und mich im Haus herum - es war ein Traum!
Wir verstanden uns auf Anhieb und redeten wie alte Freunde. Sie hatten eine Menge Geld und Zeit in das Haus investiert, die Einrichtung war ganz nach meinem Geschmack und ich war überaus entzückt zu hören, daß so ziemlich alles drin bleiben würde. Der Kaufpreis für dieses schöne Haus war vergleichsweise ein Witz und lag für mich im Bereich des Möglichen, ich hatte mir genau ausgerechnet, was ich für ein Haus maximal ausgeben dürfte, damit noch genug übrigbleibt, um von den Zinsen des Restgeldes leben zu können. Es war zwar etwas höher wie ich angesetzt hatte, doch dafür würden die Kosten für die Einrichtung wegfallen und renoviert wurde sogar auch im vergangenen Jahr. Ich konnte es kaum fassen, es war wie für mich bestimmt und als ich im Garten den japanischen Ahornbaum sah, drehte ich mich entschlossen zu Mr. Copeland um.
"John, ich will dieses Haus, es ist wunderschön!" sagte ich, "Doch, Sie wissen ja, meine Katzen, ich habe wirklich Bedenken, ob das gutgeht!"
Begeistert machte er mir einen Vorschlag, den ich nicht ablehnen konnte, da er einfach zu gut war! Er schlug vor, es einfach für ein paar Tage zu testen, ich sollte im Gästezimmer schlafen, die Katzen mitbringen und dann würde man ja sehen!
Und genau so machten wir es auch.

Das war ein Moment, als ich das Wochenende darauf mit drei mürrischen Katzen, die froh waren aus dem Korb zu kommen, dort ankam!
Die zwei Hunde, Bandit und Flake genannt, waren freudig aufgeregt, liefen herum und versuchten mit den drei Freundschaft zu schließen. Danny war überaus freundlich und beschnupperte die beiden, die sich sofort auf den Rücken legten, was sie sichtlich sehr reizend fand, denn sie schleckte beide einige Male über den Kopf!
Mikesch, mein kleiner schwarzer Teufel, war von diesen Demutsbezeugungen besänftigt. So war es für sie richtig, das Benehmen war angemessen und sie fing an sofort alles zu inspizieren. Das Haus wurde von oben bis unten durchsucht, jeder

Winkel mußte kontrolliert, jede Ecke begutachtet werden. Joachim hatte einstweilen die Katzentoiletten aufgestellt, es gab sogar extra einen kleinen Raum im ersten Stock für die Tiere. Zwei riesige Kratzbäume standen darin und hinten war abgeteilt der Platz mit den Näpfen für Hunde und Katzen mit einem Schrank für das Futter, daran anschließend, etwas verdeckt, konnten die Toiletten aufgestellt werden. Es war ausreichend Platz vorhanden, es gab eine richtige Toilette und ein Waschbecken, in dem man die Näpfe säubern konnte.
Mikesch folgte ihm nach oben und war hochbefriedigt, als sie die vielen Spiel- und Versteckmöglichkeiten entdeckte! Das war nämlich eines ihrer Lieblingsspiele, das Verstecken.
Jacky, das Nesthäkchen war sauer, oh, war diese Katze wütend am Anfang! Sie fauchte alles und jeden an und lief nur noch brummend herum, wobei sie besonders mir bösartige Blicke zuwarf!
Wie konnte ich nur, sie, ohne vorher zu fragen, aus ihrer gewohnten Umgebung herausholen und hierher bringen. Nicht genug, daß sie sich mit den anderen Katzen ständig konfrontiert sah, worauf sie liebend gerne verzichtet hätte, nein, jetzt setzte ich ihr auch noch solche riesigen Ungetüme vor die Nase, die nicht einmal Katzen waren, das war in ihren Augen schlicht der Gipfel der Unverschämtheit!
Besänftigen ließ sie sich erst nach längerer Zeit ein wenig von John, der sie umschmeichelte. "Siehste!" sagten mir ihre Augen. "Der weiß wenigstens was sich gehört!"

Nach einer extrem aufregenden Stunde, quartierte ich mich im Gästezimmer ein, es lag ebenfalls im ersten Stock und war gemütlich eingerichtet mit einem kleinen Sofa. Anschließend saßen wir drei zusammen und unterhielten uns noch stundenlang!
Es gab sehr viel zu lachen, denn Danny entdeckte den Garten und - Bäume! Sie liebt Bäume über alles und raste wie ein Eichhörnchen nach oben, wieder herunter und sauste zum nächsten Baum und so fort! Zwischendurch kam sie zu mir gerannt mit strahlenden Augen, gab mir einen Schubs mit dem Kopf, ein Schnurren war zu hören und ab war sie wieder, kaum, daß ich sie einmal kurz streicheln konnte!

Ich war erleichtert und ich sagte John so halbwegs schon zu! Wir hatten vereinbart, daß ich auf jeden Fall ein paar Tage bleiben sollte, damit wir das Ganze beobachten konnten.

Joachim verabschiedete sich dann, er hatte noch einiges zu tun in seiner neuen Wohnung. Zu dieser Zeit wohnte er schon etwa eine Woche darin, ein paar Wohnzimmermöbel waren erst am Tag zuvor geliefert worden, alles andere war schon da und eingeräumt. An diesem Wochenende wollte er dann den Rest verstauen und am Samstag noch Verschiedenes einkaufen für das Badezimmer und die Küche. Er hatte also noch eine Menge Arbeit vor sich!

Mikesch war ganz und gar nicht erfreut, als er ging, denn erstens hatte sie gerade so schön auf seinem Schoß geschlafen und zweitens hing sie sehr an ihm. Er durfte sie zwar meistens nicht streicheln, aber als Ruheplatz war er genau passend und außerdem konnte man herrlich mit ihm spielen und streiten.
Es dauerte aber nicht lange und sie spielte mit Flake Fangen und Verstecken. Ich sorgte mich zunächst, doch Flake war so vorsichtig und behutsam trotz ihrer Begeisterung, daß ich sehr schnell beruhigt war und mich wieder dem interessanten Gespräch mit John widmen konnte.
Es stand für uns fest, daß wir auf jeden Fall intensiven Kontakt halten würden, nicht nur wegen den Tieren, sondern auch, weil wir bald feststellten, daß wir dieselben Interessen und Hobbys hatten. Er sagte mir, er würde auch sehr gerne schreiben und da ich das ebenfalls immer gern getan hatte, war es jetzt schon klar, daß wir uns lange Briefe schreiben würden.
Von seiner Frau erzählte er mir schon so viel, daß ich dachte, ich würde sie seit ewigen Zeiten kennen. Die beiden kannten sich schon als Kinder und später verliebten sie sich und heirateten. Ich hätte nie gedacht, daß so eine "Sandkastenliebe" tatsächlich gut gehen würde, aber bei den beiden war das der Fall!

Jacky taute allmählich auf, wurde auch mir gegenüber wieder etwas friedlicher, doch mir war klar, daß sie noch eine Weile brauchen würde.

Sie hatte etwas gefressen und es anschließend wieder herausgewürgt, vorwurfsvoll schaute sie mich danach an, der Blick sagte: „Da! Schau`s dir an wie ich leiden muß und alles wegen dir!" Doch sie ließ sich von mir trösten und im Laufe des Abends schlief sie schließlich eng an mich gekuschelt ein.

Die darauffolgenden Tage waren einfach herrlich! Es gab so viel zum Reden und es war überaus spannend das Verhalten der Tiere zu beobachten.
Danny war schon am ersten Abend rundum glücklich gewesen und ihre Begeisterung hielt weiterhin an. Nachts schlief sie ganz erschöpft von all den Abenteuern im Garten und im Haus ein, sie fühlte sich vollkommen wohl und heimisch, das spürte man sofort! Die Hunde waren ihre Kameradinnen, die mit ihr spielten und auf sie aufpaßten, es war alles perfekt in ihren Augen.
Auch Mikesch war zufrieden, alles war nach ihrem Geschmack, sie zeigte es zwar nicht so deutlich, aber ihr Benehmen drückte vollste Zustimmung aus. Hier war sie und hier wollte sie bleiben!
Man merkte, daß die Hunde mit Katzen aufgewachsen waren. John erzählte, daß ihre zwei schon ziemlich alt waren, als sie die Hunde dazu nahmen. Und gerade dieser Umstand war es, der dazu führte, daß Mikesch sich mit ihnen verstand. Aus Gewohnheit vielleicht, Gutmütigkeit oder Nachsicht mit den Katzen, so genau konnte ich es nicht definieren, überließen sie ihr von Anfang an bereitwillig den Platz der Hausherrin. Genau dieses Verhalten war es, was sie erwartete und wünschte, somit waren alle zufrieden!

Ja, und Jacky gab auch den Widerstand auf, denn die widerliche Bestie Flake entpuppte sich als Retter in der Not.
Das kam so:
Im hinteren Teil des Gartens war ein kleiner Teich angelegt und da fiel sie hinein!
Warum, das konnten wir hinterher nicht mehr feststellen. Wir waren gerade im vorderen Teil des Gartens, als wir ein entsetzliches Katzengeschrei hörten. Erschrocken rannten wir nach hinten, auf das Schlimmste gefaßt, doch wir waren ziemlich überflüssig, denn Flake hatte sich wohl gleich hineingestürzt um ihrer Jacky das Leben zu retten.

Amüsiert beobachteten wir wie Jacky, die auf ihren Rücken geklettert war, herausgetragen, abgesetzt und abgeschleckt wurde. Letzteres gefiel ihr zwar nicht so sehr, sie wehrte sich allerdings nicht dagegen, war aber doch froh, als ich sie auf den Arm nahm und ins Haus trug.
Beide wurden trockengerubbelt und dann geschah das Wunder! Flake lag auf der Seite am Boden und Jacky kuschelte sich in ihr weiches Fell hinein, machte die Augen zu und schlief bald darauf ein.
Ich war sprachlos und obwohl ich mir ziemliche Gedanken gemacht hatte über die Gefahrenquelle im Garten, war ich dennoch ganz froh über die positiven Auswirkungen. Denn nun war es entschieden, wir würden bleiben!
Später zeigte sich die Sorge unbegründet, Jacky machte nun einen weiten Bogen um den Teich und die beiden anderen, die alles interessiert mit verfolgt hatten, hielten ebenfalls respektvoll Abstand.

Das war am Sonntag gegen Mittag gewesen, doch am Tag zuvor gab es noch eine kleine Aufregung! Bandit wollte endlich zu ihrem ausgiebigen Nachmittagsspaziergang aufbrechen, alles hatte sich etwas verschoben, da wir sehr spät aufgestanden waren. John holte die Leine und sie hopste ganz erfreut herum. Ich beschloß dazubleiben und ein Auge auf die anderen zu halten. Als sie bemerkte, daß ich nicht mitkommen würde, fing sie an zu winseln und lief zwischen John und mir hin und her. Schließlich ging sie dann doch mit, aber es war ihr gar nicht recht und die beiden waren bald wieder zurück!
So versuchte ich es sonntags dann alleine mit ihr und John sollte dableiben. Seltsamerweise gab es da keine Probleme! Dieses Verhalten fand aber schnell eine Erklärung. John`s Frau Lisa war hauptsächlich die Bezugsperson für die Tiere gewesen, sie war den ganzen Tag zuhause und Bandit schloß sich, hatte sie die Wahl, lieber einer Frau an!

Es gab keine Schwierigkeiten mit ihr während des Spazierganges, John hatte mir ihren gewohnten Rundgang genau erklärt. Wir liefen

zu den Wiesen und dem Waldstück, das fast um die Ecke lag und tollten dort recht lange herum.
Es war schon Anfang September gewesen, die Tage waren meistens schön und sonnig, doch es war empfindlich kalt geworden und abends mußte schon leicht geheizt werden. In der Sonne war es aber angenehm, die Luft war klar und frisch, es roch ein bißchen nach Holzfeuer. Als wir zurückkamen waren wir enger zusammengewachsen, hatte sie schon von Anfang an eine Vorliebe für mich gehabt, wurde es nun eine totale Anhänglichkeit. Bandit wich nicht mehr von meiner Seite, selbst wenn ich nur auf die Toilette wollte. Dann saß sie still davor und freute sich, wenn ich wieder herauskam.
Komischerweise hielt Flake nichts vom Spazierengehen, sie war ein absoluter Haus- und Hofhund! So wie John erzählte, hatte es Lisa oft versucht und dann irgendwann frustriert aufgegeben sie mitzunehmen. Flake, eine weiße Schäferhündin, kräftig gebaut, hopste lieber im Garten oder im Haus mit den Katzen herum. Sie war der perfekte Wachhund, nichts entging ihr und wehe, jemand würde versuchen die hohe Mauer zu erklettern um auf das Grundstück zu gelangen!
Am Abend war ein Essen mit Joachim und meinem Bruder Hans geplant. Ich wollte ihm alles zeigen und natürlich wissen, was er davon hält!
Es wurde ein lustiger Abend. John hatte etwas Leckeres gekocht, er war nämlich schon jahrelang ein Hobbykoch!
Vor dem Essen machten wir einen Rundgang durch das Haus und den Garten und Hans war ebenfalls begeistert von allem!

Die Zeit verging wie im Flug, John nahm zwei Tage Urlaub und wir regelten alles "Geschäftliche". Bis auf zwei Koffer wurde der Rest seiner Sachen verschickt und er wollte die letzten Wochen in einem Hotel verbringen, was ich ihm aber ausredete. So zog er dann erfreut ins Gästezimmer und ich räumte meinen umfangreichen Kram nach und nach ein.
Dann mußte die alte Wohnung renoviert werden und Anfang Oktober war auch dies erledigt! Es war schon ein seltsames Gefühl, als der Vermieter dann die Wohnung abnahm, ich die Schlüssel

abgab und ging! Ich hatte ja nun einige Jahre darin gewohnt und ich empfand es wie ein Abschluß eines Kapitels. Einerseits war da etwas Trauer und Wehmut, Erinnerungen tauchten auf, aber andererseits war ich überglücklich und freute mich auf das Neue!
Es hatte keine Beanstandungen gegeben und so kam ich langsam zur Ruhe!

Ich genoß den Herbst, ging oft lange mit Bandit spazieren!
Außerdem verfiel ich von einem Kaufrausch in den anderen, das war aber auch, vor allem bei der Kleidung, dringend notwendig! Auch war es ein tolles Gefühl einkaufen zu gehen ohne auf Preise achten zu müssen! Unter anderem legte ich mir einen Computer zu, ein Notebook, so konnte ich überall meine Briefe tippen. Das Textprogramm hatte jede Menge schöner Schriften, ich wußte zu Anfang gar nicht, welche ich zuerst ausprobieren sollte! Ich konnte damit auch eigenes Briefpapier gestalten oder früher gemalte Motive über den Farbscanner speichern, es war einfach phantastisch was man alles mit diesem Gerät anstellen konnte und ich saß häufig lange Zeit davor, probierte alles Mögliche aus, speicherte Bildmotive ab, bis meine Augen überanstrengt waren und ich aufhören mußte.

Oft saßen John und ich stundenlang beisammen, wenn er frei hatte. Wir unterhielten uns über alles Mögliche, philosophierten oder machten Spiele.
Ich fühlte mich ziemlich einsam, als er gegen Ende Oktober seine Koffer packte und nach Hause flog! Es war ein seltsames Gefühl, nun war ich das erste Mal ganz alleine in dem Haus und seit langem wieder einmal ganz alleine für mich! Ich benötigte doch einige Zeit, um mich an diese neue Situation zu gewöhnen, doch dann stürzte ich mich mit Feuereifer auf die Planung einer Einweihungsfeier.

Da Hans am 11. November Geburtstag hat, schlug ich ihm vor beides zusammen bei mir zu feiern. Er war einverstanden und so bereiteten wir gemeinsam das Fest vor. Es kamen viele Freunde und Bekannte, es wurde ein schöner Abend.

Schon bald darauf trudelte ein dicker Brief von John ein, er hatte ein bißchen Zeit gebraucht um sich einzuleben, auch mußte er natürlich noch vieles auspacken und einiges an schriftlichen Dingen erledigen. Von Lisa lag auch ein Brief bei, der fast nur aus Fragen bestand!
Sofort setzte ich mich hin und beantwortete beide Briefe sehr ausführlich!
Es gab auch eine Menge zu berichten. Alle Ideen, die ich früher hatte und aus Platzmangel nicht ausführen konnte, setzte ich nun nach und nach um.

Der Dachboden über dem ersten Stock war sehr groß, John hatte ihn ausgebaut und wollte eigentlich später darin eine Werkstatt einrichten. Er arbeitet nämlich sehr gerne mit Holz und wollte damit beginnen, Möbel selber zu bauen.
Dort breitete ich nun meine Mal- und Bastelsachen aus, ich stellte Tische auf, an denen ich basteln konnte, einen Brennofen leistete ich mir auch und belegte einen Töpferkurs an der Volkshochschule. Ich hatte Glück, jemand war abgesprungen und so konnte ich an dem Kurs teilnehmen, der nur ein Wochenende lang ging. Eine Einführung, die Grundtechniken, das reichte mir schon. Eifrig machte ich mich daran Müslischalen, Vasen, Salatschüsseln und vieles mehr zu töpfern. Später versuchte ich mich auch an einem Winterdorf mit Teich davor und einigen Tannen. In den Häusern konnte man Teelichter unten hineinstellen und in den Schornsteinen, die abnehmbar waren, Räucherkerzen. Nach mehreren fehlgeschlagenen Versuchen, vielen Flüchen, klappte es schließlich recht gut!
Das Tolle an der ganzen Sache war, ich konnte endlich mal alles einfach liegenlassen, wenn ich keine Lust mehr hatte daran weiterzuarbeiten. Früher in der kleinen Wohnung war so etwas unmöglich gewesen und ich konnte viele meiner Ideen gar nicht umsetzen, weil ich nicht wußte, wo ich es hätte hin räumen können damit meine Katzen nicht herankommen. Und jetzt konnte ich es liegenlassen und später weiterarbeiten.

Nächstes Jahr war ein Webkurs geplant und auf Ende November hatte ich einen Kurs für Weihnachtsbasteleien belegt.
Für alle Freunde, Brieffreundinnen und Bekannte hatte ich eine Liste mit Geschenken gemacht, jeder sollte zusätzlich noch etwas Selbstgebasteltes bekommen.
Weihnachten wollten wir, wie jedes Jahr, bei Hans feiern - nur er, Joachim und ich. Doch da gab es dieses Jahr auch eine Überraschung!
Eigentlich gleich drei, denn zunächst kam Joachim mit der Neuigkeit an, daß er gekündigt hatte und ab nächsten Herbst eine Ausbildung zum Kunstschmied beginnen würde. Er hatte schon lange vor etwas Kreatives zu machen und mit Metall arbeitete er sehr gerne. Eigentlich hätte er ja gleich beginnen können mit der Ausbildung, aber er wollte der Firma Gelegenheit geben einen Nachfolger für ihn zu finden und mithelfen diesen dann einzulernen, was ich sehr nobel von ihm fand!

Dann passierte etwas im Oktober, das unsere Pläne für Weihnachten umwerfen sollte, nur wußten wir es zu dem Zeitpunkt noch nicht.
Was geschah?
Joachim und Hans gingen in dieser Zeit öfter mal aus. In einer Musikkneipe lernten sie zwei Schwestern kennen, in die sie sich verliebten. Die vier trafen sich häufig und es entstanden feste Beziehungen.
Die eine, Martina, war die Ältere, Ruhigere und war mit Hans zusammen, die andere, Sarah, war etwas lebhafter und mit Joachim befreundet.
Ich mochte beide auf Anhieb und freute mich sehr für alle, sie paßten wirklich gut zusammen. Hin und wieder kamen alle vier zusammen zu Besuch und nach einiger Zeit auch beide des öfteren alleine.

Bei einem Besuch, nicht allzu lange vor Weihnachten, kamen wir auch auf den Weihnachtsabend und Silvester zu sprechen. Alle drucksten mit einem Mal so herum und warfen sich seltsame Blicke zu. Schließlich rückte Martina mit der Sprache heraus und erklärte, daß sie die Feiertage mit ihren Eltern im Allgäu verbringen wollten

und die beiden Freunde ebenfalls dazu eingeladen worden wären. Es war ihnen allen sichtlich peinlich, sie wollten mich auch nicht gerne alleine lassen. Sie hätten mich gerne mitgenommen, wußten aber, daß es schwierig werden würde jemand zu finden, der meine Tiere versorgen könnte, denn die meisten, die in Frage kämen, verreisten ebenfalls. Meine Reaktion jedoch beruhigte sie alle, sie dachten, ich wäre vielleicht enttäuscht oder gar böse, aber dem war nicht so.
Ich beschloß dieses Mal alleine zu feiern, ein seltsames Gefühl war das schon, aber irgendwie freute ich mich auch darauf!

Das Klingeln des Telefons riß mich aus meinen Gedanken heraus, ich griff nach dem Funktelefon, das neben mir lag, meldete mich - es war falsch verbunden!
Ich knipste die kleine Lampe an und räumte auf. Mein Magen knurrte und es war höchste Zeit mir etwas zu essen zu machen. Ein guter Spielfilm sollte auch demnächst laufen, also zog ich ins Wohnzimmer um.
Überall waren versteckte Lampen angebracht, die alles sanft erleuchteten. Ich mag es verschiedene, nicht zu grelle Lichtquellen zu haben.
Meinen Teller mit Gemüseeintopf, den ich in der Mikrowelle heiß gemacht hatte, nahm ich mit, ebenso eine Thermoskanne mit frischem Kaffee.
Die Sitzgruppe bestand aus einem Dreier- und einem Zweiersofa, die ineinander übergingen, und einem großen Sessel. Hinter dem Sessel begann die riesige Fensterwand mit Tür zum Garten hinaus. Vor den weit auf den Boden reichenden Fenstern zog sich links von der Tür eine Bank entlang mit üppig wuchernden Pflanzen, vielen Steinen, Kristallen und riesigen Drusen.
Davor nun war der Weihnachtsbaum schon aufgestellt, glücklicherweise konnte ich ihn mir ins Haus bringen lassen, er war viel zu schwer für mich zum Tragen. Die Lieferanten waren auch so freundlich gewesen ihn für mich aufzustellen!
Normalerweise war an dieser Stelle meine Kuschelecke mit vielen Kissen und einem kleinen, quadratischen Tisch mit Unterbau in der Mitte. Darin befanden sich verschiedene Gesellschaftsspiele. Außen herum standen riesige Pflanzen, fast könnte man sie Bäume nennen.

Dies war nun alles etwas nach hinten zusammengeschoben und davor stand der schöne, dichtgewachsene Baum. Darunter lagen schon die ersten Pakete und Päckchen, die mit der Post ankamen oder so vorbeigebracht wurden.
Eine Holztruhe aus Sandelholz, prachtvoll geschnitzt, stand daneben, gefüllt mit Weihnachtsschmuck. Das ganze Haus war schon weihnachtlich dekoriert mit Klebebildern an den Fenstern, Sternen, auf den Tischen und an den Wänden Kränze und Gestecke. Um den Rahmen der Haustüre wand sich ein Bogen aus Tannenzweigen, dezent geschmückt mit kleinen Lichterketten, die bei Dämmerung per Zeitschaltuhr angeschaltet wurden. Es sah alles schon sehr prächtig aus, der Weihnachtsbaum jedoch, der mußte noch bis morgen warten!
Ich hatte mir in den letzten zwei Wochen viel Mühe gemacht und das Ergebnis befriedigte mich zutiefst. Mehrere Tage verbrachte ich mit Plätzchen backen und Basteln, auch war ich viel unterwegs gewesen um einzukaufen. Es machte mir Spaß stundenlang durch die Stadt zu streifen und die Geschenke auszusuchen. An Ideen hatte es mir noch nie gemangelt, nur am nötigen Kleingeld.
Ich fand es herrlich, von der berühmten Vorweihnachtshektik hatte ich mich noch nie anstecken lassen, so konnte ich diese Zeit so richtig genießen und auskosten.

Ich machte es mir auf dem Zweisitzer bequem, schaltete zuvor noch den Springbrunnen ein. Ein riesiges Becken zog sich vor der Fensterfront, rechts neben der Gartentür, entlang mit wahlweise farbiger oder weißer Beleuchtung. Darin war eine Phantasiewelt aus Steinen, die sich teilweise hoch über die Wasseroberfläche erhoben, bizarren Kristallen und exotischen Blüten. Aus einem Stein, der wie ein Fels wirkte, sprudelte das Wasser wie aus einer Quelle, an anderen Stellen sprühte es nach oben, es sah phantastisch aus und man konnte stundenlang auf der Couch liegen und es beobachten, dabei träumen, sich vom Plätschern in eine andere Welt tragen lassen...

Ich schaltete den Fernseher ein und aß meinen Eintopf. Schon lange hatte ich die schlechte Angewohnheit während dem Essen entweder

zu lesen oder fernzusehen. Einfach nur essen, das war mir immer irgendwie zu langweilig so ganz alleine!
Also schaute ich den Spielfilm an und danach spielte ich noch längere Zeit ein sehr interessantes Videospiel bis ich schließlich erschrocken feststellte, daß es schon sehr spät war. Aufmerksam darauf machte mich Bandit, die behutsam ihre rechte Pfote auf mein Knie legte, um mir zu verstehen zu geben, daß sie es für angebracht hielt, noch eine kleine Runde draußen zu gehen!
Ich rätselte immer noch herum welche Rassen bei der Entstehung von Bandit mitgewirkt hatten! Sie war eine sehr kräftige und große Schäferhundmischlingsdame, das Fell war lang vor allem um den Kopf herum, weiß, schwarz, ein bißchen braun und grau gefärbt, das Gebiß wirkte sehr bedrohlich. So liebevoll sie mit mir, Flake und den Katzen umging, konnte sie dennoch sehr gefährlich werden. Bei einem Spaziergang am späten Abend wurde ich von einem Mann angesprochen und sie fing an zu toben und spielte beinahe verrückt! Ich hatte wirklich große Mühe sie daran zu hindern diesem Frechling den Garaus zu machen, er verschwand - weiß wie eine Wand - recht schnell, was mich hinterher sehr amüsierte! Sie war wirklich der perfekte Personenschutz für mich und ich fühlte mich seit diesem Vorfall unglaublich sicher und geschützt beim Spazierengehen. Auch nachts alleine im Haus hatte ich keine Angst, denn da war ja auch noch zusätzlich Flake, zwar etwas kleiner, aber das Gebiß war ebenfalls sehr beachtlich! Sie gab sofort Zeichen, wenn sich jemand nur der Gartentür näherte!

Ich schaltete den Fernseher aus und ging nach oben, um mich warm anzuziehen. Flake wollte - wie üblich - nicht mit, sie konnte nach Belieben durch einen kleinen separaten Eingang für Hunde und Katzen in den Garten hinaus und wieder hineingehen. Auch die anderen nutzten dies oft, in den vorderen Teil des Gartens konnte man allerdings nur durch die Haustüre gelangen. Er war durch eine zusätzliche Mauer vom hinteren Teil abgetrennt, es war nur ein vergleichsweise kleiner Bereich direkt vor dem Haus bis hin zum schmiedeeisernen Tor. Das gesamte Grundstück war von einer sehr hohen Mauer umgeben, die teilweise von Efeu bewachsen war. Ein weißer Kiesweg führte zum Tor, links und rechts wuchsen die verschiedensten Rosenarten. Nachbildungen antiker griechischer Statuen konnte man an den unterschiedlichsten Plätzen und Nischen entdecken. Es gab auch links vom Tor eine kleine Laube, alles wirkte sehr verträumt und romantisch. Rechts vom Tor war eine Garage, die auf das Grundstück reichte, so daß die Front gerade verlief, im Anschluß ging die Mauer weiter. Die Rückfront der Garage war ebenfalls von Efeu überwuchert und es war sehr schwierig die kleine Tür, die hineinführte, von weitem zu entdecken.

Nun war alles verschneit und es schneite noch immer, als Bandit und ich das Haus verließen. Die Luft war herrlich und ich atmete tief ein. Bandit hopste auf der Straße von einem Schneeberg in den anderen. Ich würde sie später trockenlegen müssen, so naß war sie schon nach kürzester Zeit!

Es war niemand zu sehen, vereinzelt brannten noch Lichter in den Häusern und in vielen Gärten waren Bäume mit Lichterketten beleuchtet.

Vor einem blieb ich stehen, es war ein großer Strauch, ganz kahl und die kleinen Lichtpunkte strahlten wie winzige Sterne. Es roch ein bißchen nach Holzfeuer. Ich betrachtete in Ruhe das Bild um mich herum. Alles war still! Die Straßenlaternen ließen kleine Fünkchen im Schnee aufblitzen, es glitzerte und glimmte überall. Einfach wunderschön!

Doch lange konnte ich es nicht genießen, Bandit fing aus Langeweile an Schneeflocken zu fangen. Es dauerte nicht lange und wir beide schnappten wie die Wilden nach den Flocken!

Durchgefroren und naß bis auf die Knochen, aber durchaus zufrieden, kamen wir später daheim an.

Mikesch rümpfte mißbilligend die Nase, als Bandit sich schüttelte und sie den Wassertropfen aus dem Weg springen mußte. Derweil jagten sich Danny und Jacky gegenseitig im Wohnzimmer unter den aufmerksamen Blicken von Flake. Seit ich hier eingezogen war, konnte ich sicher sein, daß diese beiden sich nicht allzu sehr in die Haare gerieten. Früher artete es oft aus und aus Spiel wurde Ernst, Haarbüschel flogen umher und beide schrieen wie am Spieß! Doch Flake ließ einen richtigen Streit nicht zu, ein drohendes Knurren und die Kampfhähne waren wieder getrennt.

Schließlich, als Bandit und ich wieder trocken waren, gingen wir nach oben ins Schlafzimmer. Ich wollte früh aufstehen und einen Bummel morgens durch die Innenstadt machen, einfach nur so! Das heißt, eigentlich nicht einfach nur so, es gab schon einen Grund. Es war eigentlich mehr ein Ritual oder eine Gewohnheit, ich stromerte jedes Jahr durch die Geschäfte, nachdem ich alles erledigt hatte. Denn ich gab die Hoffnung nicht auf, etwas zu finden, das ich schon seit meiner Kindheit suchte und unbedingt haben wollte. Ich war schon immer von etwas fasziniert, das man salopp eine Schneekugel nannte. Eine kleine Landschaft in einem Glas, wenn man schüttelte, dann schneite es.
Doch ich hatte eine Vision von einer sehr großen, runden Kugel mit einem Weg, der an einem Berg entlang in ein Dorf führte. Im Hintergrund sollten die Sterne glitzern und funkeln. Die Kugel wäre beleuchtet und man könnte zusätzlich den Schnee hochwirbeln lassen, einfach indem man auf einen Knopf drückt!
Ganz genau hatte ich das Bild meiner Schneekugel vor Augen, doch so sehr ich und auch andere, die meinen Herzenswunsch kannten, für mich gesucht hatten, niemand konnte sie finden!
Ich glaubte zwar schon lange nicht mehr daran, doch, wenn es auf Weihnachten zuging, dann schien mir wieder alles möglich.
So wollte ich am nächsten Tag wieder mein Glück versuchen, wer weiß, vielleicht gehen zu Weihnachten doch Wünsche in Erfüllung?

Ziemlich müde geworden von der frischen Luft, zog ich mich aus und legte mich schlafen. Direkt über meinem großen, japanischen Bett, war ein schräges Dachfenster. Ich konnte, wenn es klar war, die Sterne anschauen bis ich einschlief, doch nun war die Sicht durch eine Menge Schnee behindert.
Eine Katze nach der anderen kam, rollte sich auf dem Bett zusammen und schlief ein, die beiden Hunde lagen auf Decken vor dem Bett auf dem Boden. Es dauerte nicht lange und ich schlief tief und fest.

Eine seltsame Begegnung

Ein Schmerz in der Magengrube schreckte mich auf, eine wilde Verfolgungsjagd zwischen Mikesch und Danny war im Gange. Dabei mußte wohl eine der beiden auf mich gesprungen sein.
Ich schaute auf die Uhr, es war erst 6:20h, den Wecker hatte ich auf 7:00h gestellt, so hatte ich noch ein bißchen Zeit. Freudig kuschelte ich mich wieder ein und döste noch ein Weilchen. Schließlich stand ich auf und ging unter die Dusche.
Das Badezimmer war ein Traum! Die Badewanne war rund und sehr groß, ein paar Stufen führten nach unten, sie war in den Boden eingelassen.
Das Zimmer selbst war wirklich geräumig, in einer Ecke gab es noch zusätzlich eine Dusche und überall hatte ich Pflanzen aufgestellt. Alles war in weiß, blau und zwei verschiedenen Türkistöne gehalten.
Beim Baden hatte ich manchmal das Gefühl in einem orientalischen Bad zu sein.
Im Schlafzimmer zog ich mich anschließend an und ging dann nach unten um Frühstück zu machen.
Es hatte aufgehört zu schneien und der Himmel war wolkenlos. Genau das richtige Wetter für einen Stadtbummel!
Als ich endlich meinen dritten Becher Kaffee ausgetrunken hatte, versorgte ich meine Tiere und machte mich auf den Weg!
Bandit schmollte ein bißchen, weil ich sie nicht mitnehmen wollte.

Mit der S-Bahn fuhr ich in die Stadt und war wieder einmal total erstaunt!
Auf den Straßen ein hektisches Gewusel und Gerenne, gestreßte Mütter zogen schreiende Kinder hinter sich her. In den Geschäften ein Trubel, Nervosität, zwei stritten sich, wer als nächstes an die Reihe käme.
Unfreundliche Gesichter, angespannt, schnell, schnell, noch dies besorgen und das erledigen, schnell, schnell, daß mir nur keiner zuvorkommt!
Ich sah mir die einzelnen Gesichter der vorbeiströmenden Menge an, wo ist die Vorfreude geblieben? Weihnachten, eine Konsumorgie, ein lästiges Übel?
Ich hörte sie reden und stöhnen: "Oh je, jedes Jahr dieselbe Hektik!"

"Immer dieser Weihnachtsstreß!" "Für den muß ich auch noch was kaufen, ich habe keine Ahnung was, die haben doch schon alles!" "Zu teuer soll's auch nicht sein, so um die 50 Mark, mehr geben die ja für uns auch nicht aus!"
Ich höre, sehe und staune jedes Jahr auf's Neue!
Warum um alles in der Welt dieser Streß? Es ist doch bekannt an welchem Tag im Jahr Weihnachten ist - Zeit genug sich etwas zu überlegen!
Ich hatte das noch nie verstanden - schenken ein Übel und ein Muß!
Warum schenken sich Menschen etwas, wenn sie es eigentlich gar nicht tun wollen?
Die meisten Streitereien in der Familie gibt es an Feiertagen wie Weihnachten und Ostern. Kein Wunder, alle, vor allem aber die Mütter, setzen sich selbst unter Druck, alles sollte möglichst perfekt sein. Ein exquisites Menü muß es natürlich auch an allen Tagen geben und vieles mehr. Und dann, wenn sich die Anspannung etwas löst, dann wird der innere Druck nach außen weitergegeben und es gibt wegen Nichtigkeiten Streit!
Seltsam und traurig zugleich ist das!
Wie schön ist es doch zu sehen wie die Augen des Beschenkten aufleuchten können über das "richtige" Geschenk, sei es nun klein oder groß, billig oder teuer!
"Wie findet man das richtige Geschenk?" werden nun vielleicht manche fragen. Es ist traurig, daß so was überhaupt gefragt wird - nun, es ist ganz einfach!
Ein echtes Interesse an der Person, echte Zuneigung und ein klein bißchen Zeit und schon ist die Idee da!
Ich mußte früher oft aus Geldmangel mir etwas anderes einfallen lassen, etwas, das ich selbst machen konnte. Für diese Zeit bin ich sehr dankbar, denn sie half mir echte von falschen Freunden zu unterscheiden, den Sinn und Blick für das Wesentliche zu bekommen.

So in Gedanken versunken und gleichzeitig hellwach die Umgebung beobachtend, ging ich langsam durch die Straßen und spazierte durch verschiedene Geschäfte. Nach einiger Zeit flüchtete ich vor dieser Hektik, den Rempeleien und schlechten Stimmung in ein Café. Ich setzte mich mit einem Kännchen Kaffee an einen Fensterplatz und schaute mir die vorbeihastende Menge aus dieser geschützten Position aus an. Die fröhlichen Gesichter konnte man an einer Hand abzählen!

Das Stimmengewirr im Raum war gedämpft, ab und zu klirrte das Geschirr.

Es gab einige ältere Frauen, die alleine vor ihrem Kaffee und einem Stück Torte oder Kuchen saßen. Jede an einem Tisch, einsam, mit einem traurigen, einem gelangweilten oder distanzierten Gesichtsausdruck. Was ging in diesen Köpfen nur vor? Dachten sie an frühere Zeiten? Warum setzten diese Frauen sich nicht an einen Tisch?

Es ist doch so einfach mit Menschen in Kontakt zu kommen. Die meisten warten ja nur darauf, daß jemand sie anspricht. Nur ein kleines bißchen Mut...

Eine Frau, die bediente, lief vorbei und ich machte ihr ein Zeichen. Als sie kam, zahlte ich und ging wieder hinaus. Es war sehr kalt, obwohl die Sonne schien. Jeder pustete kleine Rauchwölkchen vor sich her.

Ich gelangte in eine ruhigere Seitenstraße und verlor für einen Moment die Orientierung und blieb stehen. Als ich wieder wußte in welche Richtung ich zur Haltestelle mußte, wanderte ich weiter.

Es war eine schöne Straße, recht friedlich alles, links und rechts alte Häuser mit vielen Erkern und Verzierungen, teilweise renoviert und strahlend, manche jedoch halb verfallen. Eines sah besonders alt aus und drohte beinahe auseinander zu brechen. Eine schmale Einfahrt führte daran vorbei in einen Hof und genau davor sah ich sie sitzen, mitten auf dem Gehweg!

Ich war sofort begeistert von dieser schönen Katze, sie war dreifarbig - eine Glückskatze!

Aufrecht saß sie da und schaute mich intensiv an, es wirkte so, als ob sie mich erwartet hätte. Ich sprach leise auf sie ein, als ich näherkam. Dann, ein bis zwei Meter von ihr entfernt, ging ich in die Hocke und lockte sie her. Langsam und bedächtig erhob sie sich und kam näher. Sie ließ sich streicheln und stupste mich manchmal mit ihrem Kopf, strich dabei immer wieder um meine Beine herum.

Als ich sie eine Weile gestreichelt hatte, ging sie in die Einfahrt hinein. Ein paar Schritte nur, dann blieb sie stehen und schaute zurück, sah mich, wie ich glaubte, auffordernd an und marschierte dann zielsicher weiter.
Etwas zog mich hinterher, im Nachhinein konnte ich mir das alles nicht mehr erklären. Ich hatte ein komisches Gefühl in der Magengegend, jede Faser meines Körpers schien zu vibrieren, ich war hellwach, doch gleichzeitig wirkte alles wie ein Traum! Zeit und Raum schienen zu verschwimmen, glasklar und doch verschleiert.
Langsam ging ich dieser Katze hinterher, die majestätisch vor mir her schritt und sich ab und zu mit einem kurzen Blick vergewisserte, daß ich ihr tatsächlich folgte!
So lächerlich das klingen mag, diese Katze führte mich in einen Hinterhof! Dort blieb sie sitzen, ließ mich näherkommen und schaute mich mit einem geheimnisvollen, wissenden Blick an. Ich kann nicht beschreiben, wie dumm ich mir angesichts dieser Katze vorkam, sie schien alles Wissen in sich zu tragen!
Ganz kurz ließ sie sich von mir kraulen, strich um meine Beine und rannte dann plötzlich weg. Sie sauste an einem kleinen Haus vorbei ohne sich nochmals umzudrehen. Ich hatte ja schon eine Menge Merkwürdigkeiten erlebt, aber dieses Verhalten war mehr wie rätselhaft!
Langsam richtete ich mich auf und betrachtete das Haus genauer. In einer altmodischen, verschnörkelten Schrift stand groß "Lin`s Antiquitäten".
Ich kam mir vor wie elektrisiert!
Die Ladenfenster waren sehr staubig, man konnte kaum etwas erkennen, nur die Umrisse von allem möglichen Kram, der da ausgestellt war. Wie in Trance ging ich auf die Tür zu und als ich sie öffnete, ertönte eine melodiöse Glocke, die direkt über der Tür hing und durch diese bewegt wurde.
Es dauerte geraume Zeit bis ich mich an das Dämmerlicht, das in dem kleinen Laden herrschte, gewöhnt hatte. Da noch niemand erschienen war, schaute ich mich neugierig um. Für Liebhaber alter Dinge war dies ein Schlaraffenland!

Von alten Möbeln, Vitrinen, Spielzeug bis hin zu verspielten Nippes, Schmuck, Vasen und Büchern, es gab fast alles, was man sich wünschen konnte.
In einer Ecke hinter dem antiken Ladentisch, bemerkte ich Unmengen von Tiegeln, Töpfen und Schachteln, die wohl mit Kräutern und allerlei Undefinierbarem gefüllt waren. Ein starker, sehr aromatischer Duft hing über allem, eine Mischung, die ich begierig einsog!

Ich schaute mir gerade eine wundervolle Holzkiste mit eingelegtem Muster aus Muschelschalen an, als ich durch ein leises Klappern hinter mir aufmerksam wurde. Schnell drehte ich mich um und stand vor einem alten Chinesen, der ganz leise an mich herangetreten war.
Sein langes, weißes Haar hatte er zu einem Zopf geflochten, er trug ein traditionelles Gewand in schwarz, Sandalen dazu und höchst fasziniert bemerkte ich, daß sein Spitzbart ihm bis auf den Bauch reichte. Das Gesicht hatte die Farbe von altem Pergament und war übersät mit unzähligen Runzeln, Falten und Fältchen. Unter buschigen, weißen Augenbrauen leuchteten zwei lebhafte schmale Augen und schlagartig, ganz plötzlich ging die Sonne auf!
Ja, die Sonne ging auf in diesem Gesicht, als er mich voller Wärme anlächelte, ich konnte gar nicht anders und strahlte ihn ebenso an!
"Herzlich willkommen in meinem bescheidenen Hause! Mein Name ist Lin Yutang, aber nennen Sie mich doch bitte Lin, wenn es recht ist. Kann ich Ihnen irgendwie behilflich sein?"
Seine Stimme war sehr angenehm und ich fühlte mich so wohl in seiner Gegenwart, so friedlich!
"Ich weiß nicht, eigentlich suche ich nichts Bestimmtes!" erwiderte ich.
"Ach, sind Sie sicher? Es kommt eigentlich niemand hierher, der nicht etwas Bestimmtes sucht!" meinte er und zwinkerte lustig mit seinen Augen.
"Mögen Sie gerne eine Tasse Tee mit mir trinken? Ich wäre sehr erfreut! Ich habe gerade frischen gemacht - Sie mögen doch Jasmintee, oder?"

Etwas verdutzt, aber durchaus erfreut, nahm ich dieses liebenswürdige Angebot an. Wir setzten uns in eine Ecke an einen Tisch und er brachte den Tee herein, goß ihn sorgfältig in wunderhübsche, chinesische Tassen. Ein feines Porzellan, so zart, daß man befürchtete, es könne zerbrechen, wenn man es anfaßt. Er reichte mir Kandiszucker und ich nahm zwei davon und ließ sie vorsichtig in die Tasse fallen.
Wir sprachen zunächst nichts, tranken nur in kleinen Schlucken den Tee, ich atmete tief den Duft des Jasmins ein!
Es war schön, einfach nur so dazusitzen, das Schweigen zwischen uns war mir nicht unangenehm. Wir betrachteten uns gegenseitig und ich hatte das Gefühl, ich würde diesen Mann schon seit ewigen Zeiten kennen. Es war ein bißchen wie nach Hause zu kommen, ich war vollkommen fasziniert von diesem Menschen!
Wir redeten nicht und sagten uns doch alles! Ich sah in seinen Augen Zustimmung, Interesse und schließlich begann ich von meinem Herzenswunsch zu erzählen. Meine Stimme krächzte zunächst ein bißchen, ich räusperte mich und begann von neuem.
"Es mag vielleicht albern sein, aber immer wieder, vor allem in der Weihnachtszeit, schaue ich mich nach dieser Glaskugel um." beendete ich meine Erklärungen und trank dann den letzten Schluck Tee. Mit einem leichten Lächeln bat er mich ihn für einen Moment zu entschuldigen und mich inzwischen ein bißchen umzusehen, dann erhob er sich und ging in die angrenzenden Räumlichkeiten, die durch einen Vorhang aus Muschelketten vom Verkaufsraum abgetrennt waren. Das Klappern der Muscheln war das Geräusch gewesen, das ich gehört hatte, als er zuvor den Raum betrat.
Ich war etwas erstaunt und fragte mich, was er denn nun vorhatte. Zu meinem Wunsch hatte er sich in keinster Weise geäußert, nur gelächelt und genickt!
Gründlich schaute ich mir alles an, fand mehrere sehr bizarr geformte Muscheln in sehr schönen Farben, sowie eine ganz alte Spieluhr. Sie konnte als Schmuckkästchen verwendet werden, mehrere Schubladen boten reichlich Platz für Ringe und Ketten, oben auf dem Deckel waren eine Ballettänzerin mit ihrem Partner. An der Seite war ein Hebel aus Holz, legte man ihn zurück, begann die Tänzerin sich zu drehen, hob ein Bein, tänzelte im Arm ihres

Partners zu den Klängen von Tschaikowsky. Es sah wundervoll aus und war sorgfältig mit viel Geschmack und Liebe zum Detail gearbeitet. Vorsichtig legte ich den Hebel wieder um und die Klänge verstummten sofort, die Tänzer verharrten in ihrer letzten Bewegung.
"Es ist sehr schön, nicht wahr?" fragte mich Lin. Diesmal hatte ich ihn überhaupt nicht kommen hören. Ich drehte mich zu ihm um und sagte: "Ja, ich möchte es gerne kaufen, falls ich dafür überhaupt genug Geld habe!"
Er hatte eine große Schachtel auf den Ladentisch gestellt und schaute mich geheimnisvoll lächelnd an.
"Bitte, öffnen Sie selbst!" bat er und sein gesamtes Gesicht strahlte pure Lebensfreude aus, die Augen sprühten regelrecht!
Erstaunt und schrecklich neugierig zugleich, packte ich es aus.
"Oh, mein Gott - das gibt es doch nicht!" rief ich laut.
"Doch, doch!" erwiderte er und kicherte vergnügt in sich hinein.
Kein Zweifel - da war sie! Endlich, nach so vielen Jahren - meine Schneekugel!
Es war Wirklichkeit geworden, ich hatte sie schließlich nun doch gefunden!
Zunächst mußte ich jedoch meine Augen abwischen und meine Nase putzen, da mir vor lauter Freude die Tränen gekommen waren. Am liebsten wäre ich ihm an den Hals gesprungen, doch ich konnte mich gerade noch beherrschen!
Er schien sich fast so sehr zu freuen wie ich mich selbst. Ich begutachtete die Kugel genau, tatsächlich, es war meine! Sie ließ sich auch beleuchten und der Schnee wurde, wie in meiner Phantasie, aufgewirbelt, wenn man einen anderen Knopf drückte!
Ein bißchen unheimlich war mir das Ganze schon, erst die Katze, dann das Geschäft, dieser Mann und nun das hier! Aber dieses Gefühl wurde von meiner Freude fast gänzlich verdrängt, ich war restlos begeistert!
"Egal was sie kostet - ich kaufe sie!" sagte ich glücklich.
Als Lin mir den Preis der Kugel, sowie die der anderen Dinge, die ich mir herausgesucht hatte, nannte, war ich überrascht. Ich hätte mit wesentlich mehr gerechnet und sagte ihm das auch.
"Nein, nein!" meinte er, "mehr zu verlangen wäre Wucher!"

Eigentlich wollte ich dann zur Bank gehen, um Geld zu holen, denn allzu viel hatte ich nicht mitgenommen. Hastig meinte er aber dann, daß dies nicht nötig sei, ob ich Schecks oder eine Kreditkarte dabei hätte. Letzteres hatte ich mit und er akzeptierte sie sofort.
"Wissen Sie, das ist mir lieber wie Bargeld. Heutzutage muß man vorsichtig sein." Das leuchtete mir zwar ein, aber trotzdem beschlich mich ein seltsames Gefühl dabei, als ich mit meiner Karte bezahlte.
Er packte alles sorgfältig und so geschickt ein, daß ich es gut tragen konnte. Wir unterhielten uns dann noch über ein paar belanglose Dinge, aber ich bekam immer mehr das Gefühl, daß er es nun plötzlich sehr eilig hatte und mich, ja, fast loswerden wollte. Ich machte mich dann auf den Heimweg und versprach bald wieder bei ihm hereinzuschauen. Er lächelte wieder so geheimnisvoll und nickte dazu. Wir verabschiedeten uns und wünschten uns gegenseitig noch schöne Weihnachten, wobei mir nicht der Gedanke kam, daß er es vielleicht gar nicht feiert!
Als ich schon fast den Hof hinter mir gelassen hatte, bekam ich das Gefühl mich umdrehen zu müssen. Er stand an der Tür und winkte mir nach, ich wedelte, vollgepackt wie ich war, so gut es ging zurück!

Auf dem Weg zur Haltestelle nahm ich kaum noch etwas um mich herum wahr. Ich war noch ganz gefangen von der Atmosphäre dieses Ladens, den Gerüchen, den Schwingungen und natürlich von der Aura dieses bemerkenswerten Mannes!
Alle Geräusche rings um mich herum waren gedämpft, ein Gefühl war das wie hinter einer Glasscheibe zu sein, da und doch nicht beteiligt.
"Dürfte ich wohl bitte vorbei?" erklang eine Stimme in der S-Bahn neben mir.
"Bitte?"
"Würden Sie mich wohl durchlassen - ich muß gleich raus!" ertönte es eine Spur ärgerlicher.
"Oh ja, selbstverständlich! Verzeihen Sie bitte!"
Ich schob meine beiden Taschen zur Seite und ließ die Frau vorbei.

Es war schon ein ziemliches Gewicht, das ich zu schleppen hatte und ich war froh, als ich daheim angelangt war. Mit freudigem Gebell wurde ich gleich an der Haustüre begrüßt.
Plötzlich wurde mir bewußt, daß ich sehr hungrig war, mein Magen knurrte schon seit einiger Zeit. Es war nach 14:00h und auch meine Tiere verlangten nun nach frischem Futter!

So stellte ich nur alles schnell hin, versorgte die Tiere, machte mir zwei Brote und viel Kaffee. Ich trug alles ins Wohnzimmer und stellte es auf den Tisch und bevor ich aß, packte ich meine Schneekugel aus, um sie nochmals genauer zu betrachten! Ich stellte sie ebenfalls auf den Tisch, aß genüßlich meine Brote, ich war wirklich sehr hungrig gewesen, und schaute mir die Kugel dabei genauer an.
Es war eine große runde Kugel, sie erinnerte ein bißchen an die Glaskugeln der Wahrsagerinnen auf einem Jahrmarkt. Seltsamerweise konnte man sie nur von vorne und den Seiten betrachten, von hinten sah man nur eine dunkelblaue, fast schwarze Fläche! Sie war mit Batterien betrieben, was mir gefiel, denn ein Stromkabel würde das gesamte Bild zerstören. Ich bin zwar sehr an Technik interessiert, aber sehen darf man es bei mir nicht. Man kann durchaus behaupten, daß ich ein ausgeprägtes, ästhetisches Empfinden habe. So etwas wie Stromkabel oder sichtbare Leitungen gehen mir auf die Nerven, sie zerstören das harmonische Gesamtbild!
Daher war ich sehr froh, daß es da kein Kabel gab. Ich legte mein Brot, von dem ich gerade abgebissen hatte, beiseite, wischte meine Hände an einer Serviette ab und drehte die Kugel um. Komisch, ich konnte nicht erkennen, wo sie zu öffnen war, um die Batterien auszutauschen! Mh, ich nahm mir vor bald wieder bei Lin vorbeizuschauen und ihn danach zu fragen!
Nach dem Essen packte ich den Rest aus und legte alles, auch die Schneekugel, unter den Weihnachtsbaum. Dann zog ich mir einen Jogginganzug an und begann den Baum zu schmücken.
Nebenbei sah ich eine Zeit lang einen alten Spielfilm an, den ich jedoch bald abschaltete und Musik auflegte. Immer wieder vergewisserte ich mich, ob die Kugel, die Spieluhr und die

Muscheln noch da waren und sich nicht etwa inzwischen in Luft aufgelöst hatten. Nach diesen komischen Erlebnissen an dem Tag, erschien mir alles möglich! Sie waren aber jedesmal noch da, wenn ich hinschaute!

Zufrieden betrachtete ich dann mein Werk, als ich fertig war. Das hatte nun doch ziemlich lange gedauert, der Baum war aber auch wirklich riesig. Ich hatte lange gesucht bis ich zu dem Weihnachtsschmuck, den ich schon hatte und der mir gut gefiel, etwas Passendes fand. Zugegeben, es war nicht jedermanns Geschmack, aber mir gefiel er! Es war ja auch keiner da, der sich daran hätte stören können!
Er war in Blau und Silber gehalten mit kleinen selbstgebastelten Schneemännchen, Kristallen und Eiszapfen, weißen Engelchen mit Flügeln, die in Regenbogenfarben schimmerten, weißen Lichterketten und dazu jede Menge silbernes Lametta.
Allerdings hatte ich ganz unten überhaupt nichts hingehängt, da meine Katzen die Angewohnheit haben, sobald sich eine Gelegenheit dazu bietet, Lametta zu fressen. Ungeachtet dessen, daß es weder bekömmlich für Katzenmägen, noch verdaulich ist, waren meine schon immer ganz verrückt danach.
So intelligent und auch raffiniert wie diese Tiere sein können, so unvernünftig sind sie manchmal auch! Und der Neugierde sind schon genügend Katzen zum Opfer gefallen!
Alles was neu ist, ist zunächst einmal interessant. Um einen neuen Karton prügeln sich alle drei, keiner gönnt es der anderen darin zu sitzen oder zu schlafen. Der andere, ein paar Tage alt und genau gleich vom Äußeren, wird keines Blickes mehr gewürdigt. In vielerlei Hinsicht haben Katzen Ähnlichkeit mit kleinen Kindern, das ist mir schon oft aufgefallen!
Jetzt wurde es aber langsam Zeit für mich, es dämmerte bereits! Ich wollte mir noch ein Ölbad gönnen und dann etwas Leckeres kochen. Von John hatte ich einige vegetarische Rezepte bekommen, alle Gerichte waren recht leicht und schnell zuzubereiten. Mir taten die Hausfrauen aus tiefster Seele leid, die nun schon seit mittags dabei waren zu kochen, damit abends das Festessen rechtzeitig auf dem Tisch stand!

Das Bad entspannte herrlich die Muskeln und machte gleichzeitig frisch und munter. Ich hatte ziemlich lange herumgetrödelt, es war aber einfach zu schön in der riesigen Badewanne zu liegen und einfach nichts zu tun! Aber die Gewißheit, daß nun gegen Abend einige Anrufe kämen und natürlich auch die Neugierde auf die anderen Pakete und Päckchen, die unter dem Baum lagen, ließen mich schließlich aufstehen und mich zurechtmachen. Es war zwar keiner da, der mich sah, aber ich zog mir dennoch etwas Festliches an. Außerdem wollte ich ja später noch in die Kirche gehen!
Ich ging hinunter in die Küche, band mir eine Schürze um und machte mir mein Abendessen. Bald saß ich gemütlich in der Küche am Ecktisch und genoß mein Festessen - einen Auflauf mit Salat. Diesmal ohne Buch und ohne Fernseher!
Anschließend ging ich mit einem großen Becher Kaffee wieder ins Wohnzimmer, knipste alle Lichter bis auf das vom Springbrunnen aus und setzte mich nun unter den erleuchteten Weihnachtsbaum. Ich hatte eine CD mit klassischer Musik aufgelegt, die im Hintergrund lief, und begann meine Geschenke zu öffnen.
Du meine Güte, hatten die sich wieder Verrücktheiten einfallen lassen! Ich war begeistert und gleichzeitig ein bißchen enttäuscht, weil keiner von ihnen meine Freude miterleben konnte.

Die Katzen kamen auch auf ihre Kosten - eine Menge raschelndes Papier, Kartons, Schachteln und Kräuselband. Bald war das Wohnzimmer ein einziges Schlachtfeld!
Ich legte mich auf den Boden auf den Rücken und freute mich. Ich lag nur da und freute mich an allem!
Es dauerte nicht lange und das Telefon klingelte. Mein Bruder, Joachim, Martina und Sarah waren zuerst dran. Und dann schien es nur noch zu klingeln den ganzen Abend, Brieffreundinnen, Freunde und Bekannte meldeten sich, auch riefen John und Lisa extra aus den USA an! Am Schluß glühte mein Ohr regelrecht, aber ich war rundum zufrieden! Natürlich erzählte ich allen von meinem Erlebnis und der Schneekugel, den einen, die davon wußten, ausführlich, den anderen gab ich nur einen kurzen Bericht! Lisa war absolut begeistert und erwartete nun von mir eine ganz genaue schriftliche

Beschreibung, sie meinte, daß da viel mehr dahinterstecken würde und da mußte ich ihr wirklich recht geben!

Nach dem letzten Anruf schaute ich auf die Uhr und war sehr erstaunt, es war höchste Zeit mich anzuziehen und zur Kirche zu gehen. Ich hatte mir schon so oft vorgenommen zur Mitternachtsmesse in die Kirche zu gehen und jedes Jahr kam irgend etwas dazwischen. Aber diesmal war ich fest entschlossen zu gehen, es schien mir der richtige Abschluß für diesen besonderen Tag zu sein. Nicht, daß ich ein Kirchgänger wäre, ich war auch schon vor vielen Jahren ausgetreten! Es gibt aber manche Kirchen, die mich von der Ausstrahlung faszinieren, kein Wunder, es wurden ja viele auf ehemaligen Kraftplätzen der Natur gebaut!
Ich zog mir schnell einen Mantel an, Bandit freute sich und wollte unbedingt mitkommen. Zunächst wollte ich sie nicht mitnehmen, aber dann ließ ich mich von ihrem traurigen Gesichtsausdruck erweichen! Sie benahm sich auch vorbildlich, obwohl ihr die laute Musik nicht so ganz behagte. Es war schön und die Messe war gut besucht. Warum sie allerdings als Mitternachtsmesse bezeichnet wird und vor Mitternacht stattfindet, hatte ich immer noch nicht herausgefunden!
Wir schlossen einen kleinen Spaziergang an und als wir heimkamen, stellte ich fest, daß ich wirklich sehr müde war. Das Gröbste räumte ich noch auf und schleppte dann die Schneekugel, die Spieluhr und die Muscheln nach oben ins Schlafzimmer.
Meinem Bett gegenüber, das etwas erhöht stand, befand sich eine Kommode. Genau der richtige Platz für meine Glaskugel. Die Muscheln und die Spieluhr paßten perfekt auf den kleinen Frisiertisch in der Ecke des Raumes.
Während ich einen Jogginganzug, der als Schlafanzug diente, anzog, ließ ich die Spieluhr laufen. Das Fenster befreite ich dann mit einem Ruck vom Schnee, damit ich mir die Sterne noch ansehen konnte, denn es war sehr klar draußen. Schließlich löschte ich alle Lichter, schaltete die Beleuchtung der Kugel und das Schneegestöber ein und setzte mich vor meine Schneekugel auf dem Boden, um sie noch eine Weile zu betrachten. Die Katzen lagen alle schon auf dem Bett, Flake hatte sich auf ihrer Decke eingerollt und

Bandit saß neben mir. Sie verstand mein großes Interesse an diesem Ding nicht so recht und beschnupperte das Glas, dann setzte sie sich wieder neben mich und schaute mich forschend an.
Es war eine eigentümliche Atmosphäre, das Licht der Kugel hauchte der Landschaft Leben ein. Alles wirkte geheimnisvoll, die Flocken wirbelten umher und es sah so real aus! Die Landschaft war genau, wirklich ganz genau wie in meiner Phantasie! Ich konnte es immer noch nicht recht fassen, da war der Weg, der in das Dorf führte. Ein kleines Dorf, das sich an einen Berg, der sich linker Hand erhob, ja, regelrecht anschmiegte. Ein paar Tannenbäume standen im und um das Dorf herum, die kleine Kirche auf der Anhöhe konnte man sofort erkennen. Es sah phantastisch aus, die Landschaft war so realistisch, wirkte so echt, greifbar nahe!
Ich zuckte etwas zusammen, als unsere Kirchturmuhr Mitternacht schlug, die Töne waren mal lauter, mal etwas leiser, aus Gewohnheit zählte ich mit ...zehn, elf und zwölf...
Mir wurde plötzlich ganz seltsam zumute, mein ganzer Körper prickelte, ich wollte aufstehen, doch mir wurde schwarz vor Augen. Dann fiel ich, ich fiel in einen tiefen Abgrund...

Der Durchgang

Alles drehte sich, mir wurde beinahe übel davon, das Gefühl des Fallens hatte schlagartig aufgehört. Ich sah noch immer nichts, hörte ein lautes Brummen, es schien von außen und gleichzeitig von innen zu kommen, es war fast unerträglich! Ich hatte das Gefühl, daß mein Kopf gleich von dieser extremen Schwingung platzen würde und wollte schreien, bekam aber keinen Ton heraus!
Plötzlich spürte ich, wie ich durch etwas sehr Kaltes glitt, es war unangenehm, weil ich kurzzeitig das Gefühl hatte, mein Körper löse sich dabei auf. Doch es war schnell wieder vorbei, nur ein kurzer Moment war es gewesen!

Langsam wurde es heller, ich sah Nebelschwaden vor mir, die sich nach und nach auflösten und spürte, daß ich auf etwas Weichem, Nachgiebigem stand. Ich schaute an mir hinunter und sah - Schnee!
"Das gibt's doch nicht!" rief ich heiser aus.
Ich stand barfuß im Schnee, doch dieser Schnee war weder naß noch kalt! Vorsichtig bückte ich mich, mir war immer noch etwas schwindelig, und betastete den Boden. Ganz eindeutig war das Schnee, nun begriff ich wirklich gar nichts mehr!

Ich schaute hoch, der Nebel war verschwunden und ich konnte einen Weg erkennen, der zu einem kleinen Dorf führte. Links von mir war ein Berg, im Hintergrund waren Hügelketten und andere Berge zu sehen. Es wirkte alles sehr vertraut, Moment mal, ich kannte doch diese Landschaft!
Ich atmete hörbar aus. Unmöglich, das konnte nicht sein! Ich träumte sicher, ich lag bestimmt im Bett und träumte dies alles. Es war einfach nicht möglich, es war genau dieselbe Landschaft wie in meiner Schneekugel!
Wenn ich schlief, warum war dann alles so real? So verdammt wirklich und spürbar? Spürbar? Ha, jetzt hatte ich es!
Erleichtert lachte ich, na klar, das war ein sehr intensiver Traum, vermutlich ausgelöst durch den interessanten, aber etwas merkwürdigen Tag heute! Ganz logisch, denn nur im Traum gab es Schnee, der weder naß noch kalt war.

"Nun gut, was jetzt?" fragte ich mich laut. Ich drehte mich um und ging ein paar Schritte zurück.
"Rumms!" machte es, ich schrie vor Schmerz auf, hatte eine kleine Beule am Kopf und mein rechter Zeh tat höllisch weh!
"Verdammt noch mal, so ein Mist!" fluchte ich, hopste dabei auf dem linken Bein herum und hob mir mit einer Hand den Zeh, mit der anderen strich ich über meine Stirn.
"Verdammt!" rief ich wieder, "Was ist das denn?"
Ganz vorsichtig streckte ich meine Hände aus und spürte Glas, überall Glas, von oben bis unten!
"Das gibt's doch nicht!" wiederholte ich stupide. Mein Wortschatz hatte sich angesichts dieser unerklärlichen Ereignisse sehr stark begrenzt! Aber ich begriff es sofort! Ich war in meinem Traum in meiner eigenen Schneekugel eingesperrt! Langsam gefiel er mir ganz und gar nicht mehr!
Ratlos drehte ich mich um, jetzt mußte ich mich irgendwie ablenken, denn ich spürte wie in mir Panik aufstieg! Ich mußte etwas tun, aber was? Ja, genau, in das Dorf gehen! Das war wohl das Beste, dann würde ich weitersehen! Also stapfte ich los. Es war eigentlich recht angenehm, mir war weder kalt noch warm, genau richtig und die Luft roch würzig. Ich atmete tief und das beginnende Panikgefühl legte sich wieder!
Der Schnee glitzerte und funkelte sehr stark und allmählich konnte ich mich an dem Anblick erfreuen. Ich hielt an und nahm eine Handvoll hoch, um ihn zu begutachten. Er fühlte sich weich und angenehm an und je nachdem wie das Licht darauf fiel, funkelten die Schneekristalle in den Farben des Regenbogens.
Aber was für Farben das waren, so leuchtend, kräftig und rein! Und er schmolz nicht in der Hand, die Kristalle waren auch ausnehmend groß, man konnte die Strukturen sehr gut erkennen.

Langsam wanderte ich weiter, immer näher kam ich dem Dorf. Zeit schien plötzlich keinerlei Bedeutung mehr für mich zu haben, ich hatte überhaupt kein Gefühl mehr dafür und so wußte ich nicht, wie lange ich unterwegs gewesen war, bis ich am Eingang des Dorfes ankam.

Es wirkte wie ausgestorben, verlassen, doch aus einigen Häusern stieg aus den Schornsteinen Rauch auf.
Wenn das wirklich ein Traum war, dann gefiel er mir wieder. Ich fand es immer abenteuerlicher und spürte wie mich dies alles belebte! Ein starker Strom durchfloß mich, eine Mischung aus Erregung, Spannung, Neugierde und Lebensfreude! So mußten sich in früheren Zeiten Entdecker gefühlt haben, so voller Kraft und lebendig! Lange war es her, seitdem ich mich das letzte Mal so wohlgefühlt hatte! In der Kindheit war es gewesen, da hatte ich dieses Gefühl sehr oft gehabt. Ich hatte über dem Erwachsen werden gar nicht gemerkt wie es mir abhanden gekommen war und vor allem warum? Wie konnte ich das zulassen?

Gemächlich schritt ich durch die leeren Straßen, neugierig und gespannt darauf, was als nächstes auf mich zukommen würde! Ich bog einem starken, inneren Drang folgend, um eine Ecke. Die Straße, die vor mir lag, kannte ich!
Die alten Häuserfronten mit den Erkern und Verzierungen wirkten verträumt in dem Dämmerlicht. Da vorne war auch die Einfahrt, das baufällige Haus daneben und - die Katze!

Sie wartete ruhig auf dem Gehweg, es war fast dieselbe Situation wie am Tage. Als ich näherkam, sagte sie laut: "Hallo! Da bist du ja! Komm mit, du wirst bereits erwartet!"
Ich konnte nur ein erstauntes "Hallo!" herausquetschen, schon lief sie in die Einfahrt und ich folgte ihr automatisch!
Es war ein eigentümlicher Traum und das Seltsame war, ich nahm es so hin, daß gerade eine Katze deutlich zu mir gesprochen hatte!

Im Hof blieb sie kurz stehen, blinzelte mich an und sagte: "Bis später!". Dann lief sie, wie schon einmal, an dem kleinen Haus vorbei.
Die Tür öffnete sich, ganz klar hörte ich die kleine Glocke läuten und heraus kam Lin Yutang!
Mit strahlendem Lächeln streckte er mir die Arme entgegen und rief:"Komm herein, meine Liebe! Ich habe frischen Jasmintee gemacht, wir trinken doch zusammen ein Täßchen, nicht wahr?"

Wie betäubt ging ich auf ihn zu, er ergriff meine Hände und zog mich in den Laden. Er führte mich an den Tisch in der Ecke auf dem der Tee schon bereitstand und rückte mir einen Stuhl zurecht. Ich setzte mich langsam. Er betrachtete mich liebevoll und füllte dann meine Tasse.

"Meine liebe Kema," begann er, ich zuckte heftig zusammen und sah ihn erschrocken an. Beruhigend tätschelte er meine Hand, während ich krampfhaft überlegte, woher er diesen Namen kannte.
"Keine Sorge, du brauchst dich nicht zu ängstigen und bald wird dir auch alles erklärt werden. Doch das möchte unbedingt dein alter, kleiner Freund übernehmen, daher, verzeihe mir und hab` noch ein bißchen Geduld, ja?" bat er mich.
"Welcher kleine Freund?" fragte ich verwirrt.
"Nur Geduld! Ein Schritt nach dem anderen! Ich möchte nur, daß du dich jetzt wieder etwas entspannst und dann bringe ich dich zu ihm, ja?"
Freundlich lächelnd reichte er mir den Kandiszucker, ich nahm mechanisch zwei Stücke und ließ sie vorsichtig in die Tasse fallen.
In meinem Kopf herrschte absolutes Chaos, ich verstand nichts mehr!
Aufmunternd hob Lin seine Tasse und trank, ich machte es ihm nach.

Schweigend tranken wir unseren Tee und ganz langsam legte sich das Gefühlswirrwarr und gedankliche Chaos in mir, es kehrte nach und nach Ruhe ein. Mein Herz, das vorhin noch so heftig gepocht hatte, beruhigte sich wieder.
Eine eigentümliche Stimmung ergriff Besitz von mir, ich war irgendwie gedanklich frei geworden, wollte nun gar nichts mehr fragen, sondern einfach nur zusehen und abwarten, was als nächstes geschieht.
"In der Stille liegt die Kraft!" sagte da Lin und spielte dabei nachdenklich mit dem kleinen Löffel.
"Und aus der Stille heraus erwächst dir deine Kraft! Geduld und innere Ruhe sind die Voraussetzungen dazu. Gedanken sind wie junge Hunde, die zügellos umherspringen, mal hierhin, dann

dorthin. Mal ist es dies, was ihre Aufmerksamkeit erregt, mal jenes. Und zum Schluß wissen sie nicht mehr woher sie kamen, wo sie sind und wohin sie gehen müssen. Du mußt deine Gedanken beherrschen lernen, nur so kommst du zum Ziel!"
"Zu welchem Ziel?"
"Zu dem deinen!" antwortete er orakelhaft.
"Aha!" meinte ich überflüssigerweise.
"Bist du bereit?"
"Für was bereit?"
"Für die ersten Schritte?"
"Ja, hm, ja, ich denke schon!" sagte ich zögernd.
"Dann komm mit!" befahl er und erhob sich.
Gemeinsam verließen wir den Laden, ich hielt Ausschau nach der Katze, doch sie war nirgends zu sehen.
"Ist das deine Katze, die ich nun schon das zweite Mal gesehen habe?" fragte ich Lin neugierig.
"Kann man ein eigenständiges Lebewesen besitzen?" fragte er, nachsichtig lächelnd, zurück.
Dies beschämte mich sehr, ich mußte an meine Tiere denken - da war es schon wieder, meine Tiere! Sie gehören mir nicht, doch in unserer Gesellschaft waren sie eine Sache, ein Ding, das weder gefragt wurde was es möchte, noch respektiert wurde! Man verfuhr nach Belieben mit ihnen! Und durch meine achtlose Formulierung mußte Lin nun denken, daß ich genauso wie die anderen Menschen wäre. "Nein, das denke ich nicht!" sagte er da. Erschrocken zuckte ich zusammen, hatte ich gar laut gedacht?
"Ich wollte nur, daß es dir bewußt wird, was du gesagt hast!" meinte er und hakte sich bei mir unter.
"Gut, dann frage ich anders: lebt diese Katze mit dir?"
"Ja, aber nicht ständig. Oft geht sie tagelang einfach ihre eigenen Wege und taucht dann plötzlich wieder auf! So, nun geht es hier entlang!"
Wir bogen um eine Ecke und ich bemerkte, daß wir auf den Berg zusteuerten.

Bald ließen wir das Dorf hinter uns und näherten uns einem schmalen, gewundenen Pfad, der nach oben führte. Den ganzen

Weg über waren wir niemandem begegnet, ich hatte auch keine Lichter in den Häusern gesehen und trotzdem spürte ich die Anwesenheit anderer Personen. Manchmal beschlich mich das Gefühl beobachtet zu werden.
Wir schritten zügig auf dem Pfad voran. Es begann zu schneien, zunächst nur leicht, im Laufe der Zeit jedoch immer stärker. Große Flocken wirbelten umher, der Wind, zuvor nur ein kleiner Lufthauch, war kräftiger geworden. Ich bemerkte wieder, daß mir nicht kalt war, obwohl ich leicht bekleidet und ohne Schuhe unterwegs war. Doch ich konnte nun nichts mehr fragen, denn der Pfad war eng und wir gingen hintereinander her. Auch hatte ich das Gefühl, daß er mir darauf keine Antwort geben würde!
Er hatte ja zuvor gesagt, daß mein kleiner Freund, wer auch immer das war, mir alles erklären wollte. Ich wunderte mich darüber, daß wir auf den Berg gingen, ich konnte weit und breit kein Haus entdecken und fragte mich, wo dieser Freund wohl hausen würde. Nun, vielleicht auf der anderen Seite des Berges, die konnte ich ja nicht einsehen von hier aus.
Kurz vor dem Gipfel entdeckte ich etwas Schwarzes, Lin steuerte direkt darauf zu. Als wir davorstanden sah ich, daß es ein Höhleneingang war, dicht mit Büschen bewachsen. Lin bog die schneebedeckten Zweige, die den Eingang halb verdeckten, beiseite und wies mich an einzutreten. Er folgte mir.

Drinnen war es zunächst stockfinster, so daß ich keinen Schritt mehr wagte, doch recht bald bemerkte ich weit entfernt ein Leuchten und stellte fest, daß wir uns in einem sehr langen Gang befanden.
Nun schritt er wieder voran, direkt in die Richtung aus der dieses eigentümliche Leuchten kam. Die Luft roch nach Erde, Moos und Steinen.
Schließlich konnte ich sehen, daß das Licht aus einer Höhle kam und wir direkt auf den Durchgang zusteuerten. Wir kamen an einer kleinen Felsspalte vorbei, ich konnte aber nicht erkennen, ob es da weiterging oder es nur eine Nische war.
Ein leises Geräusch ließ mich aufhorchen und je näher wir dem Durchgang kamen, desto deutlicher wurde es. Es klang, nein, halt,

es waren Wassertropfen, die auf Steine und in kleine Wasserlachen fielen, die ich da hörte.
Vor dem Durchgang hielt Lin an.
"So, da wären wir!" sagte er und seine Stimme hallte von den Wänden wider.
"Bitte, geh` nun alleine weiter!"
"Alleine?" wiederholte ich skeptisch.
"Ja, keine Sorge! Wir treffen uns später wieder! Nun geh` jetzt, du wirst bereits erwartet!" ermutigte er mich und schob mich energisch vorwärts.

Zwerge, Elfen und Feen

Zögernd betrat ich die Höhle, die in einem diffusen Licht erstrahlte, und sah mich erstaunt um.
Es war eine Tropfsteinhöhle, aber nicht etwa eine gewöhnliche, nein, irgendein Metall in den Wänden ließ alles glitzern, woher das Licht kam, vermochte ich nicht zu sagen. Ich fand es wunderschön, hatte aber auch ein bißchen Angst!
Die verstärkte sich zusehends, als ich leise Schritte aus dem Hintergrund der Höhle vernahm. Mir wurde extrem ungemütlich und ich wollte mich schon wieder Richtung Ausgang bewegen, als eine lustige Stimme ertönte.
"Juhuuu, wo bist duuu? Huhuu!"
Sie klang so vertraut, etwas heiser, in mittlerer Lage und irgendwie so richtig witzig.
"Hey, Kema, jetzt lauf' doch nicht weg!" rief die Stimme wieder.
Wie erstarrt blieb ich stehen, woher um alles in der Welt kannten alle hier diesen Namen? Und woher wußte die Person, daß ich im Begriff war abzuhauen?
Kurz darauf erschien ein kleines Männchen, das überaus drollig ausschaute!
Es war etwa einen Meter groß, hatte bräunliche Haut, die viele Runzeln und Falten aufwies. Ein krasser Gegensatz dazu waren die gelblichweißen, langen Haare, die fast bis auf den Boden reichten.
Es trug ein moosgrünes Hemdchen, das sich über den Bauch spannte und etwas hochgerutscht war und eine Hose der gleichen Farbe. Die Füße steckten in einfachen Ledersandalen und sahen schon recht abgewetzt aus.
Das Gesicht war sehr interessant, die Augen waren dunkelbraun und leuchteten von innen heraus vergnügt. Die Ohren liefen spitz zu und ich starrte fasziniert darauf! Wäre das Wesen unbekleidet und hätte es nicht diese hellen Haare, könnte man es fast mit einer Baumwurzel verwechseln. Um den Hals trug es eine goldene Kette mit einem Anhänger, der mir so bekannt vorkam. Es war eine runde Scheibe und darauf konnte man ein Dreieck, mit der Spitze nach oben, erkennen.

Breit grinsend baute es sich nun vor mir auf und sagte: "Na, endlich! Hatte ich es dir nicht versprochen, daß wir uns wiedersehen

werden?"
Nun war ich vollends verwirrt und machte wohl ein ziemlich dummes Gesicht, denn das Männchen brach in lautes Gelächter aus. Es klang wie eine Mischung aus Meckern, Gackern, Wiehern und Glucksen und war so mitreißend, daß sich meine Anspannung sofort löste und ich ebenfalls lachen mußte!
"Tscha, nun..." meinte das Wesen, "ich sehe schon, die Erinnerung hat noch nicht eingesetzt. Ich werde dir alles nach und nach erklären müssen. Zunächst einmal will ich mich dir noch einmal vorstellen. Ich bin ein Troll und mein Name ist Squiesel!"
Mit diesen Worten schüttelte er mir heftig und ausgiebig die Hand.
"Ein Troll bist du?" wiederholte ich erstaunt.
"Jawollja, das bin ich!"
"Aber, ich denke, ich dachte, das sind nur Märchen oder alte Legenden?" stotterte ich etwas verlegen.
"Tscha, nun, alt bin ich wohl, das ist richtig, aber existieren tue ich wie du siehst! Außerdem steckt - wie du bereits weißt - in allen Legenden ein Körnchen Wahrheit." erklärte Squiesel.
Mir schossen eine Menge Fragen durch den Kopf, doch bevor ich noch meinen Mund aufmachen konnte, nahm er mich an der Hand und zog mich in den hinteren Teil der Höhle, aus der er gekommen war.
"Alles zu seiner Zeit!" beantwortete er meine ungestellten Fragen. "Und schön eins nach dem anderen. Zunächst zeige ich dir erst einmal meine Wohnung und dort werde ich dir alles erzählen was du wissen willst!"
Im hinteren Teil der Höhle stieg ein enger Gang sehr steil an. Ich kam ganz schön ins Schwitzen, denn es dauerte ziemlich lange bis wir oben ankamen. Squiesel hüpfte vor mir her und neckte mich, weil ich ihm zu langsam war.
Das Ende des Ganges mündete in einer kleineren Höhle mit zwei weiteren Durchgängen. Der eine rechts wäre, wie er mir erklärte, der Ausgang aus dem Hügel, in dem wir uns nun befänden und der andere geradeaus führte in einen kleinen Raum, in dem er lebte.
Obwohl ich recht klein bin, mußte ich meinen Kopf einziehen, als wir den Raum betraten, was Squiesel wieder Anlaß gab in sein lustiges Lachen auszubrechen. Dabei hüpfte sein kleines Bäuchlein

auf und ab, die dunklen Augen glitzerten frech und alles an ihm schien pure Lebensfreude widerzuspiegeln.
Ich hatte ihn sogleich ins Herz geschlossen, zudem war alles wieder so vertraut, auch das Zimmer kam mir so bekannt vor, doch ich konnte mich beim besten Willen nicht recht besinnen! Aber etwas war da gewesen, doch es war lange her und weit weg, Erinnerungsfetzen tauchten auf, zu kurz jedoch, um sie klar zu erfassen!

Der kleine Raum wirkte urgemütlich, links vom Eingang befand sich ein Holzbett mit Moos bezogen, rechts stand ein Regal mit allerlei Töpfen, Tellern und Tiegel, alles aus Holz und geradeaus blickte man auf einen Tisch mit zwei Schemeln.
Ungefähr in der Mitte der rechten Wand war ein Kamin eingelassen, in dem ein Feuer brannte. Davor waren Berge aus Moos aufgehäuft, es lud richtig dazu ein, sich genüßlich vor dem Feuer auszustrecken. Squiesel bot mir dann auch genau da Platz an und ich machte es mir bequem, während er mit einem großen Kessel hantierte, eine Menge verschiedener Kräuter hineinwarf, mit Wasser aus einem Trog, der neben dem Kamin stand, füllte und schließlich über das Feuer hängte. Mit einer Art Suppenkelle rührte er um und holte dann zwei Schalen und einen großen Tiegel herbei.
In dem Tiegel befanden sich Honigwaben, von denen brach er zwei kleine Stücke ab und legte sie in die Schalen.
Neugierig betrachtete ich mir die Umgebung genauer, überall hingen und lagen die verschiedensten Kräuter herum und zusammen mit dem Geruch der Hölzer und des Mooses entstand ein herrlicher, unbeschreiblicher Duft, den ich schon lange nicht mehr gerochen hatte. Lange nicht mehr gerochen hatte?
"Jawollja!" bestätigte Squiesel heftig nickend meine Gedanken. "Du warst schon sehr oft hier bei mir!"
"Iiich?"
"Ja, du! Als Kind warst du fast die meiste Zeit hier." sagte er und nickte wieder mit dem Kopf.
Tatsächlich, irgend etwas tief in mir drin sagte "ja, ja, ja!" und ich spürte, daß es stimmte.

"Keine Sorge!" meinte Squiesel. "Gib` dir Zeit, die Erinnerung kommt schon noch wieder!"
Er füllte die Schalen auf und reichte mir eine davon. Genüßlich nippten wir beide an dem Tee, er schmeckte köstlich, würzig und süß!
"Hervorragend der Tee!" lobte ich, atmete tief das Aroma ein und trank weiter.
"Mein Spezialrezept, vielleicht verrate ich es dir eines Tages!"

Schweigend schauten wir in das Feuer, ich fühlte mich so unbeschreiblich wohl und geborgen. Tiefer Frieden und gleichzeitig eine unfaßbare Freude durchströmten mich, ich fühlte mich fast wie neugeboren!
"Die Kräfte der Natur..." murmelte er und stand auf, um noch Tee mit der Suppenkelle nachzufüllen. Dann setzte er sich zurecht, räusperte sich umständlich, hüstelte ein bißchen und begann mit seinen Erklärungen.
"Tscha, nun..., oh, Gott, wo fange ich bloß an?"
Daraufhin brach er wieder in sein unwiderstehliches Gelächter aus und in mir stieg so eine Lust zu Lachen auf, wir lachten plötzlich beide schallend, kicherten, glucksten, japsten und hielten uns die Bäuche. Wir hatten gleichzeitig einen regelrechten Lachanfall und konnten uns kaum beruhigen, immer wieder platzte einer von uns los, wenn der andere gerade etwas ruhiger geworden war. Das Lustigste daran war, daß ich gar nicht wußte warum ich überhaupt lachte!
Es dauerte einige Zeit bis wir wieder einigermaßen ernst wurden und Squiesel einen neuen Anlauf nehmen konnte.
"Gut, genau da fangen wir an - bei Gott!" sagte er, breit grinsend.
"Ich mag den Namen "Gott" nicht, er wurde schon zu oft mißbraucht!" warf ich ein.
"Tscha, nun, da hast du wohl recht. Ich sage auch lieber das Göttliche, denn das ist treffender! Es gibt keinen Gott wie sich die meisten Menschen naiv vorstellen, ein alter Mann im Himmel zu dessen Füßen Engelchen auf weißen Wölkchen sitzen und Harfe oder Trompete spielen."

Diese Vorstellung erheiterte ihn wieder über alle Maßen. Lächelnd sprach er dann weiter:"Nein, das Göttliche ist ewig, überall und unendlich! Alles was existiert, dieses und andere Universen, Galaxien, Sonnensysteme, Planeten, Mineralien, Pflanzen, Tiere, Menschen und vieles mehr, alles ist ein Teil des Göttlichen. Es bildete sich aus dem Göttlichen heraus, steht ständig auf einer Ebene in Verbindung damit, sonst könnte es gar nicht existieren. Also, es gab, gibt, und wird immer nur das Göttliche geben und es gibt nichts, was nicht in Verbindung zum Göttlichen ist oder außerhalb dessen steht!"
"Was ist dann aber mit dem Bösen?" fragte ich gespannt.
"Tscha, nun, es ist so, das Böse und das Gute sind zwei Seiten einer Münze - zusammen eine Einheit! Das ungeoffenbarte Göttliche ist Einheit! Um nun eine materielle Welt zu erschaffen, die man fühlen und erkennen kann, muß die Einheit aufgespalten werden, in zwei Pole sozusagen, den Minus- und den Pluspol! Das steht auch in der Bibel im übertragenen Sinne, Adam und Eva aßen vom Baum der Erkenntnis, der Unterscheidung zwischen Gut und Böse. Das war der Prozeß der Aufspaltung, also, die Schöpfung der Materie, und nichts anderes!"
"Das bedeutet ja, daß..." sagte ich aufgeregt.
"Ja, genau, denke es ruhig zu Ende, daß Satan oder das Böse oder der Teufel, wie immer man es auch bezeichnen will, notwendig ist, um die materielle Welt überhaupt erst möglich zu machen. Auch da weist die Bibel darauf hin, daß er ein Teil des Göttlichen ist - nämlich ein "gefallener" Engel namens Luzifer, was Lichtbringer bedeutet. Das ist auch kein Zufall, denn nur durch die Dunkelheit als Gegenpol ist man überhaupt fähig, das Licht als solches zu erkennen!" sprach Squiesel weiter.

Nachdenklich schaute ich in die Flammen, es knisterte leise und ab und zu knackste es laut und ein paar Funken flogen heraus.
Das mußte ich erst einmal verdauen, denn es widersprach allem, was ich bisher gelernt hatte!
"Weißt du, Kema," sprach er dann schließlich weiter "im Prinzip ist es ganz einfach, aber sehr umständlich und schwierig zu erklären, aber ich will es dennoch versuchen! Bedenke jedoch, daß das, was

ich dir nun sage, in die begrenzte Sprache der Menschen übersetzt ist und von daher nur eine Annäherung ist und manches nur vage angedeutet werden kann. Dies liegt nicht an fehlendem Wissen, sondern zum einen an eurer Sprache und zum anderen daran, daß man manche Dinge nicht mit dem Verstand begreifen, sondern nur erfahren kann!"

Bevor er weitersprach, trank er noch ein paar Schlückchen vom Tee, stellte die Schale auf den Boden, faltete seine Hände über dem Bauch und fuhr dann fort.
„Halten wir es noch einmal fest: alles, was auch immer war, ist und sein wird, unendlich ist, das ist das Göttliche! Was bekommst du nun heraus, wenn du das Unendliche meinetwegen durch eine Billion teilst?"
Verdutzt schaute ich ihn an und antwortete dann vorsichtig: "Mh, wieder unendlich, oder?"
"Stimmt genau!" meinte er und nickte beifällig.
"Also, das Göttliche ist so unermeßlich, daß wir es wohl nie begreifen werden, aber erfahren können wir es irgendwann! Und, wie ich schon sagte, gibt es nichts außerhalb des Göttlichen, also, alles ist ein Teil davon. Versuche dir nun mal einen unendlichen Spiegel vorzustellen und an manchen Stellen ist er zersplittert und Bruchstücke liegen herum. Scheinbar getrennt und doch zum Spiegel gehörend und selbst ebenfalls ein kleiner Spiegel - das ist jeder von uns! Begreifst du das?"
Ich nickte bedächtig, so weit konnte ich folgen.
"Ein anderes Beispiel, das eben auch nur mangelhaft ist, aber vielleicht die Grundidee in etwa vermittelt. Ein Baum, stell dir einen Baum vor, warte, ich male es dir auf!"
Er zeichnete mit dem Stiel der Schöpfkelle eine Art Baum in die Erde und daneben noch gleich einen anderen.
"Ein Baum, unendlich groß mit unendlichen Verästelungen und Zweigen. Es gibt unendlich viele Universen, auf dem zweiten Bild siehst du unser Universum, Galaxie, Sonnensystem, Erde und so weiter!" erklärte er.
"Stell` dir weiterhin vor, diese "Zweige" haben innerlich ein "Mark" und außen herum verschiedene Schichten und die oberste Schicht

oder die Rinde, das ist dann die sicht- und fühlbare Materie, die du kennst! Schauen wir uns so ein winziges Zweiglein namens Mensch mal genauer an. Also, das "Mark" sozusagen, das Innerste ist das Göttliche, ja? Um es zu vereinfachen, versuche dir nun vorzustellen, daß dein Körper dieses "Mark", das Göttliche ist. Du ziehst nun deinen Körper an, ein dünnes Hemdchen, eine Bluse, eine Jacke und so fort. Also, zunächst dünne Textilien, dann festere, dickere nach außen hin. Genauso ist es mit dem Göttlichen, der Teil, der in dir ist, hat sich einen Körper nach dem anderen übergezogen und am Schluß diesen Körper, den du gerade anhast. Die einzelnen Körper sind verschieden dicht, verstehst du? Sie schwingen unterschiedlich! Das Göttliche schwingt sehr rein, hoch und schnell. Würdest du diesen Körper der reinen Schwingung des Göttlichen aussetzen, dann würde er auf der Stelle verglühen. Er hält das gar nicht aus!

Also, muß die Schwingung Stück für Stück heruntertransformiert werden, deswegen die unterschiedlichen Körper. Zunächst bekommst du einen Körper, den man Kausalkörper nennt, den behältst du solange bis du aufhörst in der Welt existieren zu wollen und dich wieder in das unoffenbarte Göttliche zurückziehst. In diesem Körper speicherst du alle Erfahrungen, die du in diesem Leben oder anderen gemacht hast. Du kannst es dir als farbiges Energiemuster vorstellen, das hineingewoben wird. Irgendein altes Volk der Menschen, waren es die Inkas? Ich weiß nicht mehr, auf jeden Fall flochten sie verschiedenfarbige Perlenschnüre zusammen und das ergab je nach Farbe und Muster eine Botschaft. So mußt du dir das vorstellen mit den Energiemustern!"

Er machte eine kurze Pause, räusperte sich und sprach dann weiter.

"Das bedeutet, daß du auch irgendwann auf die Erfahrungen deiner früheren Leben zurückgreifen kannst, denn sie sind immer für dich verfügbar! Etwas gröber schon ist der nächste Körper, der Mentalkörper. Ich weiß, es ist nun sehr schwierig sich vorzustellen, daß der Stoff aus dem dieser Körper besteht die Gedanken sind, aber versuche es wenigstens. Der nächste Körper ist der Astral- oder Emotionalkörper und wie der Name schon sagt, besteht der Stoff aus den Gefühlen. Wenn du nun einen materiellen Körper willst, das heißt, geboren werden möchtest, dann brauchst du noch einen ätherischen Körper, der noch dichter ist, sozusagen als Bindeglied zwischen den anderen Körpern und der Materie. Dann formst du dir einen materiellen Körper. Kinder bis zu sieben Jahren haben sehr oft noch Verbindung zu der Astralwelt, aber irgendwann verlernen sie es auf dieser Ebene zu sehen, meistens durch die Erziehung. Viele Eltern kennen das, die Kinder spielen dann mit sogenannten unsichtbaren Spielgefährten und irgendwann wird ihnen das so unheimlich, daß sie es unterbinden und dann verliert das Kind recht schnell die Fähigkeit zu "sehen" und es ist sehr schwer dies später wieder zu lernen! Im Alter von 7 Jahren bist du dann fest inkarniert, das bedeutet in der Materie verankert. Du vergißt, woher du gekommen bist und lebst dein Leben. Vorher hast du dir eine Lebensaufgabe gestellt und dir Ziele gesetzt, die du versuchst zu erreichen. Das Göttliche in dir kannst du dein Höheres Selbst nennen, die verschiedenen Körper, ausgenommen der materielle, mit dem Höheren Selbst sind deine Seele. Die meisten identifizieren sich nur mit dem Körper und einem Teil des Bewußtseins, alles andere ignorieren sie oder versuchen es zumindest. Dein Höheres Selbst weiß natürlich immer um deine Ziele und versucht dich behutsam in die richtige Richtung durch die innere Stimme zu führen."

Abermals machte er eine Pause und schaute mich prüfend an. Als er merkte, daß ich noch ganz bei der Sache und aufnahmefähig war, fuhr er fort.

"Gelingt es dem Höheren Selbst nicht dich zu führen, weil du nicht auf deine innere Stimme hörst, ja sie sogar zum Schweigen bringst, dann ist Leid die Folge. Krankheiten zum Beispiel, die versuchen dir klarzumachen "was dir fehlt" und die dich zu neuen Denkprozessen und Verhaltensweisen anregen wollen. Es gibt unzählige Möglichkeiten für das Höhere Selbst die Seele wieder auf den ursprünglichen Weg zurückzuführen. Geht auch das alles schief, dann führt das Höhere Selbst dich in den Tod, also, du verlierst den materiellen Körper und kannst nochmals von vorne beginnen. Dies ist aber nur der allerletzte Ausweg! Um es kurz zu fassen, es geht im Leben um das Lernen, die seelisch-geistige Weiterentwicklung ist sehr wichtig, was aber nicht heißt, daß du die

Materie nicht genießen darfst - ganz im Gegenteil! Du sollst lernen, auf allen Ebenen bewußt zu werden während du im Körper bist, das ist nicht so ganz einfach und geschieht daher Schritt für Schritt! So, das wäre mal im Groben das Wichtigste zunächst. Wo sind wir nun? Wir Trolle, Feen, Elfen und all die anderen, die angeblich nur in Märchen existieren? Wir sind auf dieser astralen Ebene, manche von uns sind die Seelen von Pflanzen, Bäume, der Erde, andere sind Helfer und Heiler für sie und auch den Menschen."
Nun war ich vollkommen verwirrt: "Aber wie kann ich dich dann sehen?"
Er lächelte mich verschmitzt an und sagte: "Weil du nun in der Astralwelt bist!"
Ich schaute ihn mit großen Augen an und verstand nichts mehr! Behutsam streichelte er mich und setzte seine Erklärungen fort.
"Tscha, nun, ich muß dir noch mehr über die astrale Ebene erklären. Also, es ist die nächsthöhere Ebene und der Beginn von dem, was ihr Menschen das Jenseits nennt. Wenn du schläfst, dann kannst du in diesem Bereich agieren. Es gibt sehr wenige, die das bewußt können. Die meisten steigen in der Nacht einfach aus ihrem Körper heraus, schweben entweder über ihm oder sitzen daneben und reflektieren die Tagesgeschehnisse. Manchmal kommt auch jemand in der Astralwelt auf ihn zu und es entsteht ein Dialog. Es ist schwierig zu erklären, du bist dann irgendwie wie in Watte gepackt und nimmst alles nur traumhaft wahr. Und genau so bezeichnet ihr das auch, als Traum! Egal, ob es sich um ein tatsächliches Geschehen auf der astralen Ebene handelt oder um das Nachdenken über das Tagesgeschehen, ihr nehmt es als Traum, als etwas Unwirkliches wahr, weil ihr eure Verbindung zu dieser Welt unterbrochen habt. Verstehst du das?"
"Mh, ich glaube schon!" sagte ich zögernd. "Also, träume ich jetzt?"
"Du hast es noch nicht ganz begriffen, aber das kommt schon noch! Nein, du träumst nicht, denn die Definition eines Traumes ist ein unwirkliches Geschehen, etwas, was dein Gehirn hervorbringt, etwas nicht Reales. Daher träumst du nicht, sondern du erlebst etwas ganz Reales auf der astralen Ebene."
Mir wurde heiß und kalt! "Heißt das etwa, daß ich gestorben bin?"

"Nein, oh, nein!" meinte Squiesel da lachend. "Ganz und gar nicht! Ich will dir sagen was dein physischer Körper gerade macht! Er sitzt auf dem Boden vor der Schneekugel und starrt darauf!"
"Das gibt es doch nicht!" stammelte ich entsetzt. "Ich bin doch hier oder etwa nicht?"
"Ja, mein Liebes, das bist du!" antwortete Squiesel geduldig. "Du bist nicht dein physischer Körper, es ist nur ein, ja, wie ein Kleidungsstück, das du im Moment gerade nicht an hast!"
"Lebt der Körper denn noch?" fragte ich total fassungslos.
"Natürlich lebt er noch, es ist wie wenn du schläfst, die Funktionen sind herabgesetzt und er ruht sich aus! Ihr habt im Volksmund einige interessante und sehr wahre Sprüche. Zum Beispiel, daß der Schlaf der Bruder des Todes ist! Du bist jetzt noch verbunden mit deinem physischen Körper, passiert etwas Wichtiges um ihn herum, dann bist du mit einem Satz wieder in ihm drin damit du handeln und reagieren kannst! Die Verbindung zu dem physischen Körper nennt man auch Silberschnur, du kannst es dir wie eine Nabelschnur eines Babys vorstellen, allerdings ist diese Schnur unendlich weit dehnbar!"
Nachdenklich starrte ich vor mich hin. Er blieb ganz ruhig, um mir Zeit zu geben dies alles zu verarbeiten.
Ich war ziemlich durcheinander und es dauerte geraume Zeit bis ich das alles in Gedanken so weit geordnet hatte, um Fragen stellen zu können.
Squiesel war aufgestanden, hatte unsere Schalen wieder mit Tee gefüllt und in beiden nochmals ein Stück Honig hineingelegt.
"Wie ist es denn möglich, daß ich hier sitze und Tee trinke?" fragte ich ihn schließlich erstaunt, als es mir so richtig bewußt wurde, daß das ja eigentlich gar nicht sein kann.
"Warum sollte es nicht möglich sein? Woher willst du wissen wie es auf der astralen Ebene aussieht und was möglich ist oder nicht?" fragte er schmunzelnd zurück.
"Ist das nun real oder eine Fiktion?"
"Wie fühlt es sich denn an?"
"Real!"

"Also, da hast du doch schon die Antwort! Und wie es möglich ist, nun, einfach dadurch, daß ich einen Tee gekocht habe für uns!" sagte er frech.
Langsam entspannte ich mich wieder und fühlte mich nun etwas wohler.
"Weißt du, Kema, du bist noch so in eurem menschlichen Denken, euren Ansichten über die Welt und das Jenseits gefangen, daß du gar nicht richtig klar denken kannst! Versuche einfach mal alles, was dir bisher auf diesem Gebiet beigebracht wurde, zu vergessen. Nimm` es nun einfach mal hin, daß du aus deinem Körper bewußt herausgetreten bist und dich nun hier mit mir in der Astralwelt befindest. Diese Ebene ist nicht weit entfernt von der anderen, um genauer zu sein, all diese anderen, feinstofflichen Ebenen durchdringen die physische, nur konntest du es bisher nicht mehr sehen! Denke darüber später mal nach, deine physischen Augen können nur ein Teil des Lichtspektrums sehen, das hast du doch sicher in der Schule gelernt! Aber es gibt so viele Schwingungsebenen oberhalb und unterhalb dieses für das menschliche, physische Auge sichtbare Spektrum. Weil du es nicht sehen kannst, bedeutet es nicht, daß es diese anderen Schwingungsebenen nicht gibt!"
Das leuchtete mir ein, das konnte ich begreifen und fühlte mich daher wieder sicherer!
"Du bist nun dabei zu lernen auf unserer Ebene zu sehen! Also, im astralen Bereich! Der erste Schritt ist dabei, daß du den Körper bewußt verläßt und mit deinen astralen Augen schaust! Der nächste Schritt wäre dann, daß du in deinem physischen Körper deine Astralaugen aufmachst und siehst!"
"Und als Kind, wie war es da? Habe ich da auch meinen physischen Körper verlassen?" fragte ich neugierig.
"Nein, ich sagte bereits, daß Kinder noch die Fähigkeit haben eine gewisse Zeit lang mit den astralen Augen zu sehen! Die Unwissenheit der Erwachsenen sorgt dann dafür, daß diese Augen sich wieder schließen. Darum mußt du es nun wieder mit einem Zwischenschritt lernen. Das ist eine deiner Lebensaufgaben dies zu lernen und es allen, die du triffst zu erzählen, damit sie endlich wieder die Wahrheit erfahren! Es gibt so viele Mißverständnisse,

Berichte, die im Laufe der Zeit verfälscht wurden, daß es notwendig ist, einiges richtigzustellen und das sollst du nun tun! Auch über uns, die ihr Naturgeister genannt habt, herrscht sehr viel Verwirrung, auch dies muß nun endlich wieder klar gestellt werden."
"Aber wie soll ich das denn machen? Das glaubt mir doch keiner!"
"Ach, unterschätze nicht die Fähigkeiten des Menschen intuitiv die Wahrheit zu erkennen, wenn sie ihm begegnet!" sagte er ernst. "Und über das Wie, darüber brauchst du dir noch keine Gedanken machen, vertraue auch deiner Intuition, zum richtigen Zeitpunkt wirst du wissen, was du zu tun hast!"
"Jetzt will ich aber auch endlich mal was sagen!" fauchte es da aus dem Kamin.
Erschrocken schaute ich Squiesel an, der grinste aber nur breit!
Was war das denn gewesen? Ich betrachtete den Kamin genauer, konnte aber nichts erkennen.
"Schau` ins Feuer, du kleines Dummerchen!" zischte es da wieder.
Langsam ging ich näher an den Kamin heran und blickte ins Feuer. Erschrocken wich ich ein Stück zurück und Squiesel begann schallend zu lachen.
"Wie ist das möglich?" stotterte ich entsetzt. "Was ist das da drin?"
Squiesel schüttelte sich vor Lachen und wischte sich bereits die Tränen ab.
"Was ist was?" zischelte es da wieder nun recht empört. "Ich bin kein Etwas!"
Wieder näherte ich mich dem Feuer, tatsächlich, nun konnte ich es genauer erkennen - da war ein Gesicht in den Flammen und es schaute mich vorwurfsvoll und direkt an!
"Ja, erkennst du mich denn nicht mehr?" brummelte es beleidigt.
Nun mischte sich Squiesel doch ein, setzte sich vor den Kamin, tupfte noch ein paar Lachtränen ab.
"Nein, ihre Erinnerung ist noch nicht wieder zurückgekehrt. Da mußt du dich noch etwas gedulden!" antwortete er an meiner Stelle.
Er drehte sich zu mir: "Darf ich dir vorstellen, das ist Flam! Die Seele dieses Feuers, wenn du so willst!"

Ich war wirklich baß erstaunt und sagte zaghaft: "Hallo, Flam! Es tut mir leid, aber ich kann mich beim besten Willen noch nicht an dich erinnern, ich hoffe, du verstehst und verzeihst mir das!"
"Nun gut, ich verstehe und natürlich verzeihe ich dir auch!" brummelte Flam wieder etwas versöhnt und im klagenden Ton zu Squiesel gewandt: "Du hättest aber ruhig früher etwas über mich sagen können, statt dessen redest und redest du, wie üblich ohne Punkt und Komma über die vielen Ebenen, daß einem ganz schwindlig davon werden kann und bringst das arme Kind total durcheinander!"
"Na, nun übertreib` mal nicht!" verteidigte sich Squiesel. "Oder täusche ich mich da? War es wirklich so schlimm?"
"Nein, das nicht, aber es ist schon eine Menge zu verdauen für mich!"
"Siehste!" kommentierte Flam meine Antwort zufrieden und ließ ein paar Funken herausregnen.
"Paß` doch auf!" schimpfte Squiesel. "Beinahe hättest du uns getroffen!"
"Ach, was! Sie hätte ich nicht getroffen und bei dir ist`s mir egal!" fauchte es aus dem Kamin.

In dieser Art und Weise ging es weiter und mir wurde allmählich bewußt, daß die beiden sich ständig über Kleinigkeiten stritten. Natürlich war das von keinem wirklich ernst gemeint, man spürte wie sehr sie sich mochten und sich einfach nur aus Spaß diese Wortgefechte lieferten!
Für mich war es eine willkommene Gelegenheit, etwas zu entspannen und all das bisher Erlebte und Gehörte zu sortieren. Ich vermutete auch, daß dies Sinn und Zweck der Übung war, denn sie bezogen mich beide nun nicht mehr ins Gespräch mit ein!

Wir saßen direkt vor dem Kamin, die beiden beschimpften sich weiter und ich schaute vor mich hin und dachte nach.
Ich sollte lernen auch in meinem Körper diese Ebene bewußt wahrzunehmen, hatte Squiesel gesagt! Und im Moment befand ich mich außerhalb von ihm! Ich war aus meinem Körper ausgetreten und fühlte mich nicht anders wie sonst! Halt, nein, das stimmte

nicht, ich sah, hörte, fühlte, schmeckte und roch viel intensiver, alles schien klarer, ja, realer zu sein! Ich fühlte mich tatsächlich wirklicher wie in meinem Körper und so leicht und, mh, ja, genau, frei, das war das richtige Wort!
Zunächst hatte mich das wirklich sehr erschreckt, aber so langsam gewöhnte ich mich an diesen Gedanken! Eigentlich war es gar nicht so übel, das Ganze versprach überaus interessant und aufregend zu werden!
Anderen sollte ich davon erzählen, gut und schön, aber wie? Bei der Vorstellung meine Erlebnisse meinen Freunden und Bekannten zu berichten, fühlte ich mich gar nicht so wohl in meiner Haut. Einige würden mir wohl glauben, doch bei ein paar anderen konnte ich im Geiste schon regelrecht die spöttischen Gesichtsausdrücke sehen und das Gelächter hören. Aber es sollte doch eine meiner Aufgaben sein! Ich entschied, ein anderes Mal darüber nachzudenken, wie ich das am Besten tun sollte und wandte mich wieder den beiden zu.
"Hab` ich nicht!" schimpfte da gerade Squiesel lautstark.
"Hast du wohl!" zischelte Flam zurück.
"Über was streitet ihr euch denn? Ich hab` gerade nicht zugehört!" sagte ich.
"Wir uns streiten?" fragte Squiesel erstaunt.
"Wir streiten uns doch nicht! Wie kommst du denn darauf?" flötete es zuckersüß aus dem Kamin.
Ich gab es auf und grinste die beiden nur an.

"So, nun werden wir uns endlich auf den Weg machen!" sagte Squiesel.
"Oh, das ist gemein, das ist so unfair! Du willst sie ja nur für dich alleine haben, das ist wieder typisch!" fauchte Flam erbost.
"Ist doch gar nicht wahr! Ich muß ihr einiges zeigen und erklären, das weißt du doch! Ein anderes Mal kannst du dich in Ruhe länger mit ihr unterhalten. Was Vernünftiges kriegt sie von dir eh` nicht zu hören!"
Die Antwort darauf war ein kräftiger Funkenregen, doch Squiesel hatte sich schon mit einem Satz außer Reichweite gebracht.
Ich ging näher an das Feuer heran. "Ich freue mich darauf, dich bald wiederzusehen!" sagte ich zu Flam.

"Nun gut," meinte der "dieser komische Waldkauz hat wohl recht, ihr müßt weiter! Aber komm` bald deinen alten Salamander besuchen, ja?"
"Natürlich!" gab ich lachend zurück. "Bis bald!"
"Auf wiedersehen, meine Kleine!" wisperte er.
Ich erhob mich nun auch und folgte dann Squiesel aus dem Raum.

Wir gingen durch die andere Öffnung rechts einen kleinen Gang entlang. Am Ende konnte ich den Ausgang erkennen, eine schmale Spalte mit Grünzeug bedeckt, ein bißchen Licht schimmerte durch. Squiesel schob die Pflanzen vorsichtig beiseite und ließ mich durchgehen.
Grelles Tageslicht blendete mich zunächst und ich brauchte kurze Zeit, um mich daran zu gewöhnen.
Als ich wieder richtig klar sehen konnte, stieß ich einen leisen Schrei aus.
"Unmöglich, das gibt es doch nicht!"
"Unmöglich, unmöglich, gibt es nicht!" äffte der Troll mich nach. "Bei dir ist immer alles unmöglich!"

Erstaunt sah ich mich um, wir standen unten an einem kleinen Hügel in dem Park, in dem ich früher als Kind immer gespielt hatte. Das Verblüffendste an der ganzen Sache war jedoch, es war Frühling!
Überall sprießten die jungen Blätter hervor, die Wiese war saftiggrün und es wuchsen viele Blumen. Das Wiesenschaumkraut, das ich immer mit Vorliebe gepflückt hatte, viele Gänseblümchen, Unmengen Löwenzahn und andere Blumen, deren Namen ich nicht kannte!
Die kräftigen Farben taten mir nun in den Augen weh und ich schloß sie ein paar Mal und strich darüber.
Vögel zwitscherten und eine Hummel flog geschäftig vorbei, aber irgend etwas war hier anders!

In der Nähe ertönte ein leises Lachen, es klang wie ein kleines Glöckchen. Ich schaute mich um und entdeckte ein kleines Wesen, das über einer Blume flatterte! Langsam ging ich näher heran,

kniete mich nieder und betrachtete es genauer. Es war entzückend, sah aus wie ein kleiner Mensch, abgesehen von den großen, schwarzen Augen, trug ein blaues, langes Kleid und hatte wunderschöne Flügel! Wie ein Schmetterling, nein, noch schöner, sie waren in verschiedenen Blau- und Türkistönen gefärbt. Die Haare des Wesens waren lang und blond und es lächelte mich lieb an.
"Wer ist das denn?" fragte ich Squiesel erstaunt.
"Ich kann selber antworten!" sagte es da und ließ wieder sein niedliches Lachen hören.
"Oh, Verzeihung!" stotterte ich verlegen und errötete etwas.
Noch mehr kleine Glöckchen ertönten und ich entdeckte zwei weitere dieser Geschöpfe.
Eines saß auf einem Blatt, hatte ein fliederfarbenes Gewand an, schwarze Haare und anders geformte Flügel in den Farben rot, rosa und lila. Das andere spickelte hinter einer Blüte hervor, die Haare waren braun und die Flügel sahen aus wie die einer Libelle mit dem Unterschied, daß sie gelb und hellgrün gefärbt waren!
"Ich heiße Lia!" sagte das erste.
"Und ich bin Mia" meinte die mit den Libellenflügeln "und das da ist Ti!" Sie wies auf die Schwarzhaarige.
"Ich bin sehr erfreut euch kennenzulernen!" sagte ich etwas förmlich. Wieder lachten sie alle drei und ich war bezaubert!
"Wir kennen uns..." sagte Lia.
"doch schon..." sagte Mia.
"sehr lange!" vollendete Ti den Satz.
Ganz dunkel erinnerte ich mich, daß die drei ganz gerne so oder im Chor redeten. Überrascht schaute ich sie an.
"Richtig..." sagte Lia.
"so reden..." sagte Mia.
"wir gerne!" sagte Ti.

Squiesel setzte sich neben mich ins Gras und meinte lachend: "Ich weiß, es ist manchmal etwas anstrengend sich mit ihnen zu unterhalten. Als Kind hast du ihnen aber gerne zugeschaut und warst von ihrem Lachen begeistert."
"Das bin ich immer noch!" sagte ich strahlend.

Nach und nach tauchten ein paar Bilder in mir auf, ganz vage, schwach und unzusammenhängend.
"Ihr seid Blumenelfen, richtig?" fragte ich gespannt.
"Ja, das sind wir!" riefen sie gleichzeitig aus.
"Jede Blume, so wie jedes Geschöpf auf dieser Welt, hat ja eine Seele, wie ich dir erklärt habe, also, feinstoffliche Körper und du siehst nun die Seelen dieser drei Blumen vor dir!“ erklärte mir Squiesel.
Ich folgte gerade mit den Augen der Hummel von vorhin und fragte naiv: "Gibt es auch Hummelelfen?"
Damit erntete ich schallendes Gelächter von allen, was mich ein bißchen ärgerte. Ich schaute ungeduldig von einem zum anderen und wartete bis sie sich wieder beruhigt hatten.
Liebevoll legte Squiesel dann seinen Arm um mich, Ti, Lia und Mia flatterten herbei und setzten sich auf meine Knie.
"Sei nicht böse auf uns!" meinte er.
"Nicht böse sein!" bekräftigten die Blumenelfen.
"Wir haben dich nicht ausgelacht, Kema!" sagte er wieder ernst geworden.
"Es ist nur so süß gewesen, denn es ist dasselbe wie wenn du gefragt hättest, ob es Menschenelfen oder Katzenelfen gäbe!"
Wieder lachten sie alle und ich mußte unwillkürlich mitlachen!
"Nein, die Hummel ist doch ein Tier und Tiere haben, genau wie Menschen, einen feinstofflichen Körper, der so ähnlich aussieht wie der physische Körper. Zumindest die meisten und hier auf der astralen Ebene!"
"Aber warum ist das nur bei Mensch und Tier so?" fragte ich verblüfft.
"Das kommt daher, daß der Mensch und das Tier andere Aufgaben hier haben wie die Pflanzen. Die Seelen der Pflanzen haben aus Liebe zugestimmt die Rolle der Ernährer zu übernehmen!"
Ich begriff nicht sofort und Squiesel sprach geduldig weiter:"Der Mensch und auch die Tiere müssen doch etwas essen, um dem Körper Nährstoffe zuzuführen. Hauptsächlich werden Unmengen Pflanzen als Nahrung verwendet und wenn nun die Seelen der Pflanzen so fest im Körper verankert wären wie bei vielen Tierarten und beim Menschen, dann müßten sie furchtbar leiden! Außerdem

kommt dazu, daß sie viel schneller den physischen Körper wechseln, bedenke die Lebensdauer vieler Pflanzen, und von daher sich auch nicht so vollkommen mit der Materie identifizieren wie der Mensch!"
"Aber leiden sie nicht trotzdem sehr?" fragte ich entsetzt.
"Normalerweise nicht, vorausgesetzt man erntet die Pflanzen auf liebevolle Weise, pflegt sie anständig wie es sich gehört und ist dankbar dafür, daß sie ihr Leben lassen!"
Bilder unserer modernen Landwirtschaft stiegen in mir auf, mit all den Gerätschaften, die dafür verwendet werden!
"Ja, es ist schrecklich, was mit unseren Geschwistern heutzutage gemacht wird. Sie können sich gar nicht so schnell darauf vorbereiten sich vom Körper zu trennen und dadurch haben sie natürlich Schmerzen!" sagten die drei Elfen traurig. "Wir haben es da ja noch viel besser!"
"Dann denke mal an die Dünger, die Pestizide!" sagte Squiesel bedrückt.
"Ja, die brennen schrecklich sagen unsere Geschwister - es tut fürchterlich weh, denn sie sind ja noch mit dem Körper verbunden!" bestätigten Ti, Lia und Mia gleichzeitig. "Wir sind froh, daß wir keine Weizenährenseele oder sonst etwas sind!"
"Ja, aber ihr habt`s deswegen auch nicht gerade leichter." meinte Squiesel. "Denn ihr bekommt auch so einige Gifte mit über die Luft und den Regen! Auch geht der Mensch mit euch nicht gerade liebevoll um! Du mußt wissen, Kema, daß die Blumen und manche Pflanzen nur zur Freude der anderen Lebewesen da sind. Um Vielfalt zu schaffen, um das Auge durch die Schönheit und die Seele durch den Duft zu erfreuen. Freude ist das Wichtigste, ohne Freude verkümmern alle Seelen, denn Freude ist lebendiger Ausdruck der Liebe!"

Schuldbewußt senkte ich da den Kopf, oh Gott, wie oft hatte ich Blumen gepflückt und daheim in die Vase gestellt!
"Nein, nein, Kema!" riefen die Elfen. "Das ist schon in Ordnung! Wir freuen uns sogar, wenn der Mensch uns pflückt, zuhause aufstellt und sich an uns erfreut! Wir bleiben ja dann auch in der Nähe bis der Körper abgestorben ist! Nur ist es leider so, daß viele

uns achtlos ausrupfen, oft gleich danach wieder wegwerfen und in keinster Weise erfreut oder dankbar sind! Dann sind wir natürlich traurig, weil wir unser Lebensziel, nämlich Freude zu schenken, nicht erreicht haben! Verstehst du?"
Ich nickte, ja, jetzt verstand ich es!
Es war nicht der Tod, den sie fürchteten, wozu auch? Sondern die Art zu sterben und die Möglichkeit ihr Lebensziel nicht erreichen zu können! Ich stellte mir vor wie mir dabei zumute wäre...
Ratlos schaute ich meine Freunde an, es waren schon lange meine Freunde, wie hatte ich sie nur vergessen können? Tränen stiegen mir in die Augen, alle vier rückten noch näher an mich heran und versuchten mich zu trösten.
Ti begann ein wunderschönes Lied zu singen, Lia und Mia stimmten sofort ein.
Zarte, helle und so reine Töne schwebten durch die Luft, so süß und lieblich...
In einem plötzlichen Erkennen wurde mir bewußt, daß sie mich schon oft so getröstet hatten, immer wenn ich als Kind weinend angelaufen kam, hatten sie mir dieses Lied vorgesungen.
All die anderen Blumenelfen um uns herum sangen ebenfalls mit, der ganze Park war erfüllt von diesem wunderschönen Gesang! Ich spürte die Töne auf der Haut, die mich streichelten, sog ihren Duft tief ein und sie berührten mein innerstes Wesen. Augenblicklich fiel alles Negative von mir ab und ich lauschte, spürte, roch, sah und schmeckte das Lied mit meinem ganzen Sein. Ganz verzückt saß ich da und nahm es tief in mich auf, es reinigte mich innerlich und ich verstand die Worte des Liedes mit meinem Herzen.
Lange nachdem der letzte Ton verklungen war, saßen wir alle noch versunken und stumm da.
"Das war wunderschön!" seufzte ich schließlich. "Vielen Dank ihr Lieben!"
"Wir hatten dich früher im Verdacht, daß du manchmal extra geweint hast, nur um dieses Lied zu hören." meinte Squiesel grinsend.
Empört wollte ich widersprechen, als mir einfiel, daß es tatsächlich so ähnlich gewesen war! Ich hatte das hin und wieder gemacht, allerdings nur in Zeiten, in denen mir sowieso ein bißchen nach

Weinen zumute war, denn eine besonders gute Schauspielerin war ich nämlich nie gewesen.
Trotzdem mußte ich in diesem Moment wohl gewirkt haben wie ein kleiner Räuber, den man auf frischer Tat ertappt hatte, denn alle fingen lauthals an zu lachen!
Grinsend meinte ich da: "Vor euch kann man aber auch nichts geheimhalten!"
"Da hast du recht, nicht einmal deine Gedanken!" bekräftigte Squiesel.
In der Tat fiel es mir erst da so richtig auf, daß ich oft Antworten auf in Gedanken gestellte Fragen bekommen hatte.

"Wie ist es eigentlich mit den Tieren, die von anderen Tieren aufgegessen werden. Müssen die nicht extrem leiden?" griff ich das Thema von vorhin wieder auf.
"Oh ja!" sagte Squiesel. "Doch schlimmer ist es mit Tieren, die vom Menschen gegessen werden! Zumal der Mensch eigentlich als Vegetarier gedacht war. Das kannst du am Gebiß und an seinem Darm erkennen! Betrachtest du es genauer, siehst du, daß es das Gebiß eines Pflanzenfressers ist mit Schneide- und Mahlzähnen und nicht das eines Raubtieres. Der Darm ist für einen Fleischfresser viel zu lang, die haben kurze Därme, denn die Nährstoffe vom Fleisch werden schneller verwertet und der Abfall muß bald ausgeschieden werden. Alle Pflanzenfresser unter den Lebewesen haben lange Därme, weil es notwendig ist und ißt nun so ein Vegetarier Fleisch, dann vergiftet er sich jedesmal leicht, da es zu lange im Darm verbleibt! Daher sind wir froh, daß du schon lange kein Fleisch mehr zu dir nimmst. Zumal es ja auch noch die negativen Schwingungen durch seine Erlebnisse aufweist, die du dann ebenfalls mit aufnehmen würdest!"
"Negative Schwingungen durch seine Erlebnisse?" wiederholte ich verwirrt.
"Ja, aber klar! Jedes Erlebnis wird doch gespeichert!"
"Ich dachte nur im Kausalkörper oder wie der heißt?"
"Nicht nur im Kausalkörper, sondern in allen Körpern, auch dem physischen wird jedes Erlebnis vermerkt. Es gibt ja auch so etwas, das man Zellgedächtnis nennen könnte! Also, alles wird

gespeichert, ob positiv oder negativ. Wenn du stirbst, dann bist du erst auf der astralen Ebene. Da verarbeitest du zunächst einmal das, was du in deinem Leben erlebt hast und lernst weiter, dann ziehst du dich auf die mentale Ebene zurück, dein Astralkörper löst sich auf und schließlich gehst du auf die kausale Ebene. Von dort aus bereitest du deine neue Inkarnation vor und legst dir dann neue Körper auf den verschiedenen Ebenen zu!"
"Aha, also, nur der Kausalkörper bleibt bestehen?"
"Ja, genau, alles andere ist jedesmal wieder neu. Ist doch auch logisch, denn deine Gedanken und Gefühle ändern sich ja ständig!"
"Ja, klar! Also, wenn ich dann ein Tier esse, dann nehme ich alle Erlebnisse in Form von negativen oder positiven Schwingungen mit auf, richtig?"
Squiesel nickte und schaute mich dabei ernst an.
Es dauerte eine Weile bis ich es verstand.
"Oh, mein Gott!" entfuhr es mir dann. "Das ist ja schrecklich! All das Leid der Tiere, ihr trauriges Dasein, Massentiertransporte, die Ängste, der grausame Tod..."
"Ja, genau und all dies nimmst du in dir auf, wenn du das Tier dann ißt!" bekräftigte er. "Das gilt für alles, was du als Nahrung zu dir nimmst!"
Wie betäubt schaute ich ihn an!
Bevor ich noch weiter darüber nachdenken konnte, klopfte er mir auf die Schulter und meinte verschmitzt:"Zum Glück ist das nun bei dir anders. Und da wir gerade von Negativem reden - das Rauchen könntest du nun wirklich auch endlich aufgeben, nich` ?"
Dabei zwinkerte er mir mit einem Auge zu und fuhr dann, ohne auf eine Antwort von mir zu warten, fort: "Jetzt haben wir uns aber hier genug unterhalten, wir sollten mal weiter. Es gibt noch vieles für dich zu sehen und einige Besuche müssen wir auch noch machen!"
"Wen besuchen wir denn?" fragte ich neugierig.
"Abwarten, wirst schon sehen!"
Wir verabschiedeten uns von Ti, Lia und Mia und setzten unseren Weg fort!

Am Ende des Parks, kurz vor dem Ausgang, blieb Squiesel vor einer Birke stehen.

"Birken wurden früher als Sinnbild des Frühlings gesehen!" sprach er und schaute sie liebevoll an.
"Mir gefallen sie!" sagte ich. "Das Grün im Frühjahr ist so frisch und lebendig!"
"Ja, sie können dir viel Vitalität geben, wenn du dich ihren Kräften öffnest!" erklärte er, dabei sanft über die Rinde streichend.
"Bäume sind eine Ausnahme unter den Pflanzen, die Seelen sind sehr eng mit dem Körper verbunden. Sie sind sehr hochentwickelte, intelligente Geschöpfe! Wenn du dich erschöpft und ausgelaugt fühlst, dann gehe hinaus ins Freie, suche dir intuitiv einen Baum heraus und umarme ihn. Bitte ihn, dir zu helfen, vertraue dich ihm an, lehne dich an ihn und er wird dir seine ruhige Ausdauer und Kraft vermitteln. Von Bäumen kannst du sehr viel lernen, wenn du ihnen mit Liebe und Achtung begegnest!"
Fasziniert betrachtete ich die Bäume um mich herum. Ja, das stimmt, das hatte ich auch schon früher instinktiv gewußt, denn ich hielt mich als Kind oft stundenlang auf einem Baum auf. Ich saß dort oben, es war schön alles um mich herum aus dieser Distanz zu betrachten, hatte dort gelesen oder einfach nur vor mich hingeträumt...
Squiesel ging weiter aus dem Park hinaus auf die Straße. Straße? Moment mal, da war gar keine, da müßte aber eine sein! Wir waren mitten im Wald!
Verblüfft blieb ich stehen und schaute Squiesel fragend an.
"Tscha, nun..." meinte er grinsend und zuckte mit den Schultern "wir sind eben auf der astralen Ebene!"
"Ich begreife das nicht! Wie ist das möglich?" fragte ich ihn ungläubig.
"Hier ist es einfach so, du wünschst dir etwas fest und schon bist du da. Ich wollte in den Wald gehen - da sind wir!"
"Und wie kann es überhaupt sein, daß es jetzt Frühling ist? Es müßte doch auch Winter sein!"
"Zeit spielt hier nicht die Rolle wie in der physischen Welt. Zeit ist nur eine Art Raum, in dem du dich frei bewegen kannst. Daher gibt es hier auch nicht so eine Einteilung wie bei euch mit Vergangenheit, Gegenwart und Zukunft. Ihr bewegt euch auf einer Zeitschiene, von der Vergangenheit in die Zukunft. Die Ereignisse

folgen hintereinander, aber bei uns ist das anders - sie laufen sozusagen parallel, gleichzeitig ab. Hier ist schon das ewige Jetzt! Aber du bist natürlich sehr geprägt von dem physischen Leben und der linearen Zeit, so daß dies sehr schwer für dich zu begreifen ist. Es ist gut, wenn du es mal gehört hast und es einfach so hinnimmst! Du mußt nicht alles gleich auf einmal begreifen, o.k.?"
Ich hatte ihn mit immer größer werdenden Augen angeschaut, nun hakte er sich bei mir ein und zog mich weiter voran.
Nun gut, ich merkte schon, daß es da einiges gab, über das ich länger in Ruhe nachdenken mußte und schob im Geiste das Thema beiseite. Aber etwas wollte ich gleich wissen!

"Du, Squiesel!" begann ich und hielt wieder an, er schaute mich ernsthaft an.
"Wie ist das nun eigentlich? Wenn ich sterbe, dann bin ich hier, nicht? So wie jetzt, oder?"
"Ja, natürlich!"
"Kann ich dann die anderen, Freunde und so auf der physischen Ebene sehen? Oder was passiert da genau?" fragte ich weiter.
"Nun, zunächst mal ja, also, du hältst dich kurze Zeit in der Nähe auf. Nach etwa drei Tagen löst sich dein ätherischer Körper auf - das Bindeglied, weißt du noch? Dann gehst du in der Regel weiter, kannst deine Freunde oder Familie aber immer wieder besuchen und mal nach ihnen sehen. Auch wenn jemand stirbt, den du liebst, dann weißt du das vorher und gehst zu dieser Person, so daß das erste, was sie sieht, jemand ist, den sie kennt! Das ist der Normalfall, es kommt aber letztendlich immer darauf an wie du gelebt hast und wie du eingestellt bist. Also, wenn du ganz extrem an der Materie hängst und dich daran klammerst, dann wirst du das, was man eine erdgebundene Seele nennt!"
"Was ist das genau?"
"Ja, eben eine Seele, die es nicht schafft loszulassen. Du läufst dann umher, wunderst dich darüber, warum keiner dich sehen kann, niemand dir antwortet, ja, durch dich hindurchgeht wie durch Luft, kurzum, du begreifst gar nichts mehr! Und je nach Charakter und auch Todesart, kannst du den anderen Menschen ganz schön auf den Wecker gehen!" meinte er, breit grinsend.

"Wie das denn?"
"Du hast doch schon von Poltergeistphänomenen gehört, oder?"
"Ja, selbstverständlich!"
"Siehst du, das sind zum Beispiel solche Seelen, sie versuchen auf sich aufmerksam zu machen, weil sie Hilfe brauchen. Es ist wie wenn sie da festgefahren sind und alleine nicht mehr herauskommen können. Dazu muß man wissen, daß es verschiedene astrale Ebenen gibt!"
"Verschiedene astrale Ebenen?" quietschte ich entsetzt, hatte ich doch gerade so in etwa die vielen anderen Bereiche für mich geordnet und einigermaßen verstanden. Nun kam er auch noch mit verschiedenen Astralbereichen daher!
"Keine Sorge!" beschwichtigte er. "Es hört sich schwieriger an wie es ist! Sie unterteilen sich eben auch in unterschiedliche Schwingungsebenen, genau wie bei der großen Einteilung. Also, es ist wirklich nichts Weltbewegendes! Was ist der Unterschied zwischen Haß und Liebe?"
Verständnislos schaute ich ihn an. Was soll das denn nun? Was hat das damit zu tun?
"Nun?"
"Es sind entgegengesetzte Gefühle. Das eine negativ, das andere positiv!"
"Richtig! Was meinst du, schwingen diese beiden Gefühle gleich?"
"Natürlich nicht!" rief ich entrüstet aus. Was für eine Frage?
"Siehste! Und deswegen gibt es unterschiedliche astrale Ebenen!" triumphierte er.
Jetzt war bei mir der Groschen gefallen. Na klar, das muß sogar so sein, daß sie unterteilt ist! Absolut logisch! Denn sie ist ja aus dem "Stoff " Gefühle!
Erleichtert seufzte ich, das war wirklich nicht schwierig gewesen.

"Wie ist das nun mit den erdgebundenen Seelen? Die sind doch dann wohl auf einer niederen Astralebene, oder? Sind sie da gefangen? Kann man ihnen helfen?" fragte ich gespannt.
"Ja, ja, ja! Sie haben sich selbst gefangen, weil sie Angst haben und nicht loslassen können!"
"Wieso haben sie Angst?"

"Nun, weil sie nicht wissen wo sie sind! Bei euch gehört so was auch nicht zur Allgemeinbildung dazu - leider!" seufzte Squiesel. "Es würde bei weitem nicht so viele solcher Seelen geben, wenn ihr endlich begreifen würdet, daß der Tod nicht das Ende bedeutet, sondern nur Umwandlung, eine Geburt in ein anderes Leben! Viele klammern sich ja nur an die Materie, weil sie einfach nicht wissen, was auf sie zukommt. Sie glauben, wenn sie loslassen, werden sie ausgelöscht werden, was natürlich absoluter Quatsch ist! Helfen kann man ihnen, indem man genau erklärt was passiert ist, wo sie sind und was sie nun tun müssen, um dort wegzukommen und weitergehen zu können. Vor allem müssen sie wissen, daß es überhaupt weitergeht! Dieses Problem hätte man nicht in dem Maße, wenn die Menschen vor dem Tod genauer informiert wären!"
"Helfen dann die Schutzengel? Oder gibt es die nicht?" fragte ich zögernd.
"Natürlich gibt es Schutzengel, obwohl man sie besser Schutzgeister nennt. Es sind keine Engelchen mit Flügeln und Harfe oder so was!" kicherte er vergnügt. "Also, die Schutzgeister sind da, die gibt es - jeder hat einen zu seiner Seite stehen."
"Wo ist meiner?" rief ich aufgeregt und schaute mich nach allen Seiten um.
"Deiner ist bei deinem Körper und paßt gut auf, daß keine erdgebundene Seele inzwischen hineinschlüpft!" sagte er gelassen.
"Was?" rief ich entsetzt. "Ist das möglich?"
"Ja, du mußt endlich begreifen, daß alles möglich ist! Du hast doch sicher auch schon von Besessenen gehört?"
Ich nickte heftig.
"Natürlich wurde da auch viel übertrieben und Schindluder getrieben, aber hin und wieder gab es das tatsächlich. Es sind aber recht seltene Fälle! Aber es gibt viele Menschen, die ein astrales Anhängsel haben."
Ich schaute ihn nur an, es wurde ja immer schlimmer!
"Wieder eine erdgebundene Seele oder ein Elemental, das sich an einen klammert und ein bißchen Lebenskraft für sich abzweigt."
"Das ist ja schrecklich!"
"Na, na, jetzt mal langsam. Diese Seelen, die das tun sind entweder ganz ausgeprägte Materialisten oder, was häufiger der Fall ist, sie

haben mit Suchtproblematik zu kämpfen. Sterben sie, ohne sie zu überwinden, müssen sie es gewaltsam auf dieser Ebene, denn da gibt es keine Möglichkeit eine Sucht zu befriedigen. Es gibt dann manche, vor allem die, die sich noch nie mit dem Tod und dem Leben danach auseinandergesetzt haben, die sich dann an einen Menschen klammern, der auch süchtig ist!"

"Fürchterlich!" rief ich.

"Wieso?" fragte er erstaunt. "Es sind eben Lernprozeße! Deswegen ist es auch für einen Süchtigen so schwierig aufzuhören, egal, ob es sich dabei um Alkohol oder Drogen handelt! Denn meistens hängt da noch einer dran und lebt die Sucht über diesen Körper mit aus!"

"Kann man sich davor schützen?" fragte ich angewidert.

"Ja, das kann man. Erstens, indem man sich mit der Thematik generell befaßt und zweitens, wenn eine Sucht vorliegt, dann sollte man versuchen sie zu überwinden und drittens kann man sich durch Licht schützen!"

"Durch Licht?" fragte ich erstaunt.

"Ja, man visualisiert weißes Licht und stellt sich vor, daß es einen rundum schützt."

"Und das soll helfen?" fragte ich skeptisch.

"Natürlich, denn sie scheuen in der Regel Licht, diese erdgebundenen Seelen! Ich verstehe, daß das unwahrscheinlich viel Information innerhalb kürzester Zeit ist und du daher das Ganze noch nicht richtig durchdenken konntest. Du hast doch auch einen Mentalkörper, richtig?"

"Ja."

"Woraus besteht der?"

"Aus Gedanken."

"Also, bedeutet das doch, daß Gedanken genauso Energien sind, oder etwa nicht?"

Verdutzt schaute ich ihn an. Du meine Güte, ich kam mir wirklich begriffsstutzig vor!

Er lächelte gütig und meinte: "Na, nun setze dich gedanklich nicht herab - es ist wirklich viel, was du auf einmal lernst bei mir! Gedanken sind der Ursprung von allem. Wenn du etwas tun willst, steht zunächst die Idee - der Gedanke, dann kommt der Wunsch es zu tun - also, das Gefühl und schließlich die Tat, die Ausführung!

Anders herum funktioniert das nicht! Deswegen ist es auch wichtig, was du denkst! Denn Gedanken sind Energien, die sich ebenfalls ausdrücken wollen!"
Das leuchtete mir ein und ich war beruhigt darüber, daß man sich vor solchen negativen Dingen wie astrale Anhängsel so einfach schützen kann.
Squiesel betrachtete mich aufmerksam von der Seite.
"So negativ sind die astralen Anhängsel nun auch wieder nicht - es sind verzweifelte Seelen und man darf sie nicht ablehnen oder gar verurteilen für das, was sie tun! Jeder macht Fehler und wenn es gut läuft, lernt man bald daraus!" sagte er behutsam und beobachtete mich genau dabei.
"Was sind Elementale? Du hast vorhin gesagt, daß es auch Elementale sein können, die an einem dranhängen!"
"Tscha, nun, viele von euch bezeichnen uns als Elementale. Mit den Namen habt ihr es sowieso nicht, da herrscht große Verwirrung!" grinste er. "Mit Elementale meinen wir durch Gefühle und Gedanken geschaffene Geistwesen!"
"Was?" rief ich erstaunt. "Wer erschafft die denn?"
"Mh, das ist ziemlich vielschichtig! Der Mensch erschafft sie, die meisten wirken negativ, weil der Mensch recht negativ denkt und sehr egoistisch ist. Es gibt eine gesunde Selbstliebe und eine ungesunde - die Selbstsucht! Du hast gelernt, daß jeder Gedanke und jedes Gefühl auf seiner Ebene existiert, richtig?"
Ich nickte bestätigend.
"Jeder Gedanke und jedes Gefühl hat auf seiner Ebene eine reale Form, schöne Gedanken und Gefühle sehen toll aus in leuchtenden Farben und Formen. Die negativen sehen entsprechend düster oder bedrohlich aus. Gleiche Gedanken und Gefühle ziehen sich gegenseitig auch an, sie verschmelzen miteinander zu größeren Gebilden, die sich dann wiederum auf die Menschen auswirken! Stell` dir nun mal vor wie viele Menschen es gibt, die ständig negativ denken und fühlen! Kannst du dir vorstellen wie der astrale und der mentale Bereich um sie herum aussieht?"
Ich schluckte kräftig, ja, das konnte ich mir sehr gut vorstellen!
„Und je länger das so ist, desto schwieriger ist es für die betreffende Person positiv zu denken, denn die negativen Gefühls- und

Gedankenformen um sie herum drücken sie nach unten, verstehst du das?"
Heftig nickte ich.
"Glücklicherweise haben diese Formen nicht allzu viel Energie in sich und lösen sich irgendwann wieder auf. Man kann sie auch leicht durch positive Formen auflösen, denn ein positiver Gedanke oder Gefühl ist tausend Mal energiereicher wie ein negativer! Ein Elemental ist nun so eine Form, die ein gewisses Eigenleben besitzt. Sie wird von einem Menschen nur unter besonderen Umständen geschaffen, zum Beispiel, wenn jemand auf eine bestimmte Person einen Haß hat und sich ausmalt, was sie gerne dieser Person antun würde! Allerdings brauchst du da keine Angst zu haben, denn diese Art von Elementale schaden eigentlich nur dem, der sie geschaffen hat! Problematischer sind allerdings die anderen, die von Magiern geschaffenen! Der Magier weiß, daß er da auf einer Ebene etwas erschafft und benutzt es dann für seine Zwecke! Diese Wesen können sich über mehrere Erdenleben erhalten, sie bleiben bei dem, der sie ins Leben gerufen hat. Denn nur er kann und muß sie wieder auflösen! Es sind absolut lichtscheue Geschöpfe, sie besitzen so gut wie kein selbständiges Bewußtsein, können aber in begrenztem Rahmen selber agieren!"
Mir fiel auf, daß Squiesel bei dem Wort "Magier" sehr ernst, ja fast böse ausschaute! Ich sprach ihn daraufhin an.
"Tscha, nun," meinte er seufzend, "das hast du ganz richtig bemerkt! Wir Naturgeister mögen keine Magier! Zumindest die allermeisten nicht!"
"Warum denn?"
"Oh, die Antwort ist ganz einfach! Ein echter Magier benützt Rituale, die welche von uns zwingen für sie zu arbeiten! Es gibt bestimmte Worte und Zeichen, denen wir Folge leisten müssen, selbst, wenn wir das, was wir tun sollen, absolut verabscheuen!"
Ich schaute ihn entsetzt an und er lächelte mir gequält zu.
"Ja, das ist ein düsteres Thema und es hat dazu geführt, daß es unter uns Naturgeistern viele gibt, die dem Menschen gegenüber sehr negativ eingestellt sind! Allerdings braucht sich kein Mensch, der uns achtet und mit Liebe begegnet vor uns fürchten! Wenn uns jemand bittet zu helfen und es mit dem Lernprozeß der Person

übereinstimmt, dann helfen wir sehr gerne, das ist vollkommen in Ordnung! Aber du verstehst sicherlich, daß wir nicht gezwungen werden wollen! Der Magier muß ständig wachsam sein, denn die Kräfte, die er zwingt und fesselt, finden früher oder später einen Ausweg aus der Lage und dann wehe ihm!"
Schweigend gingen wir weiter! Das war ein Thema, das mir nicht so besonders gefiel! Ich hatte Verständnis dafür, daß die Naturgeister nicht gezwungen werden wollten und sich dann entsprechend zur Wehr setzten! Das konnte ich gut nachvollziehen, aber der Gedanke, daß solche düsteren lichtscheuen Elementale oder eine erdgebundene Seele sich an einen Menschen anheften können, das paßte mir ganz und gar nicht!

"Ich höre auf zu rauchen!" sagte ich unvermittelt.
"Fein, das ist gut!"
"Ja, ich will kein astrales Anhängsel haben!"
"Siehst du denn eines um dich herum oder spürst du es?" fragte er belustigt und rannte dann einmal um mich herum. "Ich sehe nämlich nichts! Willst du nur deswegen aufhören zu rauchen?"
Ich nickte bestätigend. Keinesfalls wollte ich riskieren, daß sich irgend jemand oder irgend etwas an mich heranklebt! Die Vorstellung stieß mich ab!
"Schmeckt dir die Zigarette eigentlich?"
"Ja, nun..." sagte ich zögernd.
"Ja oder nein?"
"Ja!" gab ich widerstrebend zu.
"Dann sehe ich keinen Grund damit aufzuhören!"
"Aber es ist doch negativ!"
"Ja, und?" meinte er dann, stemmte die Hände in die Hüften und schaute mich herausfordernd an.
"Hör mal, Kema! So funktioniert das nicht! Du lebst in der materiellen Welt und die hat nun mal zwei Pole! Was meinst du was passiert, wenn du ständig versuchst einen davon zu meiden? Das geht nämlich gar nicht, denn du hast beides in dir - das Gute und das sogenannte Böse! Versuchst du das Böse zu meiden, unterdrückst du diesen Pol in dir nur. Irgendwann funktioniert das nicht mehr und alles bricht zusammen. Es kann dann sogar sein, daß

das Böse in dir durch die Verdrängung so übermächtig wird, daß es dein Bewußtsein mit Gewalt überflutet! Und was das für Konsequenzen haben kann, das kannst du dir mit Sicherheit selbst ausmalen! Also, du kannst dieses Böse nicht ausklammern, denn es ist in dir drin!“

"Aber ich kann doch nicht das Böse leben!" rief ich verzweifelt aus.

"Jetzt paß mal genau auf! Gut und böse, das sind relative Begriffe! Ich werde es dir gleich beweisen! Stell` dir vor, du siehst wie ein Kind über eine stark befahrene Straße rennen will. Die Mutter hält es gerade noch zurück und gibt ihm einen Klaps auf den Hintern. Ist die Mutter nun böse?"

"Nein, nur besorgt!"

"In Ordnung, angenommen sie gibt dem Kind einfach nur aus Spaß einen Klaps - ist sie dann böse?"

"Ja, klar!"

"Also, ist nicht das einen Klaps geben an sich böse, sondern die Motivation?"

"Genau!" rief ich erstaunt.

"Wenn du eine alte Frau siehst, die schlecht laufen kann, findest du es richtig ihren Arm zu nehmen und sie zu führen?"

"Natürlich, aber..."

"Wenn du nun eine Mutter siehst, die ihr Kind, das in einem Alter ist, in dem es alleine laufen lernen sollte, ständig an der Hand führt, nie losläßt oder es sogar trägt, was denkst du da?"

"Das arme Kind!"

"Warum?"

"Weil es so nie laufen lernen wird."

"Warum nicht?"

"Ja, weil es ständig gestützt wird!"

"Wäre es dann besser, wenn es ab und zu hinfällt?"

"Nun ja, nicht gerade angenehm für das Kind, aber nur so lernt es das! Aber..." sagte ich ungeduldig und wieder unterbrach er mich.

"Was ist nun das Stützen und Festhalten - positiv oder negativ?"

Ich mußte lachen - da hatte er mich schon wieder am Wickel! Mit ihm zu diskutieren war einfach unmöglich, man zog ständig den Kürzeren!

"Es kommt darauf an!"

"Siehste!" meinte er breit grinsend. "So einfach ist das nämlich nicht mit dem Guten und Bösen! Es ist relativ! Das ist wie mit eurem Sprichwort: reden ist Silber, schweigen ist Gold! Das ist auch so ein Blödsinn! Ihr gebt allem einen festen Platz - das ist gut, das ist schlecht! Aber, um bei dem Beispiel zu bleiben, es gibt zwei Arten zu reden. Reden, um wichtige Informationen weiterzugeben oder Freude zu schaffen durch menschliche Kontakte oder das Schwatzen, das Lästern, böses, dummes oder unwichtiges Zeug reden! Es gibt das Schweigen, das Positive und das negative Verschweigen, das böse Folgen haben kann! Du denkst die Wahrheit zu sagen ist gut, nicht?"
"Selbstverständlich!" sagte ich selbstgefällig.
"Aber wenn du nun mit der Wahrheit jemanden verletzt und zugrunde richtest - ist das richtig?"
Nachdenklich schaute ich vor mich hin.
"Nein, ich denke nicht!"
"Hast du nun verstanden, worauf ich hinauswill?"
"Ja, aber ich kann es nicht so recht auf das Rauchen umsetzen!" erwiderte ich.
"Was ist das Wichtigste für die Seelen - ganz allgemein?"
"Mh, Weiterentwicklung und Freude, nicht?"
"Gut." lobte er mich. "Was glaubst du, warum du rauchst?"
"Weil es schmeckt und weil es mich entspannt!"
"Bist du denn nicht entspannt?"
"Mh, manchmal bin ich nervös und das Rauchen beruhigt mich dann!"
"Warum bist du nervös?"
"Ach, das kann verschiedene Ursachen haben!"
"Zum Beispiel?"
"Wenn irgend etwas passiert, das mich belastet und ich es nicht so recht verarbeiten kann."
"Also, man kann sagen, es hilft dir auf positive Weise, oder?"
"Ja." gab ich erstaunt zu.
"Und was ist dann daran schlecht? Wenn es dir schmeckt, dann macht es dir Freude nicht?"
"Ja..." stotterte ich etwas verwirrt. "ich weiß nicht!"

"Rauchst du manchmal ohne daß es dir schmeckt und wenn du ausgeglichen bist?"
"Ja." seufzte ich.
"Warum?"
"Aus Gewohnheit, denke ich!"
"Siehste, das ist dann negativ - es geschieht ohne einen positiven Zweck zu verfolgen! Und da solltest du lernen bewußter mit umzugehen! Es ist mit allem so! Wenn du, ohne daß es dir schmeckt, Fleisch ißt, dann ist es nicht richtig! Ißt du es, weil es dir schmeckt und gut tut, dann ist es wieder o.k.! Also, nicht die Tatsache, daß jemand Fleisch zu sich nimmt ist negativ, sondern warum und was das Tier vorher zu ertragen hatte! Töten mußt du ein Lebewesen, um dich zu ernähren, darum kommst du in der Materie nicht herum. Es kommt immer auf das Wie und Warum an! Wenn du nun aber ohne nachzudenken massenweise Fleisch in dich hineinschaufelst, dann ist das wie aus Gewohnheit zu rauchen - negativ! Verstehst du die Unterschiede?"
"Ja, ich denke schon!"
"Also, die Tatsache, daß du ein Vegetarier bist, macht dich nicht zu was Besserem! Ebenso ist nicht unbedingt ein Vegetarier, der nicht raucht, besser wie du!"
"Das leuchtet mir ein!"
"Warum ißt du kein Fleisch?"
"Teils, weil es mir nicht schmeckt und ich es nicht vertrage und zum Teil, weil mir dann der Gedanke an das betreffende Tier kommt und es mich anwidert das Fleisch zu essen!"
"Also, du magst es nicht?"
"Genau!"
"Fändest du es richtig, wenn jemand, der gerne ab und zu Fleisch ißt, darauf verzichtet?"
"Mh, ich weiß nicht recht. Nein, eigentlich nicht, denn er ißt es ja gerne!"
"Genau, deswegen wäre es falsch darauf zu verzichten. Denn in dem Falle wäre es gegen die Natur dieses Menschen, denn er zwingt sich zu etwas, was er eigentlich nicht will und das ist negativ! Das Wichtigste für die Seele neben der Weiterentwicklung ist ja die Freude! Also, kann er nur eines tun..."

"...nämlich darauf zu achten, daß er Fleisch von einem Tier ißt, welches nicht gequält wurde, sondern frei und glücklich gestorben ist! Richtig?" rief ich begeistert aus.
"Genauso ist es!" bestätigte er nickend und lächelte mich an.
Ich fühlte mich so wohl, denn es war herrlich mit Squiesel zu reden. Alles ergab so nach und nach einen Sinn, fügte sich zusammen wie ein großes Puzzle! Und alles erschien so einfach, so logisch, so, so, natürlich!
Aufmerksam beobachtete Squiesel mich von der Seite, ich wandte mich ihm ganz zu und sagte: "Du weißt ganz genau, was ich fühle und denke, nicht?"
"Ja!" sagte er lächelnd und hakte sich bei mir wieder unter.
Es störte mich nun überhaupt nicht mehr! Anfangs war es mir irgendwie peinlich gewesen, daß er mich so durchschaute und jetzt, ja, jetzt schien alles so leicht zu sein! Ich spürte, wie er mich einfach lieb hatte, trotz oder vielleicht gerade wegen meiner Fehler, meiner Unzulänglichkeiten, dummen oder unschönen Gedanken! Er akzeptierte mich voll und ganz, ich brauchte nur ich selbst zu sein, mußte keine Rolle spielen, nicht überlegen, was ich tun oder sagen soll, um den Erwartungen zu entsprechen! Denn es gab keine Erwartungen an mich, nur die einzige, daß ich ich war! Dieses Gefühl war unbeschreiblich schön, ich fühlte mich frei und doch behütet, geschützt! So etwas hatte ich zuvor noch bei niemandem gefühlt und erlebt! Eine starke Welle von Zuneigung und Zärtlichkeit stieg in mir auf und ich gab ihm einen Kuß auf die Wange!
Squiesel blieb stehen und fing schallend zu lachen an.
"Wofür war das denn?" fragte er schließlich kichernd.
"Ach, das weißt du doch ganz genau!" erwiderte ich grinsend.
Wir schauten uns nur an, er wußte, was ich meinte und ich wußte, was er dachte!
Langsam gingen wir weiter durch den Wald und blieben vor einem Baum stehen.
"So, nun möchte ich dir ein paar sehr enge Freunde vorstellen. Das ist einer davon!" sagte Squiesel und wies auf den Baum, eine alte knorrige Eiche.
"Dies ist Knork!"

Ehrfürchtig betrachtete ich sie und sagte scheu: "Hallo, Knork!"
"Hallo, meine liebe Kema!" wisperte er und raschelte leicht mit den Blättern.
"Ich freue mich dich wiederzusehen! Ja, ja, wir kennen uns von deiner Kindheit, ach, wie schön, daß ich dich nochmals sehen und mit dir reden kann."
Squiesel schaute mich traurig an und sagte:"Sie werden bald seinen physischen Körper töten und er wird sich dann recht schnell auf die kausale Ebene zurückziehen!"
"Töten?" fragte ich fassungslos."Aber warum das denn?"
"Nun, der saure Regen hat meinen Körper doch ziemlich mitgenommen, auch die Gifte in der Luft haben mir sehr zugesetzt." erklärte Knork.
"Da wurde dann entschieden, daß er zu kaputt ist und wird nun vollends getötet." entrüstete sich Squiesel.
"Ich verstehe das nicht!"
"Ach," meinte da Knork, "das ist schon in Ordnung für mich. Das Leben auf der physischen Ebene ist für unsereins nicht einfach, die Gifte brennen und schmerzen mich, daher bin ich sogar ganz froh, daß ich mich endlich zurückziehen kann! Es wird alles immer schlimmer, all die jungen Bäume tun mir aufrichtig leid - es sind sehr starke, liebe Seelen, daß sie in diesen schlimmen Zeiten noch inkarnieren! Aber sie wollen den Menschen und die Tiere nicht im Stich lassen! Ohne Pflanzen und Bäume gibt`s keinen Sauerstoff, somit könnten sie nicht leben. Sie brauchen uns, haben aber kein Wort des Dankes, nicht mal Mitgefühl übrig! Das ist schon traurig! Es gibt auch immer weniger Waldflächen, ich begreife das nicht, sie sind die grüne Lunge und sie werden gebraucht. Der Mensch ist wirklich sehr dumm, trotz seines vielgerühmten Verstandes! Wie sagt man so schön? Der Frosch säuft den Teich nicht aus in dem er lebt! Doch genau das macht der Mensch!“
"Kann ich nicht irgendwas tun?" fragte ich die beiden bedrückt.
"Ja, rede darüber!" sagten sie fast gleichzeitig. "Sprich` über diese Erlebnisse mit vielen Menschen!"
"Nützt das denn was?"
"Mh, vielleicht, vielleicht nicht, aber versuche es wenigstens!" gab Squiesel zur Antwort.

"Meine kleine Kema, komm` her und umarme mich!"
Ich legte meine beiden Arme um Knork, spürte wie eine innere Ruhe und eine immense Kraft mich durchströmte.
"So, nun geht weiter, ihr beiden!" sagte er dann abrupt. "Quirrel und Flatter warten schon ganz ungeduldig auf euch! Außerdem will ich jetzt meine Meditation machen!"
"Bäume meditieren sehr viel, mußt du wissen!" sagte Squiesel und nahm mich bei der Hand.
"Auf Wiedersehen, Knork!" sagte ich traurig. Ich hätte gerne noch weiter zugehört, denn Knork wußte sicher viel zu erzählen.
"Auf Wiedersehen ist genau das Richtige, wir werden uns irgendwann auf einer Ebene wiedersehen, zwar nicht mehr hier, aber das spielt keine Rolle! Auf bald, meine kleine Kema! Auf bald!"
"Auf bald!" sagte ich nun etwas fröhlicher und ließ mich dann von Squiesel fortziehen.

"Sind alle Trolle so wie du?" fragte ich ihn nach einer Weile.
"Wie meinst du das?" entgegnete er belustigt.
Krampfhaft überlegte ich wie ich meine Empfindungen ausdrücken sollte.
"Nun, du bist einerseits sehr ernst und weise, andererseits unwahrscheinlich lustig, mh, und ein bißchen wie ein Kind!" sagte ich zaghaft und schielte ihn vorsichtig von der Seite an.
Er lachte schallend und kicherte dann:"Ja, so sind alle Trolle - jedenfalls die meisten! Das ist doch in Ordnung, oder etwa nicht?"
"Doch, nur..."
"Nur was?"
"Irgendwie paßt das doch nicht zusammen diese extremen Gegensätze!" platzte ich heraus.
"Warum denn nicht? Extreme sind doch die beiden Pole einer Einheit!"
Darauf wußte ich nichts mehr zu sagen.
Plötzlich begann Squiesel hin und her zu hüpfen, ließ meine Hand los und schrie dann: "Auf geht`s, du Schnecke! Wer ist als erstes da hinten an dem kleinen Felsen!"

Dann raste er los und ich hinterher. Es war ein gutes Stück Weg, beide stolperten wir hin und wieder über ein Wurzel. Ich rannte so schnell ich konnte, aber er war mir immer ein Stück voraus.
"Erster!" schrie er begeistert und klatschte gegen den Felsen.
Wir warfen uns beide auf den Boden ins Moos und keuchten.
"Du bist aber schnell!" japste ich noch ganz außer Atem und hielt mir die Seite, denn ich hatte Seitenstechen bekommen.
"Ja, ja - die Raucher! Keine Kondition!" rief er lachend aus, heftig mit seinem erhobenen Zeigefinger wackelnd.
Ich lachte ebenfalls und streckte alle viere von mir!
Ach, tat das gut! Ich fühlte mich rundum wohl!
Das Moos war weich, ich räkelte mich behaglich und versuchte langsam wieder zu Atem zu kommen.
Wir waren auf einer kleinen Lichtung im Wald, die Sonne schien und ich genoß die Strahlen auf meiner Haut!
Ich schaute verträumt in den Himmel, er war von einem tiefen Blau, ein paar Wölkchen zogen vorbei und ich versuchte Bilder darin zu entdecken. Da war ein Hase, der eine Karotte fraß und schwupps, verlor er seine Form und ein Boot wurde daraus...

"Das habe ich schon lange nicht mehr gemacht!" seufzte ich schließlich, nachdem ich lange genug dieses alte Spiel aus der Kindheit gespielt hatte.
"Warum denn nicht?"
"Ach, wenn ich das nur wüßte!"
Leises Plätschern ließ mich aufhorchen, eine Quelle schien in der Nähe zu sein.
"Ja, das ist Quirrel!" sagte da Squiesel. "Auf der anderen Seite des Felsens! Komm, gehen wir hin!"
Wir standen auf, gingen um den Felsen herum und da entsprang ungefähr auf Augenhöhe eine Quelle.
"Prima, prima, prima!" schrie sie begeistert.
Ich schaute Squiesel ganz verdutzt an, woraufhin er lachen mußte.
"Ich bin Quirrel!" rauschte sie aufgeregt. "Fein, fein, daß du mich endlich wieder besuchst. Wie geht es dir, mein Kemalein?"
"Prima, prima, prima!" antwortete ich lachend und bekam prompt ein paar Spritzer Wasser ab.

"Ah, du erinnerst dich? Und fängst wieder an mich zu foppen, ja?" murmelte Quirrel zufrieden.
"Huhu!" machte es über uns, ich schaute erschrocken nach oben und nahm nur etwas ganz flüchtig wahr. Keine richtige Form, etwas Schillerndes!
"Hallo Flatter!" sagte Squiesel erfreut.
"Juhu!" tönte es wieder von dem glänzenden Etwas.
"Flatter?" fragte ich belustigt und gleichzeitig erstaunt.
"Ja, bin ich, bin ich!"
Es flog um mich herum und gleichzeitig strich mir ein kleiner Windhauch über die Haare.
Entzückt betrachtete ich das Wesen, es blieb vor mir in der Luft einfach stehen.
"Das ist gut!" rauschte Quirrel und gluckste vor sich hin.
"Flatter bleibt doch nicht in der Luft stehen, er ist ein Teil der Luft!" belehrte mich Squiesel grinsend.
"Genau!" ertönte da wieder die Stimme von Flatter. Er flog wieder um mich herum, zupfte mich hier und da und wirbelte meine Haare durcheinander.
"Natürlich, verzeih` !" sagte ich lachend.
Er setzte sich auf meine Schulter, schien aber immer in Bewegung zu sein. Ein leuchtendes, flimmerndes Etwas, das in sich ständig umherfloß.
"Bin kein Etwas!" brummte er beleidigt, woraufhin Quirrel meckernd lachte.
Ich vergaß es doch immer wieder, jeder Gedanke, der mir durch den Kopf ging, konnten meine Freunde wahrnehmen. Aber auch meine Gefühle und so war sein Brummen doch mehr aus Spaß!
Richtig beleidigt war wohl nie einer von ihnen und sie neckten sich gerne gegenseitig.
"Ganz recht!" bestätigte Squiesel diese Gedanken.
"Schau` mal, hoher Besuch!"
Überrascht schaute ich in die angegebene Richtung. Zunächst sah ich nur ein helles Leuchten zwischen den Bäumen, das näher kam. Schließlich konnte ich eine große Frau erkennen, die ein wallendes Kleid trug. Als sie näherkam, es war mehr ein Schweben wie gehen, bemerkte ich, daß das Kleid aus lauter bunten Blättern bestand. Ihre

Haare waren goldbraun, das Gesicht hatte wunderschöne Züge und jetzt lächelte sie strahlend.
Wie gebannt beobachtete ich sie, die Figur war perfekt und ihre Haut schimmerte wie Perlmutt. Ihre Augen waren groß und fast schwarz, doch glitzerten kleine goldfarbene Punkte darin auf. Sie schien von innen heraus zu leuchten, weiß schimmerte es um sie herum und auch darin blitzten goldene Fünkchen auf!
Ich war fasziniert und konnte sie nur noch anstarren, als sie herangetreten war und einen nach dem anderen begrüßte.
"Das ist Tahia - die Waldfee!" flüsterte Flatter mir ehrfürchtig ins Ohr. Ich spürte, daß das Erscheinen von ihr auch für die anderen nichts Alltägliches war und sie alle einen großen Respekt vor ihr hatten.
Schließlich stand sie mir gegenüber und reichte mir die Hand. Verlegen lächelnd ergriff ich sie.
"Da bist du ja wieder, Kema!" sagte sie. Ihre Stimme war dunkel und warm, ach, und so vertraut! Ich bekam eine Gänsehaut und stotterte unsicher: „Ja. Guten Tag!"
Sie lachte, ein tiefes, angenehmes Lachen.
"Na, na! Nicht so förmlich!"
Mit diesen Worten zog sie mich an sich und umarmte mich herzlich. Sie duftete gut, eine Mischung aus Blüten, Kräutern, Harzen, Moos, Gräsern und vielem mehr. Sie roch, ja, nach Wald, nach Wiesen, nach Natur, Freiheit und Wildnis! Tief sog ich diesen Duft ein. Das löste meine Anspannung und ich schaute sie lächelnd an.
"Tut mir leid, daß ich jetzt schon komme." sagte sie zu Squiesel gewandt. "Ihr habt ziemlich lange herumgetrödelt und solltet nun gleich aufbrechen!"
"Gemein, gemein, gemein!" gluckerte Quirrel empört.
"Ja, gemein!" bekräftigte Flatter. "Wir konnten uns noch gar nicht unterhalten mit ihr!"
"Es tut mir leid, aber das müßt ihr eben auf ein anderes Mal verschieben! Es wird Zeit!" entgegnete Tahia ruhig.
Ich schaute neugierig von einem zum anderen. "Zeit? Wofür Zeit?"
"Nun, die Zwerge warten auf euch beide und sie mögen es nicht, wenn man unpünktlich ist." erklärte sie. "Und danach geht`s noch weiter, aber laß dich überraschen!"

Sie zog aus ihrem Kleid einen kleinen Beutel heraus und übergab ihn Squiesel. Dann verabschiedete sie sich, gab mir noch einen Kuß auf die Stirn und verschwand. Sie lief auf den Wald zu und nach wenigen Schritten verflüchtigte sich ihre Form immer mehr, nur noch das Leuchten konnte man sehen, das schließlich mit dem Wald verschmolz. Überwältigt schaute ich ihr nach bis nichts mehr zu sehen war.
Squiesel legte seine Hand auf meinen Arm und forderte mich auf mitzugehen.
Wir verabschiedeten uns etwas enttäuscht von Quirrel mit dem Versprechen bald wiederzukommen. Flatter begleitete uns noch ein Stückchen.
"Was ist eine Waldfee - was macht sie?" fragte ich die beiden.
"Nun, sie ist die Seele des Waldes!" flüsterte Flatter.
"Aber ich denke, ich dachte, alles ist doch beseelt, also jeder Baum, Strauch und so!" erwiderte ich etwas verwirrt.
"Tscha, nun," meinte da Squiesel, "da hast du schon recht, aber auch bestimmte Gegenden haben noch eine etwas größere Seele. Tahia ist zum Beispiel für diesen Wald zuständig, also, für alle Seelen hier. Sie ordnet das Wachstum, ist sozusagen die Instanz, die Intelligenz, die das Ganze leitet und führt! Verstehst du?"
Ich nickte.
"Sie ist unser Boß kann man sagen!" meinte Flatter.
"Ja, genau! Und gleichzeitig ist sie die Seele dieses Waldes. Du hast doch sicher schon gemerkt, daß manche Gegenden eine bestimmte Ausstrahlung haben?"
Wieder nickte ich, oh ja, das konnte ich bestätigen.
"Das ist dann die Ausstrahlung der jeweiligen Fee, die du spürst."
"Und was ist mit den Gebieten, die sehr negativ wirken - in denen man sich unwohl fühlt und Angst bekommt?" fragte ich gespannt.
"Da gibt es mehrere Möglichkeiten, es kann sein, daß da mal etwas Negatives passiert ist. Alles hat seine Schwingung und existiert eine gewisse Zeit ohne neue Nahrung zu bekommen. Zum Beispiel, wenn ein Verbrechen verübt wurde, dann speichert die betreffende Gegend über einen bestimmten Zeitraum hinweg dieses Erlebnis auf feinstofflicher Ebene, also, die Gedanken und Gefühle und schafft dadurch eine Zeit lang wieder Raum für ein neues Verbrechen!"

Ich schaute Squiesel mit großen Augen an.
"Oder nimm` mal als Beispiel eure Straßen, ist dir nicht schon aufgefallen, daß an gewissen Punkten oder Ecken sich die Unfälle häufen?"
Ja, das hatte ich schon festgestellt und mich darüber gewundert.
"Und hier hast du nun die Erklärung, warum das so ist! Das Erlebnis ist eine gewisse Zeit gespeichert! Es hat auch nicht unbedingt etwas mit der Verkehrsführung zu tun, wenn es einmal an einem Platz einen schweren Unfall gegeben hat, dann ist die Wahrscheinlichkeit für einen weiteren Unfall an dieser Stelle größer! Auch wenn ihr ein Sprichwort habt, daß das Gegenteil besagt - in eure Wahrscheinlichkeitsberechnungen bezieht ihr nämlich die feinstoffliche Ebene nicht mit ein! Dann gibt es noch eine weitere Möglichkeit, um zu deiner ursprünglichen Frage zurückzukehren - daß es ebenfalls die Ausstrahlung einer Fee ist!"
Erstaunt sah ich Squiesel an, lachend sagte er: "Natürlich! Es gibt auch dunkle Feen oder Elfen!"

Schweigend gingen wir weiter durch den Wald, ich hing meinen Gedanken nach und die zwei akzeptierten es und störten mich nicht. Schließlich kamen wir vor einer Felswand an, die mit Pflanzen überwuchert war. Es sah sehr wild aus, wirkte aber nicht bedrohlich. Hier verabschiedete sich Flatter von uns, er wollte nicht mehr weiter mitkommen.
Langsam kletterten wir ein Stück nach oben und erreichten eine Felsspalte, die von unten nicht sichtbar war.
"Da geht`s lang!" sagte Squiesel und ging voran in den Berg hinein. Ein langer Gang führte stetig abwärts, auch hier war wieder das eigentümliche Leuchten und wir konnten dadurch den Weg gut erkennen.
Squiesel schritt zügig voran und ich kam langsam ins Schwitzen, täuschte ich mich oder wurde es tatsächlich immer wärmer?
"Mach` doch langsam." keuchte ich endlich. Ich wunderte mich, daß er es nun so eilig hatte.
Er blieb stehen bis ich ihn eingeholt hatte und schritt dann langsam neben mir her.

"Tschuldige!" meinte er etwas zerknirscht und grinste dann frech. "Ich hab` ganz vergessen, daß du nicht so schnell laufen kannst wie ich!"
Diese Bemerkung brachte ihm beinahe einen Rippenstoß ein, doch er wich geschickt aus, was er mit einem meckernden Lachen quittierte.
Plötzlich fiel mir ein, daß ich noch gar nicht gefragt hatte, was in dem Beutel drin war, den Tahia ihm gegeben hatte.
"Sag` ich dir nicht!" quietschte er vergnügt.
"Ach, komm` schon!" bettelte ich neugierig.
"Nee, jetzt nicht! Später!" bekam ich zur Antwort.
Er ging wieder etwas schneller voran, denn der Gang wurde immer enger und schließlich konnten wir nur noch hintereinander gehen. Immer tiefer führte er und langsam fühlte ich mich nicht mehr so wohl in meiner Haut!
Es wurde schmäler, die Decke niedriger und die Temperatur stieg wirklich immer mehr an. Das war nun ganz deutlich zu spüren!
Ich weiß nicht wie lange wir so gingen, doch der Weg schien mir unendlich lang zu sein.
Irgendwann bemerkte ich ein Pochen, ich glaubte mich getäuscht zu haben, als ich es wieder hörte. Ein Poltern und ein Pochen, wir gingen direkt auf die Quelle dieser Geräusche zu, denn es wurde immer lauter.
"Was ist das?" fragte ich Squiesel.
"Wirst gleich sehen!" antwortete er mir über die Schulter hinweg.
In der Tat kamen wir kurz darauf in eine riesige, unterirdische Höhle. Es klang wie in einer Schmiedewerkstatt, ein Hämmern und das Schlagen auf Metall.
Plötzlich sah ich auch, wer all den Lärm verursachte. Es waren lauter kleine Männer, sie trugen braune, lederne Schürzen und sahen Squiesel ziemlich ähnlich!
Geschäftig liefen sie hin und her, die einen schlugen Steine aus einer Wand heraus, andere betätigten Blasebalgen, um Feuer in Gang zu halten und wieder andere hielten Metallstücke ins Feuer und schlugen sie dann kräftig in die gewünschte Form.
Als wir näher herantraten, kam einer auf uns zu und begrüßte uns herzlich.

"Gestatten, mein Name ist Achat!" stellte er sich vor und schüttelte ausgiebig meine Hand.
"Ich bin In.., äh, Kema." sagte ich und lächelte.
"Ich weiß!" sagte er ruhig und blickte mich fest an.
"Komm mit, ich will dir was zeigen!"
Squiesel schaute mich aufmunternd an und hielt sich im Hintergrund.
Wir folgten ihm in einen Bergwerksstollen hinein und von dort in einen kleinen Raum. Dort setzten wir uns an einen Tisch, der wie die Sitze, aus Fels gehauen war. Achat holte aus einer Ecke des Raumes eine kleine Kiste aus Metall hervor und stellte sie auf den Tisch.
"Was macht ihr hier?" fragte ich ihn.
"Nun, wir sind zuständig für die Metalle und Steine. Wir formen diese Stoffe immer wieder um, manche Ergebnisse davon nennt ihr Verwitterung, züchten Kristalle und in früheren Zeiten halfen wir auch den Bergleuten." antwortete er.
Als ich ihn überrascht ansah, lächelte er mir zu.
"Ja, natürlich nicht allen. Es kam immer darauf an, wer es war, also, was für ein Mensch es war. Einigen halfen wir Wertvolles zu finden, manche, vor allem die besonders Gierigen unter ihnen, haben wir geärgert, indem wir das Gold in ein wertloses anderes Metall umwandelten."
Bei diesen Worten mußten wir alle drei grinsen. Das gefiel mir ausgesprochen gut!
"Die Trolle und wir Zwerge gehören alle demselben Element an - der Erde! Die Trolle haben mehr mit der Erde selbst und Holz zu tun, wir dagegen, nun, wir sind eben für Metalle und Steine zuständig. Es gibt auch welche, die sich entschlossen haben enger mit dem Menschen zu leben und in eure Gärten gezogen sind." sagte er etwas verächtlich und machte eine abwehrende Handbewegung.
"Das sind die Gartenzwerge!" mischte Squiesel sich ein und die beiden lachten schallend.
Verdutzt schaute ich sie an.
"Nun," erklärte Achat, "wie du bemerkst, haben wir für diesen Zweig unserer Verwandtschaft nicht allzu viel übrig!"

"Aber warum denn?"
Die beiden schauten sich wissend an.
"Mh, ich weiß nicht, ob du das verstehen kannst, Kema!" sagte Squiesel.
"Wir sind freie Wesen und sind stolz darauf! Wir sind auch höflich, wenn man uns um etwas bittet, dann helfen wir gerne. Aber diese anderen Zwerge sind nicht mehr frei, sie haben sich selbst versklavt! Sie sind mehr wie Diener des Menschen und wir mögen das nicht so sehr!"
So ganz verstand ich das zwar nicht, aber etwas anderes zog meine Aufmerksamkeit auf sich und ich vergaß darüber weiter nachzufragen.
Achat hatte nämlich die Kiste herangezogen und geöffnet. Er holte eine Kette mit einem Anhänger heraus und der Anblick traf mich wie ein elektrischer Schlag!
"Mein Zeichen, mein Symbol!" rief ich aufgeregt aus und griff nach der Kette. Schmunzelnd beobachteten die beiden mich.
Tatsächlich, das war mein Symbol, das ich schon oft in Meditationen vor mir gesehen hatte! Eine doppelte Pyramide mit den Grundflächen aufeinander in einer weißen Lotosblüte! Sie hing an einer feinen, silbernen Kette und leuchtete von innen heraus. Die Pyramide schien durchsichtig zu sein und war es doch nicht. Langsam drehte ich sie in meiner Hand und sie leuchtete und glitzerte in allen möglichen Farben, innen blitzten goldene und silberne Sterne auf und es war mir, nein, das war nicht möglich!
Doch, da war es schon wieder, ein Bild war aufgetaucht, nur ganz kurz, zu unklar, um es erkennen zu können. Gespannt starrte ich weiter darauf, doch es zeigte sich nun nichts mehr!
Ich schaute mit vor Erregung hochrotem Kopf auf und sah die beiden abwechselnd an.
"Was ist das für ein Material?"
"Das, liebe Kema, soll unser Geheimnis bleiben!" lächelte Achat.
"Und spinne ich etwa oder habe ich tatsächlich ein Bild darin gesehen?"
"Nein," sagte er, "du spinnst nicht, aber auch das ist ein Geheimnis. Zumindest jetzt noch, später mal wirst du mehr darüber erfahren!"
Damit mußte ich mich zufrieden geben.

Mit einem Seufzer wollte ich ihm die Kette zurückgeben, doch er verneinte und schüttelte heftig den Kopf.
"Die habe ich doch extra für dich gemacht!"
"Für mich?" quietschte ich aufgeregt und sah ihn fassungslos an.
Wieder lachten sie beide vergnügt.
"Ja, für dich!"
Überwältigt schaute ich abwechselnd Achat und Squiesel und dann wieder die Kette an. Dann fiel ich Achat um den Hals und gab ihm einen Kuß.
Verlegen kratzte der sich daraufhin am Kopf und stand dann schnell auf.
"So, ich muß nun weiter arbeiten. Kann meine Zeit nicht mit ständigem Gequassle vertrödeln!" brummte er.
Squiesel nahm mich an der Hand und wir gingen wieder zurück in die große Höhle. Wir schüttelten uns die Hand, ich bedankte mich noch einmal, was Achat mit einem Brummen beantwortete und schon drehte er sich abrupt um und ging wieder zurück an seinen Platz.
Squiesel drängte mich aus der Höhle in den Gang und schob mich vorwärts.
"Was ist denn los?" fragte ich entgeistert. "Warum habt ihr`s auf einmal so eilig? Ist Achat böse auf mich? Hab` ich was Falsches gesagt?"
"Warum das denn?"
"Nun, er schien mich ganz schnell wieder loswerden zu wollen!"
"Ach, das!" Squiesel wieherte vor Vergnügen.
"Kann er mich nicht leiden?" hakte ich nach.
Nun prustete er erst recht los.
"Blödsinn! Im Gegenteil! Er mag dich sogar ganz extrem und du hast ihm einen Kuß gegeben, das hat ihn total durcheinander gebracht!"
Jetzt verstand ich die plötzliche Eile und Achats Brummen!

Wir marschierten wieder den langen Weg im Gänsemarsch zurück. Ein paar Mal stolperte ich und fiel beinahe hin, weil ich total in den Anblick der Kette versunken war.

"Steck` sie doch endlich weg!" meinte Squiesel schließlich, als ich ihn wieder mal von hinten beinahe umrannte. "Du brichst dir sonst noch alle Knochen!"
Zögernd steckte ich sie in meine Tasche und achtete wieder verstärkt auf den Weg.
Endlich waren wir wieder am Ausgang angelangt und kletterten den Felsen hinab. Unten setzte ich mich erst einmal auf einen Stein und wischte mir den Schweiß von der Stirn. Es war wirklich anstrengend gewesen, denn es ging ja die ganze Zeit wieder bergauf! Eine Weile saßen wir da und ruhten uns schweigend aus.
Dann zog Squiesel den Beutel von Tahia heraus und öffnete ihn.
Interessiert schaute ich zu, wie er vier kleine Kügelchen herausschüttelte. Zwei davon waren weiß, zwei silbern. Ich platzte beinahe vor Neugierde!
Er nahm die beiden silbernen und steckte die anderen wieder in den Beutel zurück. Ein Kügelchen gab er mir und eines nahm er.
"Was ist das?" fragte ich und drehte es zwischen den Fingern.
"Das ist, mh, eine Art Zauberkugel." sagte er. "Wenn du die silberne Kugel ißt, dann bekommst du die Fähigkeit auf der mentalen Ebene zu sehen und zu hören. So lange bis du die weiße Kugel aufißt, die bringt dich dann wieder hierher zurück in die Astralwelt."
Verblüfft sah ich ihn an.
"Ein Geschenk von Tahia!" meinte er. "Ich soll dir auf der mentalen Ebene ein paar Dinge zeigen. Aber zunächst gehen wir noch woanders hin!"
Sprach`s, schnappte sich geschickt meine Kugel und legte beide wieder in den Beutel!

Wir standen auf und ich folgte ihm wieder durch den Wald.
Er schaute mich von der Seite schelmisch an.
"Na, willste nicht wissen wohin es geht?" fragte er lauernd.
"Nö!" meinte ich frech und heuchelte Desinteresse.
Er grinste nur und meinte:"Tja, dann sag` ich`s dir eben nicht, wenn`s dich nicht interessiert!"
Wir gingen weiter, doch nach ein paar Minuten platzte ich schließlich heraus:
"Na, nun sag` schon! Wohin gehen wir?"

"Wir besuchen Neptun!" sagte er befriedigt.
"Neptun?"
"Ja, Neptun oder Poseidon!" meinte er. "Ihr habt viele Namen, viel zu viele manchmal! Neptun, der König der Meere! Er will dich sprechen!"
"Miiich?" fragte ich entsetzt und zugleich ehrfürchtig. "Der König der Meere will mich sprechen?"
"Warum denn nicht?" fragte Squiesel da herausfordernd.
"Tu` doch nicht immer so, als wärst du ein Nichts und unwürdig! Das mag ich gar nicht!" schimpfte er.
Schweigend gingen wir weiter.
Was könnte Neptun von mir wollen?
Ehrlich gesagt, schmeichelte es mir einerseits, aber andererseits hatte ich auch Angst vor dieser Begegnung.

Plötzlich hörte ich ein sanftes, gleichmäßiges Rauschen.
"Das Meer!" sagte Squiesel.
Vor uns war ein Berg, der nur teilweise bewaldet war, ein Pfad führte nach oben. Je höher wir kamen, desto stärker wurde das Rauschen. Oben angelangt, blieben wir zunächst stehen und genossen die Aussicht.
Hinter uns ein riesiges, ausgedehntes Waldstück mit ein paar Hügeln und Felsen und vor uns fiel der Berg sehr steil ab. Mächtige Felsen und Steine waren zu sehen und mir graute es ein wenig vor dem Abstieg! Unten war ein schmales Stück Sandstrand auf dem einige riesige Felsbrocken lagen. Das Meer war ein ganzes Stück weiter weg.
Vorsichtig kletterten wir zwischen den Steinen hinunter und kamen schließlich wohlbehalten auf dem Strand an, es hatte schwieriger ausgesehen von oben.
Squiesel steuerte zielsicher auf einen sehr großen Felsbrocken zu und krabbelte hinauf.
Erstaunt folgte ich ihm, oben setzten wir uns hin und ich blickte ihn fragend an.
"Wir warten hier!" sagte er.
"Warten? Auf was?"

"Auf die Flut und auf Neptun!" antwortete er und grinste dabei vergnügt.
Tatsächlich bemerkte ich nun erst wie das Meer immer schneller näher kam. Also, deshalb war es so weit entfernt gewesen, es war gerade Ebbe!
"Keine Sorge!" sagte Squiesel. "Der Fels ist über Wasser!"
Wir beobachteten die Seevögel, die schreiend umherflogen, und das Wasser. Es kam immer näher und bald war der Fels umspült und das Meer reichte bis zum Berg hin. Etwas ungemütlich war mir schon, denn die Wellen gingen sehr hoch und stiegen immer weiter an. Wir konnten nun auch nicht mehr zurück, selbst wenn wir wollten.
Ich bekam plötzlich panische Angst und hatte das Gefühl in einer Falle zu sitzen!
Beruhigend streichelte Squiesel meine Hand.
"Keine Angst! Es passiert dir nichts, ich bin doch auch da!"
Etwas schuldbewußt schaute ich ihn an, ja, mein Freund war hier und er würde mich nie einer Gefahr aussetzen. Das wußte ich ganz genau!
Trotzdem war ich ziemlich nervös und schaute unruhig auf die Wasserfläche.
Was war das? Plötzlich sah ich in den Wogen Haare, wehendes Haar!
Oh, mein Gott - eine Wasserleiche!
Entsetzt schlug ich meine Hände vor`s Gesicht!
Im selben Moment brüllte Squiesel vor Lachen, so daß ich heftig zusammenzuckte!
Ich schaute ihn verwirrt und mit großen Augen an. Was in aller Welt gab`s bei einer Wasserleiche zu lachen?
Er konnte sich kaum beruhigen und fing jedesmal von neuem an, wenn er in mein angsterfülltes Gesicht schaute.
"Eine Wasserleiche." japste er schließlich ganz außer Atem. "Das ist doch keine Wasserleiche! Schau` doch mal genauer hin!"
"Nein!" sagte ich trotzig und sah, immer noch ängstlich, nun auf den Felsen.

"Mein Gott, Kind!" sagte er und tätschelte mir die Wange."Was hast du denn nur für eine negative Phantasie! Das war doch früher nicht so! Los, schau` hin!"
Er war dabei sehr ernst geworden und ich zwang mich hinzusehen. Da waren die Haare, ja, und auch ein Gesicht, jetzt tauchte es kurz aus dem Wasser und verschwand wieder. Der Leib war schillernd und grünlich gewesen. Zweifellos lebte es noch!
"Eine Wassernixe!" sagte Squiesel ruhig. "Auch da habt ihr Menschen wieder viele unterschiedliche Namen für diese Wesen. Aber wir wollen bei dem Namen bleiben, einverstanden?"
Ich nickte und atmete erleichtert auf! Ein Nixe war es und keine Leiche! Nun mußte ich selbst ein bißchen über meine Reaktion grinsen.
Wie als Antwort darauf ertönte ein helles Gelächter und wir wurden naß gespritzt! Übermütig schwammen nun mehrere dieser Wesen um unseren Felsen herum, kamen jedoch nicht zu nahe heran.
"Sie sind etwas scheu!" erklärte Squiesel.
Wir beobachteten sie eine Weile schweigend, sie schienen zu spielen, sich gegenseitig zu fangen. Ab und zu schaute eine herüber und lächelte, doch achteten sie darauf, uns nicht zu nahe zu kommen.

"Wie ist das eigentlich?" fragte ich. "Wir trafen vorhin Quirrel, der Quellgeist, wieso gibt es hier nun Nixen, die frei herumschwimmen?"
"Tja, das ist so. Quirrel ist der Geist der Quelle wie du richtig bemerkt hast. Das heißt, er ist für das Fließen der Quelle zuständig. Der jeweilige Quellgeist bestimmt auch wie sie beschaffen ist, beziehungsweise das Wasser, das sie führt. Welche Mineralien darin gelöst sind und so weiter. Ein Stück weiter weg findest du Bach- und Flußgeister. Jeder ist für einen Teilbereich verantwortlich, ist die Seele dieses Bereiches."
"Das verstehe ich nicht!" sagte ich verwirrt. "Das Wasser fließt doch weiter und neues nach!"
"Ja, du hast doch auch verschiedene Körper, der eine vergeht, dann entsteht ein anderer. Allerdings geht`s bei dir entsprechend

langsam. Bei ihnen eben schneller! Das Wasser ist eben ein anderes Element wie die Erde!"
"Ach, so!" Ja, das leuchtete mir ein!
"Das Meer zum Beispiel hat nun viele Nixen, jede ist für einen Bereich des Meeres zuständig." fuhr er fort. "Es gibt auch da - wie bei Tahia, der Waldfee - welche, die noch zusätzlich für eine Bucht, einen See, ein Meer zuständig sind."
"Sozusagen die Bosse der anderen Nixen!"
"Genau! An der Spitze steht dann Neptun, der über alle Meere, Seen und Flüsse herrscht!"
Und wieder wurde mir etwas flau im Magen bei dem Gedanken, daß so ein mächtiges Wesen mit mir sprechen wollte! Squiesel, der dies merkte, lenkte mich ab, indem er schnell fortfuhr: "Tja, und so gibt`s überall Einteilungen und wenn du so willst, Hierarchien! Flatter ist ein Lufthauch, es wimmelt nur so von diesen Wesen. Aber es gibt auch größere Luftgeister, die Wind- und Sturmgeister! Hast du schon mal von der wilden Jagd oder dem wilden Heer und den Sturmreitern gehört?"
"Nein." gab ich erstaunt zurück.
"Mh, leider werden heutzutage die alten Geschichten und Legenden den Kindern nicht mehr erzählt, es geht so viel verloren! Man sitzt lieber vor dem Fernseher und läßt sich berieseln - schade ist das!" meinte Squiesel betrübt.
"Nun, diese Wesen sind Sturmgeister, dunkle Elfen, die in der Nacht durch die Gegend brausen! Ihr spürt die dunkle Macht, die dahinter steht und fürchtet euch deswegen! Vor allem im Herbst und Winter sind sie sehr aktiv!"
Ein aufgeregtes Gemurmel ließ ihn aufhorchen.
"Ah, da kommt er ja!"
"Wer?" fragte ich verständnislos.
"Neptun."

Mit gemischten Gefühlen schaute ich auf das Meer hinaus. Eine riesige Woge kam auf uns zugerollt und mich ergriff wieder Panik! Squiesel nahm meine Hand und hielt sie ganz fest!
Die Nixen stoben kreischend auseinander und machten ihm Platz! Ihm, Neptun, dem Herrscher über alle Meere!

Er tauchte aus der Woge auf und erhob sich. Er war riesig groß, ich fühlte mich so klein und unbedeutend und begann vor Angst zu zittern!
Der Oberkörper sah aus wie der eines kräftigen Mannes, nur ungleich viel größer und stärker. Ab der Hüfte ging der Körper in Wasser über, so sah es zumindest aus. Er hatte weißes, langes Haar und einen wallenden Bart. Seine Augen strahlten in einem dunklen Grün oder war es Blau oder beides? Er sah mächtig aus und kam näher auf mich zu, immer näher!
Mein Herz pochte wie wild und dann begann er zu sprechen. Seine Stimme donnerte und grollte und ich sank noch weiter in mich zusammen.
"Guten Tag, Kema!"
Ich schluckte und schluckte und preßte mühsam eine Antwort heraus.
"Guten Tag, König der Meere!"
Er lächelte mir zu und das beruhigte mich wieder etwas, dennoch klopfte mir das Herz bis zum Halse.
"Schön, daß du meiner Bitte Folge geleistet hast und gekommen bist! Du brauchst keine Angst vor mir zu haben!" meinte er gütig und strich mir vorsichtig über den Kopf. Die Hand, sie war riesig, mein Kopf paßte mehrmals in seine Handfläche hinein, doch war seine Berührung ganz sanft und zart.
"Komm ins Meer!" sagte er dann und obwohl er für seine Verhältnisse leise sprach, hallte es von dem Berg wider.
Unsicher schaute ich Squiesel an, der mir aufmunternd zunickte und meine Hand los ließ.
Ich zögerte noch, da hob er mich hoch und ließ mich ins Wasser gleiten. Die Wellen gingen hoch und ich schluckte vor lauter Schreck eine Menge Salzwasser. Lachend hob er mich auf seine Schulter und schwamm los!
Mit atemberaubender Geschwindigkeit schossen wir durch das Wasser, ich hielt mich krampfhaft an ihm fest. Ich bekam wieder Panik, als ich zurückblickte und bemerkte wie weit er mich von Squiesel fortgebracht hatte.
"Hab` keine Angst! Vertrau` mir!" meinte er und verdoppelte, nein, verdreifachte noch seine Geschwindigkeit.

Nach einiger Zeit öffnete ich wieder meine Augen, die ich ängstlich geschlossen hatte, und bemerkte nun wie sich das Klima veränderte. Ich sah Südseeinseln auf der Strecke.
"Ja, Kema, wir sind in einem ganz anderen Meer!" bekräftigte er meine Gedanken.
Schließlich hielt er an, richtete sich auf, jedoch nicht ohne mich vorher mit einer Hand festzuhalten, und schnippte dann mit den Fingern der anderen Hand.
Eine riesige Kugel schwamm daraufhin vor uns, nein, es sah eher aus wie eine überdimensionale Seifenblase!
"Bitte, geh` da hinein!" sagte er.
Entgeistert schaute ich ihn an und verkrampfte mich wieder vor Schreck.
"Keine Bange! Ich will dir was zeigen, aber dazu müssen wir auf den Grund des Meeres. Du brauchst doch Luft zum Atmen und die ist da reichlich drin!"
Ich entspannte mich und blickte ihn vertrauensvoll an. Trotz seiner Größe, seiner Stärke und Macht war er ein freundliches Wesen, ich spürte immer mehr, daß ich ihm absolut vertrauen konnte!
"Geh` jetzt da hinein!"
Er wies auf die Blase. Ich kletterte hinein, es war ein seltsames Gefühl beim Hineingehen, wie wenn ich durch etwas Kaltes hindurchgehen würde.
Doch, ich stand ganz fest in der Kugel und konnte mich auch von innen an die Wände anlehnen. Die Luft war frisch und kühl, aber nicht kalt!
"Setz` dich auf den Boden, ja?"
Ich setzte mich und lehnte mich an die Rundung an. Zufrieden schaute mich Neptun an.
"Bist du soweit? Kann`s losgehen?"
Ich nickte, und langsam, aber stetig, sanken wir nach unten. Es war kein unangenehmes Gefühl, es geschah ohne Hast und Eile und ständig war er an meiner Seite.

Es wurde immer dunkler, hoch über mir konnte ich den von der Sonne beschienenen Teil noch sehen, doch wir glitten immer tiefer!

Er schnippte wieder mit den Fingern und um uns herum tauchten leuchtende Kugeln auf, die mit herabsanken. So konnte ich alles ganz genau sehen, dankbar lächelte ich ihn an und er grinste verschmitzt zurück!
Unten angekommen, drückte ich mir beinahe meine Nase platt, es wimmelte nur so von Leben! Fische, in allen Größen und Farben, Schwämme, Meerespflanzen, so vieles gab es da zu sehen und zu entdecken!
Ich war fasziniert und konnte mich nicht satt sehen daran!
Liebevoll lächelnd beobachtete mich Neptun und freute sich an meiner Begeisterung.
Seepferdchen, ach, da waren Seepferdchen! Wie gerne hätte ich eines gestreichelt!
"Streck` deinen Arm heraus!" forderte mich Neptun auf.
Erstaunt tat ich es und mein Arm glitt mühelos durch die Kugel ins Wasser. Sofort schwamm ein Seepferdchen zutraulich herbei und ließ sich von mir streicheln! Ich war restlos begeistert!
Schließlich flitzte es wieder zu den anderen zurück und sie setzten ihren Weg fort!
Ich zog meinen Arm wieder zurück, er war nicht naß! Moment mal, ich war auch nicht naß, obwohl ich im Meer geschwommen war!
Lustig zwinkerte mir Neptun da zu und ich schaute ihn überrascht und gleichzeitig bewundernd an! Was er alles konnte!

Der Meeresboden fiel nach unten ab und wir bewegten uns immer tiefer hinunter, doch ich hatte keine Angst mehr!
Ich war gespannt darauf, was es noch alles zu sehen gab!
Es gab immer weniger Fische und auch der Pflanzenbewuchs wurde spärlicher, es wurde düsterer und trostloser.
Plötzlich bemerkte ich, daß tote Fische herumschwammen. Entsetzt schaute ich Neptun an, seine Züge waren starr geworden und er nickte mir nur ernst zu.
Ich schaute um mich herum, Zerstörung, wohin ich nur blickte sah ich Tod und Vernichtung! Was war da nur geschehen?
"Es breitet sich immer weiter aus!" sagte er ernst.
"Aber was?" rief ich fast verzweifelt aus.
"Schau` her!"

Ich sah wie aus einem Gestein an manchen Stellen etwas Dunkles, Bedrohliches herauskam. Tiefschwarz und unheimlich sah es aus und quoll unablässig hier und da hervor und breitete sich aus. Eine schwarze Wolke, die alles zerstörte auf das sie traf!
"Radioaktivität!"
Ich war verblüfft, wie konnte ich das sehen?
"Du bist auf der astralen Ebene, mein Kind!" antwortete er auf meine Gedanken.
"Woher kommt das?" fragte ich entsetzt.
"Unterirdische Atomtests!" sagte er und seine Stimme war voller Haß und klang so scharf wie ein Rasiermesser.
"Des Menschen Garant für den Frieden!"
Diese Worte spie er voller Verachtung heraus und ich bekam wieder Angst vor ihm.
Ich schaute mich genauer um und bemerkte immer mehr von diesem gräßlichen, schwarzen Zeug, das ins Meer floß!
"Noch ein paar Tests mehr und es bricht auseinander und dann gibt`s eine Katastrophe!" sagte er mit eiskalter Stimme.
Wir schwammen weiter und kamen in einen Bereich, in dem sich giftgrüne und grellgelbe Flüssigkeiten verteilten. Es sah widerlich und häßlich aus und auch hier war alles tot und trostlos!
"Ebenfalls tödlich!" meinte er und wies auf ein paar Fässer, die verrostet waren und auf dem Meeresboden lagen.
"Das Meer! Eure Giftmülldeponie!" sagte er daraufhin sarkastisch und machte eine große Handbewegung.
Ein Stück weiter sah ich wieder Fässer und aus denen trat ebenfalls dieses ekelhafte schwarze Zeug aus - Radioaktivität!
Ich fühlte mich so verloren, das alles war so aussichtslos, so zum Verzweifeln!
Was konnte ich nur tun? Konnte man gegen diesen Wahnsinn überhaupt etwas tun? Ich fühlte mich schrecklich schuldig, mitschuldig, weil ich ein Mensch war und ich schämte mich, schämte mich mit meinem ganzen Sein für die anderen, die anderen, die so etwas guthießen und verursachten! Tränen traten mir in die Augen, oh Gott, was kann man dagegen tun? Ein paar wenige, machtlos, gegen diese Horde von Egoisten, diese machthungrigen und von Ehrgeiz und Geldgier zerfressenen Seelen!

"Ihr müßt eure Macht wieder zu euch zurücknehmen!" sagte Neptun.
Fragend blickte ich ihn an, der strenge Zug um den Mund herum verschwand, er lächelte. Die Augen, die zuvor noch so haßerfüllt geblitzt hatten, schauten mich sanft und zärtlich an.
"Ja, ihr habt eure Macht aus den Händen gegeben! Ihr denkt, ihr könnt nicht viel tun! Doch, das könnt ihr, jeder Einzelne von euch, der damit nicht einverstanden ist, kann das! Es fängt mit den Gedanken an! Du weißt doch, Gedanken sind mächtige Energien und streben nach Verwirklichung. Also, denke positiv! So schwer es auch manchmal fällt! Denk positiv! Du kannst diese Verbrecher an der Menschheit und an der Natur aufhalten, du mußt nur überzeugt davon sein! Verbunden mit dem Wunsch nach einer schönen, gesunden, sauberen Welt, erreicht dieser positive Gedanke sein Ziel!"
"Aber wie schaffe ich es davon überzeugt zu sein?"
"Du wirst es lernen!"
"Und was ist, wenn ich es nicht schnell genug lerne?" fragte ich besorgt.
"Nun, wir sind ja schließlich auch noch da!" meinte er und sein Gesicht versteinerte sich wieder.
"Du wirst den anderen das alles mitteilen, ja?"
"Ja, das werde ich tun!"
"Dann sag` ihnen noch folgendes!" seine Stimme wurde wieder dröhnender und noch eisiger.
"Sag` ihnen, was ich, Neptun, König der Meere zu sagen habe! Ich bin geduldig und wir alle, die Wesen des Meeres, haben nun genug Geduld und Langmut bewiesen. Wir haben uns vergiften und töten lassen, haben gelitten unter euch und trotzdem haben wir euch in Frieden gelassen! Euch euren Willen gelassen! Aber nicht mehr lange und dann ist Schluß damit!
Ihr werdet schon sehen, wer von uns der Stärkere ist. Ihr armseligen Kreaturen, ihr glaubt, ihr seid der Mittelpunkt des Universums und Herrscher dieser Welt! Doch da irrt ihr euch ganz gewaltig! Wir werden euch zerstören, wenn ihr es denn so haben wollt! Ihr werdet noch auf dem Boden kriechen und die Natur um Gnade anflehen, doch dann wird sie euch genauso verspotten wie ihr uns heute noch

verspottet! Springfluten werden euere Schneckenhäuser, in denen ihr euch sicher glaubt - welch fataler Trugschluß - , mit Leichtigkeit plattwalzen. Orkane werden alles vernichten, Erdbeben werden euch verschlingen und Lava wird euch langsam verbrennen! Ihr werdet untergehen und alles, was ihr geschaffen habt dazu, nichts wird mehr übrigbleiben, wir rotten euch aus bis auf den letzten Mann, die letzte Frau und das letzte Kind! Noch gibt es ein Zurück, aber bald nicht mehr, denn bald ist eure Frist abgelaufen und ich schwöre euch, ich kenne kein Erbarmen!"
Das Meer um uns herum tobte, bäumte sich auf, schäumte bei seinen Worten. Ich saß in der Kugel und sah Bilder vor mir, schreckliche Bilder der Zerstörung, schreiende Menschen, die qualvoll starben...
Abrupt hörte die Bilderflut auf!
"Und wir" fuhr er etwas ruhiger fort, "werden dann endlich ohne den Bazillus Mensch in Ruhe und Frieden leben können. Die Erde erholt sich wieder, auch all die anderen Reiche - nur die Menschheit wird vernichtet und bald vergessen sein!"

Zitternd saß ich in der Kugel, ganz still war es nun um uns herum. Langsam beruhigte ich mich wieder. Neptun sagte nichts mehr und schwamm wieder nach oben. Schnell stiegen wir auf und waren bald an der Wasseroberfläche.
"Komm heraus!" forderte er mich auf.
Zögernd verließ ich die Kugel und er nahm mich in seine Arme.
"Hast du schon wieder Angst vor mir, meine kleine Kema?" fragte er mich belustigt.
Ich nickte und kämpfte mit den Tränen.
"Na, na!" beruhigte er mich.
"So weit sind wir noch nicht! Und du brauchst sowieso keine Angst zu haben, mein Kleines! Du wirst dasselbe machen wie viele Tier- und Pflanzenseelen auch, wenn es so weit kommen sollte!"
"Was denn?" fragte ich neugierig.
"Du machst dasselbe was du jetzt auch schon gemacht hast. Steigst aus deinem physischen Körper heraus und kommst hierher auf die astrale Ebene. Dein Schutzgeist wird dir helfen, die Verbindung zu dem Körper zu unterbrechen, das heißt, du stirbst ganz leicht und

mühelos kommst du auf diese Ebene hier und da passiert dir gar nichts, mein Liebes!"
Mit großen Augen schaute ich ihn an und er lachte gütig.
"Ja, glaubst du denn, wir lassen jemanden, der unschuldig ist, leiden? Die vielen Tiere und Pflanzen sind doch auch unschuldig! Sie werden rechtzeitig informiert und es wird ihnen geholfen werden!"
Das beruhigte mich ungemein und ich schmiegte mich zufrieden an seinen Hals.
Er begann wieder ganz schnell zu schwimmen, wir flogen nur so durch das Wasser und es war ein schönes Gefühl!

Bald sah ich wieder den Felsen vor mir, auf dem Squiesel die ganze Zeit geduldig gewartet hatte. Wir waren noch ein großes Stück entfernt, da hielt er an.
"Nun, wir werden uns hier verabschieden!"
"Hier?"
"Ja, du sollst noch jemanden kennenlernen. Wir werden uns nochmals wiedersehen bevor die Frist abgelaufen ist! Hier habe ich etwas für dich als Andenken an mich und als Versprechen!
Es ist ein Zeichen unserer geistigen Verbundenheit und mein Ehrenwort, daß ich dich nie im Stich lassen werde! Wenn du in Not bist, dann ruf' mich einfach und ich werde da sein oder dir jemanden zu Hilfe schicken!"
Er gab mir eine wunderschöne, große Muschel in die Hand und ich umarmte ihn. Ich konnte nicht sprechen, aber er verstand mich auch so, das wußte ich!
Wir verabschiedeten uns mit einem Lächeln und einer Umarmung, er ließ mich sanft ins Wasser gleiten und entfernte sich dann behutsam.
Voller Vertrauen blickte ich ihm nach und schwamm auf der Stelle bis ich ihn nicht mehr sehen konnte!
Plötzlich hörte ich ein Pfeifen und Quietschen hinter mir. Ich drehte mich um, da schwammen auch schon Delphine um mich herum und unter mir durch! Sie hoben mich hoch und drängten sich eng an mich.

Dabei waren sie sehr fröhlich, es war schön sie zu beobachten. Ihre Lebensfreude steckte mich richtig an und meine Stimmung hob sich immer mehr.
"Halt` dich an mir fest!" rief dann einer von ihnen.
Verblüfft tat ich es und schon ging es in einem flotten Tempo zurück zum Felsen. Die anderen umringten uns oder sprangen in einem hohen Satz über uns hinweg! Ich war begeistert!

Squiesel winkte mir fröhlich vom Felsen aus zu. Ich bemerkte, daß das Wasser schon wieder am Sinken war, das Meer sich langsam zurückzog.
Eine Weile spielte ich noch vergnügt mit den Delphinen im Wasser, dann schmiegte sich einer nach dem anderen kurz an mich, ließ sich ein bißchen streicheln und schwamm dann weg. Ich sah ihnen, etwas wehmütig, nach - das hatte Spaß gemacht!
Squiesel kam langsam ein Stück heruntergeklettert, wir setzten uns und ich berichtete ihm aufgeregt was ich alles mit Neptun erlebt hatte, während wir auf die Ebbe warteten. Er hörte interessiert zu und bewunderte auch ausgiebig das Geschenk von Neptun - die Muschel!
So im Nachhinein hatte ich den Verdacht, daß er alles bereits wußte, mich aber erzählen ließ, weil ich so aufgedreht war von all den Ereignissen.
Bald konnten wir zurück zum Berg gehen und wieder mit dem Aufstieg beginnen.
Ich schnatterte immer noch aufgeregt und erzählte jedes Detail!
"Warum bin ich auch jetzt noch nicht naß?" fragte ich Squiesel nun schon das zweite Mal.
Amüsiert betrachtete er mich und fragte erneut zurück: "Kannst du dir das nicht denken?"
"Nein!" sagte ich bockig, ich hatte das Gefühl, daß er sich über mich lustig machen wollte.
"Du weißt doch genau, daß ich das nicht tue!" sagte er ernsthaft. "Aber ärgern darf ich dich doch wohl noch ein bißchen?" Seine Augen glitzerten vergnügt. Ich lachte, man konnte ihm einfach nicht böse sein!
"Also?"

"Ja, überleg` mal! Auf der physischen Ebene ist Wasser definitiv naß, nicht?" sagte er lustig.
"Ja!" grinste ich.
"Aber auf der astralen Ebene ist Wasser naß, wenn man will, daß es naß ist!"
"Wie bitte?"
"Du hast schon richtig gehört! Ist dir eigentlich kalt?"
"Nein, nicht besonders, aber was hat das..."
"Würdest du hier baden wollen und dich dann hinlegen zum Trocknen?" unterbrach er mich.
"Nein, so warm ist mir nun auch wieder nicht!"
"Siehste, darum ist das Wasser hier für dich nicht naß! Klar?" sagte er befriedigt.
Ich schaute ihn verwundert und auch ein bißchen skeptisch an. Wollte er sich einen Spaß mit mir erlauben?
"Ach, Kema!" lachte er da. "Nicht so voreilig denken! Erst die Fakten prüfen! Du bist immer so schrecklich ungeduldig!"
Das stimmte, da konnte ich nichts dagegen sagen. Ich war wirklich oft etwas vorschnell aus reiner Ungeduld! Ich mochte zwar die eine oder andere Tugend vorweisen können, aber Geduld war mit Sicherheit nicht darunter!
Beschämt dachte ich daran, wie ich die Nixe für eine Wasserleiche gehalten hatte!
Das brachte Squiesel wieder zum Lachen und auch ich mußte wider Willen mitlachen, er war einfach zu komisch!
Ganz außer Atem kamen wir oben an und legten erst einmal eine Pause ein.

"Denk` mal darüber nach, was ich vorhin sagte!" meinte dann Squiesel, nachdem er sich vollends beruhigt hatte.
Mh, wir sind auf der astralen Ebene, auf der Ebene der Gefühle! Ja, und vorhin sagte er, daß er sich gewünscht hat, er wäre im Wald und da waren wir dann auch, als wir den Park verließen!
Dann hab ich mir vielleicht unbewußt gewünscht, nicht naß zu werden, weil es mir dann zu kalt geworden wäre?
"Genau!" triumphierte Squiesel. "Und wir anderen haben deinen unbewußten Wunsch noch unterstützt!"

"Ach, so funktioniert das!" rief ich erstaunt. Er nickte begeistert.
"So, jetzt geht`s aber ganz woanders hin, das wird dir gefallen!"
"Wohin denn?"
"Wir machen einen Ausflug auf die mentale Ebene!"
Er zog wieder den Beutel von Tahia hervor, nahm die beiden silbernen Kügelchen heraus und gab mir eines davon.
"Zerkau` es!"
Vorsichtig biß ich darauf, es schmeckte, ja, wie schmeckte es? Bitter und süß zugleich, aromatisch. Es war mit nichts, das ich schon gegessen hatte, vergleichbar, aber es war gut.
"Erschrecke dich nicht!" sagte Squiesel. "Gleich wird`s dir etwas komisch und leicht schwindlig vor den Augen!"
Kaum hatte er ausgesprochen, trat dies auch ein, er hatte schon nach meiner Hand gegriffen und ich war froh darüber!

Die gesamte Landschaft war verschwunden und ich blickte verwirrt um mich. Wir standen auf etwas Weißem, Weichem. Es waren, um Himmels willen, das waren Wolken!
Entsetzt schrie ich auf!
"Ruhig!" sagte Squiesel und drückte meine Hand. "Ganz ruhig! Es passiert doch nichts!"
Ganz tief atmete ich ein und aus und beruhigte mich nach und nach wieder.
"Geht`s nun?" fragte er besorgt. "Können wir weiter?"
Ich nickte etwas verkrampft.
Vorsichtig wagte ich ein paar Schritte. Er ließ meine Hand los, ging vor, hüpfte dann auf und ab und schrie: "Siehste? Vollkommen sicher! Es passiert nichts!"
Da ich ihn erschreckt beobachtet hatte und immer noch den Boden mißtrauisch beäugte, kam er zurück und nahm mich wieder bei der Hand.
"Nun komm schon, Kema! Sei kein Hasenfuß!"
Langsam gingen wir voran, der Boden federte leicht unter jedem Schritt, gab aber genug Halt, so daß ich ruhiger und sicherer wurde.
Vor uns, leicht erhöht, tauchte ein riesiges Wolkengebilde auf, es sah aus wie ein riesiger Palast, nein, mehr wie eine Stadt mit vielen Ebenen, Straßen, Gassen, Gebäuden und Türmen. Ein Regenbogen

führte direkt zum Stadttor und der breitesten Straße hin. Es sah phantastisch aus, alles schillerte und funkelte!
Überwältigt und stumm vor Überraschung blieb ich stehen und betrachtete dieses prächtige Gebilde!
"Darf ich dir vorstellen? Die Wolkenstadt!" sagte Squiesel stolz.
"Warst du schon mal drin?" fragte ich ehrfürchtig.
"Ja, schon ein paar Mal! Komm jetzt! Wir werden erwartet!"
"Erwartet? Hier?"
"Ja, hier!" sagte er amüsiert und zog mich vorwärts.
Ich war ja nun schon einiges gewohnt, aber er schaffte es immer wieder auf's Neue mich zu verblüffen und zu überraschen! Es schien, als würde ich überall schon erwartet werden, ein schönes und zugleich seltsames Gefühl!

Wir gingen über den Regenbogen und ich schaute mich verzaubert um. Ich konnte mich gar nicht satt sehen an allem und drehte meinen Kopf hierhin und dahin!
"Vorsicht, Kema! Du verrenkst dir noch den Hals!" meinte er da lachend. "Du bist doch kein Uhu!"
Aber ich registrierte die Bemerkung gar nicht richtig und betrachtete weiter alles genau.
Wir gingen durch das Stadttor, eine lange, gewundene Straße führte ganz nach oben zu einem riesigen Gebäude. Langsam schritten wir darauf zu.
Noch bevor wir eintraten, hörten wir von innen laute Geräusche.
Neugierig sah ich mich drinnen um, es herrschte ein geschäftiges Treiben.
Wunderschöne Wesen liefen hin und her, andere schienen etwas zu bearbeiten. Sie sahen alle so ähnlich aus wie Tahia, nur waren sie nicht so groß, kaum größer wie ich, und trugen lange, weite Gewänder. Diese Gewänder schimmerten in verschiedenen Blau- und Violettönen, es blitzten silberne, weiße und goldene Sterne darin auf. Die Wesen selbst sahen atemberaubend schön aus, die Haut schimmerte silbrig, die Haare waren gold- oder silberfarben, manche von einem reinen Weiß.

Die Ausstrahlung, das Leuchten, das von ihnen ausging, war noch viel stärker wie bei der Waldfee, es war ein reines, goldenes Licht um alle herum.
Ich fühlte mich absolut sicher, geborgen und ein tiefer Friede durchströmte mich.
Eines der Wesen kam langsam auf uns zu und begrüßte uns.
"Hallo, Kema!" sagte er.
Ich blickte erstaunt in zwei große, goldfarbene Augen, die mich gütig ansahen.
So viel Liebe strömte dieses Wesen aus, daß ich beinahe davon überwältigt wurde.
"Hallo!" gab ich schüchtern zurück.
"Mein Name ist Kri." sagte er in einem warmen, herzlichen Ton.
"Komm, ich will dir zeigen, was wir hier tun!"
Er nahm mich an der Hand und führte mich zu den anderen.
Über seine Hand floß so viel Wärme und Liebe in mich hinein, daß ich es kaum noch ertragen konnte. Schuldbewußt lächelnd ließ er mich sofort wieder los.
"Verzeih` , aber ich vergesse immer wieder, daß ihr so einen engen Kontakt mit uns kaum aushalten könnt! Die Schwingung ist etwas zu hoch!"
Er dirigierte mich an einen Tisch, an dem er vorhin gesessen und gearbeitet hatte.
"Schau` !" sagte er und wies auf seine Arbeit. Ich trat näher heran und war fasziniert!
Ein vollendet schöner Schneekristall, etwa so groß wie meine Hand, lag vor mir!
"Nimm` ihn ruhig hoch!" ermunterte mich Kri.
Vorsichtig hob ich ihn auf, er war prachtvoll, schillerte und glitzerte in allen Farben. Jedesmal, wenn ich ihn bewegte, sprühte er kleine goldene und silberne Funken aus! Ganz feine Verästelungen und Verzweigungen waren zu sehen - es war ein wahres Kunstwerk!

"Nun, nun! Nicht übertreiben!" kommentierte Kri meine Gedanken und Gefühle.
"Sieh` auf den Tisch bei den anderen!"

Ich war vollkommen erstaunt, überall lagen massenweise dieser Kunstwerke herum und viele arbeiteten an neuen. Ein jedes anders, aber doch waren alle schön und meisterhaft gearbeitet!
Ich blickte Kri fragend an.
"Du siehst, wir stellen diese Kristalle her - dies ist unsere Lebensaufgabe! Man nennt uns daher auch Kristallwesen!" erklärte er.
"Wir sind hier - wie du bereits weißt - auf der mentalen Ebene und zwar auf einer recht hohen. Du hast ja inzwischen schon gelernt, daß es innerhalb der unterschiedlichen Ebenen auch wieder verschiedene Stufen gibt, nicht? Je nach Schwingung, je höher, desto feiner, je tiefer, desto gröber!"
Heftig nickte ich. Ja, das hatte ich mir gemerkt! Der physische Körper war der, der am tiefsten schwingt.
"Genau, Kema!" lobte er mich und ich errötete vor Freude!
"Was wir hier nun machen, das sind sozusagen die Vorlagen für die Schneekristalle auf der materiellen Ebene." fuhr er in seinen Erklärungen fort.
Vollkommen überrascht rief ich: "Das gibt`s doch nicht!"
Lächelnd sagte er:"Du wirst noch oft Dinge erleben, die es nach eurem Dafürhalten nicht gibt! Also, wir machen die Vorlagen, es sind geistige Schablonen, wir sind ja auf der Mentalebene!"
Er schaute mich prüfend an und als er merkte, daß ich verstanden hatte, fuhr er fort.
"Jeder Kristall hier wird ein physischer Schneekristall. Wir arbeiten direkt mit dem Göttlichen zusammen und bekommen für Jeden eine Anweisung. Du mußt wissen, daß ein jeder dieser Kristalle ein positiver Gedanke des Göttlichen ist! Wir setzen es nur um auf dieser Ebene und geben es dann weiter!"
Er gab mir Zeit diese Informationen zu verarbeiten.
Ich dachte an die vielen Kristalle, die allein schon eine einzelne Schneeflocke bildeten und mir wurde schwindlig bei dem Gedanken, daß jeder Einzelne von diesen Kristallwesen mühevoll auf der mentalen Ebene hergestellt wurde! Mit viel Liebe und Sorgfalt, jedes anders, es gab keine, die genau gleich waren!

Ich war ganz benommen und beinahe wäre ich gestolpert, hätte Kri mich nicht schnell am Arm gepackt. Sogleich war es vorbei und er ließ sofort wieder meinen Arm los.
"Vorsicht mit dem was du denkst!" sagte er. "Wir sind im mentalen Bereich, vergiß das nicht!"
"Diese viele Arbeit, wie soll das denn gehen, wo es doch in manchen Gegenden ganz extrem viel schneit?" fragte ich, immer noch gedanklich mit dieser großen Menge befaßt.
"Das schaffen wir schon!" sagte Kri lächelnd."Wir sind auch genug Kristallwesen. Zudem gibt es hier keine lineare Zeit wie im Physischen! Mach` dir also darüber keine Gedanken, sonst wird dir womöglich wieder schwindlig! Nun solltet ihr aufbrechen, du wirst auch noch in einem anderen Gebäude erwartet! Doch möchte ich dir etwas mitgeben, als Erinnerung an deinen Besuch!"
Er nahm den fertigen Kristall, den ich so bewundert hatte und gab in mir!
"Für mich?" rief ich glücklich aus. "Ich darf ihn behalten?"
"Ja, Kema - vom Göttlichen ein spezieller, guter Gedanke für dich!"
Strahlend schaute ich ihn an, ich wußte nicht, wohin mit meinen Gefühlen. Es ging alles drunter und drüber, in meinem Kopf und in meinem Herzen.
"Ruhig, ruhig!" lachte er da. "Welch ein Chaos! Versprich mir fleißig zu lernen, deine Gefühle und Gedanken immer besser unter Kontrolle zu bekommen, ja?"
Ich nickte eifrig und versprach es feierlich.
"So, du mußt nun gehen! Vergiß mich nicht, Kema!"
"Niemals!" erwiderte ich heftig.

Er verneigte sich leicht vor mir und auch vor Squiesel und wir taten es ihm gleich.
Dann verließen wir den Raum, am Eingang drehte ich mich nochmals um. Kri winkte mir zu und ich wedelte aufgeregt zurück!

Wie betäubt folgte ich Squiesel eine kleine Seitenstraße entlang.
"Na, Kema? Wie fühlst du dich?"
"Phantastisch!" rief ich laut und überzeugt aus.

Er lachte herzlich und meinte: "Auch ich bin jedes Mal übervoll mit schönen Gefühlen, wenn ich herkomme. Allzu lange kann ich diese hohe Schwingung jedoch auch nicht ertragen!"
Ich verstand, was er meinte.
"Ja, ja, es gibt sogar auch ein Zuviel des Guten!" kicherte er.

Kurze Zeit später standen wir vor einem ähnlichen Gebäude, das allerdings etwas kleiner war.
Gespannt folgte ich Squiesel hinein, was mochte mich darin erwarten?
Auch hier herrschte Hochbetrieb, die meisten saßen an Tischen und schienen etwas zu malen. Die Wesen sahen genauso aus wie die anderen. Eines davon kam sofort auf uns zu, das tiefblaue Gewand bauschte sich auf, als sie schnellen Schrittes näher kam.
"Hallo, Kema, hallo, Squiesel!" begrüßte sie uns fröhlich. "Ich bin Isi!"
Wir gaben uns die Hand und wieder floß eine starke Welle der Liebe durch mich hindurch. Sie zog ihre Hand schnell zurück, da sie merkte, daß ich das Gefühl kaum ertragen konnte. Aber allein die Nähe dieser Wesen war schon so beglückend und erhebend, daß mir langsam die Tränen in die Augen traten vor lauter Freude!
Sie führte uns zu den Tischen und zeigte mir, woran sie gerade arbeitete. Es waren wundervolle gemalte kristallene Blumen. Ich begriff zunächst nicht, sondern nahm nur ihre Schönheit wahr.
"Eisblumen!" sagte ich dann fassungslos.
"Ja." meinte Isi. "Eisblumen für die Fenster der Menschen in kalten Nächten. Jede Eisblume ist ein positiver Wunsch des Göttlichen!"
Ich konnte nur noch staunen.
"Wir kommen nachts im Winter zu euch, Kema!"
"Ihr kommt zu uns?"
"Ja, in besonders kalten Nächten kommen wir scharenweise zu euch und befestigen diese Eisblumen an euren Fenstern. Zunächst sind sie nur auf der mentalen Ebene, dann auf der astralen und schließlich auf der ätherischen und physischen Ebene sichtbar! Hast du schon einmal zugesehen wie eine Eisblume entstanden ist?"
Ich verneinte es und blickte sie gespannt an.

"Sie sind vorher schon längst da und dann kann man sie ganz langsam auf der physischen Ebene erkennen. Aber man muß Geduld haben, um das zu sehen. Bringt man sie auf, dann wird man durch den Anblick wirklich belohnt! Es ist wie wenn ein Blume erblüht, daher auch der Name Eisblume!"
Ich hörte ihr fasziniert zu und nahm mir vor, das bei nächster Gelegenheit zu beobachten.
Sie lächelte mir erfreut zu.
Plötzlich hatte ich das Gefühl, der Boden unter meinen Füßen würde anfangen zu schwanken. Squiesel packte mich fest am Arm, es wurde etwas besser, aber mir war doch noch etwas schwindlig.
Isi sah uns erschrocken an und meinte zu ihm: "Du mußt sie sofort aus der Wolkenstadt wegbringen, hörst du? Ihr System verkraftet nicht so viel auf einmal! Es war lange genug!"
Ich wollte widersprechen, doch Squiesel sagte bestimmt: "Auf geht`s - gehen wir!"
Auch Isi verneigte sich vor uns und wir machten es nach, nur bei mir war es mehr ein kläglicher Versuch, denn das Schwindelgefühl verstärkte sich.
"Wir sehen uns irgendwann wieder!" rief sie mir noch zu, als Squiesel mich schon energisch zur Tür schleifte.
Draußen war mir schon wieder etwas besser, aber ich fühlte mich erst sicherer auf den Beinen, als wir die Wolkenstadt verlassen hatten.
Wir entfernten uns zügig immer weiter und ich warf ab und zu einen sehnsüchtigen Blick zurück.
"Warum ist das so, Squiesel? Warum verkraften wir diese schöne Atmosphäre nicht so lange?"
"Warum wird dir schlecht, wenn du zuviel Schokolade gegessen hast?" fragte er frech zurück.
Wir mußten beide zugleich lachen, aber irgendwie war damit meine Frage doch beantwortet.
Squiesel steuerte in eine bestimmte Richtung und in der Ferne tauchte schemenhaft ein riesiges Gebäude auf.
"Noch eine Wolkenstadt?" fragte ich.
"Nein, es ist der Palast der Schneekönigin, die dort mit der Eisprinzessin lebt."

Ich schaute ihn prüfend an und überlegte, ob das wohl stimmen könnte. Doch er sah ganz ernsthaft aus. Ich musterte ihn aber weiterhin genau, so daß er schließlich lachen mußte.
"Ach, Kema! Du bist manchmal so ulkig mit deinem Mißtrauen! Es ist so - da vorne ist der Eispalast, du wirst schon sehen!"
Wir kamen rasch näher und ich erkannte, daß er recht hatte.
Es war ein Palast aus Eis und er sah einfach märchenhaft aus!
Je näher wir kamen, desto kühler wurde es auch. Doch war es selbst als wir davorstanden, nicht unangenehm.

Langsam stiegen wir die breite Eingangstreppe hoch, wir glitten nicht aus, obwohl die Stufen wie Eis, ganz blank, aussahen. Bei jedem Schritt knirschte es unter unseren Füßen wie gefrorener Schnee. Überall schillerte und funkelte es, der Anblick war phantastisch und ich genoß ihn in vollen Zügen. Auch die kalte, klare Luft tat mir ausgesprochen gut!
Am Portal angekommen, öffneten uns zwei Wachen, die mit Eisspeeren und -schilden bewaffnet waren, das große Tor. Neugierig betrachtete ich die beiden - sie sahen fast aus wie Menschen. Die Unterschiede waren geringfügig, aber interessant! Die Kleidung war weiß und schimmerte leicht bläulich, sie glitzerte auch sehr stark. Die Haut war schneeweiß mit silbernen Reflexen, die Haare schwarz und die Augen, soweit ich das beim Vorbeigehen richtig beurteilen konnte, von einem hellen, klaren Blau. Auch sie leuchteten wie die anderen Wesen von innen heraus, in einem weißen und silbrigen Licht.
Wir betraten eine riesige, hohe Empfangshalle, ich hatte das Gefühl in einem Dom zu sein, was mich ziemlich einschüchterte.
Eine weitere Wache, die uns erwartet hatte, nickte uns nur höflich zu und bedeutete uns, ihm zu folgen. Mit großen Schritten ging er eine gewundene Freitreppe hinauf, eine lange Galerie entlang und trat schließlich vor eine riesige Tür, die von zwei weiteren Wachen flankiert war.
Die anderen öffneten sie weit und unser Führer verabschiedete sich mit einer tiefen Verbeugung, die wir beide erwiderten.

Dann traten wir in den Saal, den man nur als imposant und eines Krönungssaals würdig bezeichnen konnte. Am Ende des Raumes standen erhöht ein riesiger Thron und daneben ein etwas kleinerer, der leer war. Auf dem ersten saß sie - die Schneekönigin in majestätischer Haltung!
Langsam schritten wir näher und verbeugten uns dann tief vor ihr.
Sie hatte ein prächtiges Gewand an, weiß mit aufwendigen silbernen Stickereien. Legte sich der Stoff in Falten, dann schimmerte er bläulich - wie Schatten auf dem Schnee!
Die Haare waren pechschwarz und sehr lang, auf dem Kopf trug sie einen sehr hohen silbernen Kopfschmuck mit allerlei Verzierungen. Sie sah phantastisch schön und überwältigend aus!

Sie erhob sich nun und kam auf uns zu, stieg die Stufen herunter zu uns und es erschien mir wie ein Symbol! Gleichzeitig ging auch in ihrem Gesicht eine Veränderung vor sich. Zuvor sah sie recht kühl und überlegen aus, nun entspannten sich ihre Züge, wurden weicher und sie lächelte uns erfreut zu.
Squiesel machte nochmals eine vollendete Verbeugung, was überaus drollig aussah und ich knickste etwas ungeschickt!
Sie mußte herzhaft über uns beide lachen und gab uns schließlich ihre Hand. Sie war eiskalt!
"So, da seid ihr ja - Squiesel und Kema!" meinte sie.
"Ja, Schneekönigin, da sind wir!" bestätigte er ernsthaft. "Wir dachten aber nicht, daß wir die Ehre haben würden mit dir persönlich zu sprechen. Geht es der Prinzessin immer noch so schlecht?"
"Leider!" seufzte die Schneekönigin. "Du weißt ja wie tierlieb sie ist!"
Fragend schaute ich von einem zum anderen.
"Kommt mit, wir wollen zu ihren Gemächern gehen. Du bringst es wenigstens fertig sie ab und zu ein bißchen zum lächeln zu bringen!"
Mit diesen Worten führte sie uns hinaus, über mehrere Treppen und Flure zu einem prunkvollen Schlafzimmer.
Dort auf dem Bett lag ein junges Mädchen und schluchzte herzerweichend.

Squiesel ging behutsam näher und ich folgte ihm.
"Prinzessin, ich bin`s, Squiesel!" sagte er sanft.
"Ach, Squiesel!" schluchzte sie, schaute aber nicht auf.
"Prinzessin, ich hab` dir jemanden mitgebracht!"
Langsam hob sie da den Kopf, sie war fast genauso schön wie ihre Mutter, hatte allerdings goldfarbenes Haar, aber die gleichen eisblauen Augen wie alle anderen im Palast.
Sie schaute mich an und erstarrte für einen Moment. Dann schrie sie los: "Wie kannst du es wagen, du Unverschämter, mir auch noch einen Menschen zu bringen! Einen Menschen!"
Voller Abscheu und Widerwillen betrachtete sie mich, als wäre ich ein ekliges Insekt!
Ich wich entsetzt ein Stück zurück. Was war denn nur los? Ich begriff gar nichts mehr!
"Hinaus mit dem Menschen, augenblicklich hinaus mit ihm!" kreischte sie dann hysterisch.
Squiesel war ganz blaß geworden, packte mich am Arm und zog mich schleunigst aus dem Raum.
Die Schneekönigin blieb und schloß hinter uns die Tür.
Zitternd lehnte ich mich an die Wand, ich hatte weiche Knie bekommen und mir war richtig übel von der Reaktion, die mein Anblick in ihr ausgelöst hatte.
Man hörte drinnen die Prinzessin weiter schreien und dazwischen die scharfe Stimme der Mutter.
Schließlich öffnete sich die Tür wieder und die Schneekönigin kam heraus.
"Du bist unverschämt und hysterisch, das lasse ich nicht durchgehen!" rief sie wütend und knallte dann die Tür zu.

Squiesel hatte sich inzwischen wieder erholt, die Farbe war ins Gesicht zurückgekehrt. Er ging sofort auf sie zu.
"Entschuldige bitte, aber ich dachte, es wäre gut, würde helfen..." stotterte er verlegen und zuckte hilflos mit den Schultern.
"Das dachte ich doch auch, Squiesel!" seufzte sie und verdrehte ihre Augen.
"Du meine Güte, auf so eine Reaktion war selbst ich nicht gefaßt und ich kenne meine Tochter doch lange genug!"

Ich begriff immer noch nichts und schaute nur verständnislos von einem zum anderen.
Sie bemerkte es und hakte sich bei mir unter.
"Tut mir leid, Kema! Ich hätte nicht gedacht, daß so etwas passieren könnte! Komm mit, wir gehen in meine Privaträume, da werde ich dir alles genau erklären!"
Dabei führte sie mich einige Türen weiter, wir traten in einen mittelgroßen Raum ein, der recht eigenwillig eingerichtet war.
Er diente wohl als eine Art Wohn- oder Empfangszimmer, denn es gab viele Sofas und Sessel mit kleinen Tischchen. Die Wände waren mit blauem Samt überzogen, der Teppich war in passenden Grüntönen gehalten, ebenso wie die Gardinen an den großen Fenstern. Sämtliche Einrichtungs-gegenstände waren weiß und glitzerten silbrig. An einer großen freien Wand war ein riesiges Bild einer Schneelandschaft.
Sie bot uns Platz an, zog an einer Schnur und kurze Zeit darauf erschien eine Dienerin mit Getränken. Nachdem die junge Frau wieder die Tür hinter sich geschlossen hatte, wandte sie sich Squiesel zu.
"Hast du Kema nichts von meiner Tochter erzählt?"
"Nein, noch nicht!" erwiderte er.
"Nun, es ist so, Kema, unsere Aufgabe hier ist, unter anderem, die Koordination der Schneefälle auf der physischen Ebene. Du warst sicher zunächst in der Wolkenstadt, stimmt`s?"
Ich nickte und meine Augen mußten wohl aufgeleuchtet haben, denn sie lachte herzlich.
"Ja, ich sehe es, du warst dort! Sie stellen sozusagen die Matrix für die physischen Schneekristalle her. Wir hier sind verantwortlich dafür, wo es auf der Erde und wieviel es schneit. Diese Aufgaben muß meine Tochter erfüllen und ich kümmere mich, neben der Ausführung, auch um das ewige Eis an den Polen. Meine Tochter ist ein sehr empfindsames Wesen, sie hat ihre Aufgabe in all den Jahrhunderten eigentlich immer gerne erfüllt, doch nun ist sie sehr traurig und vernachlässigt alles.
Sie liebt die Natur, die physische Natur und alle Tiere. In jeder freien Minute schaut sie auf die Erde und beobachtet sie. Ja, nun ist

es schon seit längerem so, daß sie durch diese Besuche erfahren hat, wie ihr Menschen mit den Tieren umgeht."
Sie unterbrach sich und nahm einen Schluck aus ihrem Glas. Ich probierte es ebenfalls, es war eine klare, hellblaue Flüssigkeit, die nach Gewürzen schmeckte. Nach Zimt, Nelke und Pfeffer vor allem, es schmeckte gut und erfrischte herrlich!
"Tja," fuhr sie fort und hob etwas hilflos ihre Hände, "seitdem weint sie fast ständig! Sie sah wie ihr die Natur und Tiere behandelt, wie ihr sie ausrottet. Auch die Pelzfarmen hat sie gesehen, wie schmählich die Tiere behandelt und gehalten werden, nur damit eure Frauen sich mit schönen Pelzen schmücken können. Oder die Massentierhaltungen und Tiertransporte, bei denen so viele Tiere Hunger, Durst und entsetzliche Qualen erleiden müssen, damit ihr sie nachher essen könnt! Das weltweite Abschlachten der Tiere, der Wale zum Beispiel - hochintelligente Lebewesen, das Erschlagen der jungen Robben, der rücksichtslose Handel mit Tieren, die unterwegs massenweise zugrunde gehen und vieles mehr! Ja, und nicht zuletzt die Tierversuche für Medizin und Kosmetik, so unsinnig übrigens, da diese Ergebnisse nicht auf den Menschen angewandt werden können. Bestes Beispiel dafür ist, wie du sicher weißt, Contergan. Diese Verstümmlungen geschehen euch ganz recht, ich habe schadenfroh gelacht damals, wenn ich ganz ehrlich bin!"
Sie seufzte tief und nahm wieder einen Schluck.
"Ja, ich habe gelacht und mich gefreut in der Hoffnung, daß ihr nun eure Dummheit einseht! Aber weit gefehlt, es wurde nur noch schlimmer! All das, all die stündlich begangenen Grausamkeiten, hat meine Tochter gesehen und dadurch verabscheut sie jeden Menschen zutiefst, verstehst du?"
Sie schaute mich fragend an und ich nickte. Oh ja, ich verstand sie sehr gut sogar, mir erging es dabei doch nicht anders!
Sie legte tröstend ihre Hand auf meine und tätschelte sie.
"Weißt du, Kema, ich verstehe meine Tochter sehr gut, denn ich fühle genau wie sie, aber ich weiß sehr wohl, daß es einige unter euch Menschen gibt, die anders sind, bei denen noch Hoffnung besteht! Deswegen erledige ich auch meine Pflichten weiterhin, in der Hoffnung, daß solche Menschen immer mehr werden und

diesen ganzen Wahnsinn eines Tages stoppen! Meine Kleine allerdings ist, wie soll ich sagen, da etwas extrem in ihren Ansichten! Ich wußte das schon, aber ich hätte nicht gedacht, daß sie dir so einen Empfang bereiten würde! Ich hoffe, du bist nicht zu sehr gekränkt und verzeihst es ihr? Vielleicht hätte ich vorher mit ihr darüber sprechen sollen?"
Fragend schaute sie Squiesel an, der aber nur hilflos mit den Schultern zuckte.
"Wie dem auch sei, bitte, verzeihe diesen Auftritt von ihr und nimm es auf jeden Fall nicht persönlich!"
"Ja, natürlich, Schneekönigin!" sagte ich. "Ich verstehe sie ja sehr gut und vermutlich hätte ich ähnlich reagiert!"
"Ich danke dir für dein Verständnis." erwiderte sie lächelnd.
"Ich weiß nur nicht, was ich mit ihr machen soll! Sie vernachlässigt aus diesen Gründen ihre Pflicht, manchmal macht sie auch absichtlich Fehler, daß heißt, sie läßt es da schneien, wo es normalerweise keinen Schnee haben dürfte! Und anderswo läßt sie es warm werden und dergleichen mehr! Ich kann nicht ständig ihre Arbeit überprüfen, denn ich habe selbst genug zu tun! Sie wird immer boshafter in letzter Zeit und ich fürchte, wenn es so weitergeht, wird einiges auf der Erde schieflaufen. Seitdem sie bemerkt hat, daß die Ozonlöcher immer größer werden, hat sie sich sogar schon in meine Bereiche eingemischt und versucht die Pole zu schmelzen. Ich werde kaum noch mit ihr fertig!"
Wieder seufzte sie tief und nestelte nervös an ihrem Kleid herum.
"Sie denkt sich ständig was Neues aus, freut sich, wenn wieder einmal ein paar Menschen erfroren sind, weil sie überraschend Frost geschickt hat! Wenn sie könnte, dann würde sie jeden Menschen sofort töten! Keine Sorge, das kann sie nicht tun, es sei denn mir passiert etwas und sie nimmt meinen Platz ein, aber trotzdem werden ihr noch viele zum Opfer fallen, denn sie wird auch immer raffinierter mit der Zeit. Sie schafft es immer besser solche Dinge heimlich zu tun, daß ich es erst bemerke, wenn es schon zu spät ist! Squiesel und ich hatten gehofft, wenn sie mal mit einem Menschen geredet hätte und sich vielleicht anfreunden könnte, daß sie dann wieder Hoffnung schöpft und ihr Verhalten ändert! Aber, du hast es ja erlebt!"

Resigniert schüttelte sie den Kopf und machte eine unsichere Gebärde.
"Ich weiß nicht, wie lange ich es noch schaffe, alle Aufgaben soweit zu erledigen und sie unter Kontrolle zu halten! Wie schon gesagt, sie wird immer phantasiereicher und ich weiß nicht, ob es nicht doch über kurz oder lang zur völligen Vernichtung der Menschheit führt!"
Traurig schaute sie mir in die Augen und ich fühlte mich so hilflos! Ach, was gäbe ich darum helfen zu können! Doch wie? Wie konnte man das nur alles stoppen und in positive Bahnen lenken?
"Kema, du mußt versuchen dein Bestes zu geben, um zu helfen! Versuche es, auch, wenn du glaubst, es sei sinnlos! Es hat immer einen Sinn, verstehst du, auch wenn es vielleicht nicht eine sofortige Wirkung zeigt! Jeder Gedanke, jedes Gefühl ist eine starke Energieform. Denke und fühle positiv und du wirst Unterstützung finden, höre auf dein Herz, was es dir rät und du wirst Wege finden, diese Dinge positiv zu verändern! Sag, willst du?"
Ich schaute in dieses schöne Gesicht, die großen, klaren, blauen Augen, die mich bittend ansahen und konnte nichts anderes wie ihr das Versprechen zu geben, alles nur Mögliche zu unternehmen, um zu helfen! Ich wußte nicht wie und wo anfangen und mir kam es so vor, wie wenn ich eine Zentnerlast tragen müsse. Doch, irgendwie, ich weiß nicht warum, war da auch Hoffnung in mir. Zwar nur ein ganz kleiner Funke, aber er war da! Ich wußte, irgendwann würde ich den richtigen Weg finden und eine positive Veränderung in Gang bringen.
Sie lächelte mir herzlich zu und strich mir sanft über die Wange.
"Es tut mir leid, meine Lieben!" sagte sie dann und erhob sich. "Aber ich muß euch nun leider bitten zu gehen, ich habe so viel zu tun. Ich würde mich gerne weiter mit euch unterhalten, aber die Pflicht ruft!"
Wir erhoben uns ebenfalls, sie zog wieder an der Schnur und der Mann, der uns zuvor schon geführt hatte, erschien.
Ganz herzlich verabschiedeten wir uns und wurden dann von ihm hinausgeleitet.

Schweigend gingen wir draußen auf den Wolken entlang. Ich wußte nicht, wohin es ging, folgte Squiesel ganz automatisch. Beide waren wir tief in Gedanken versunken.
"Tut mir leid," sagte Squiesel nach einiger Zeit, "daß ich dich dieser Sache ausgesetzt habe! Ich hätte es besser wissen müssen!"
"Also, hör mal! Du kannst doch nicht alles wissen und vorhersehen!" empörte ich mich. "Außerdem bist du nicht für das Verhalten der Eisprinzessin verantwortlich! Zudem verstehe ich sie wirklich! Ähnliche Gedanken wie sie hege ich auch des öfteren und von daher kann ich das gut nachvollziehen! Ich wäre vermutlich sogar schlimmer wie sie!"
Er lächelte mich an und nahm meinen Arm.
"Vielleicht, vielleicht auch nicht!"
"Was?"
"Vielleicht wärst du schlimmer wie sie, vielleicht aber auch nicht!"
"Ganz bestimmt wäre ich es!" sagte ich ernsthaft.
"Ich weiß nicht!" meinte er zweifelnd. "Aber nun komm, jetzt will ich dir was zeigen, was dich sicher freut! Ein Elemental von den Menschen geschaffen!"
"Wie?" rief ich entrüstet aus. "Und das soll mich freuen?"
"Oh ja!" schmunzelte er. "Dieses eine Elemental ganz bestimmt! Aber dazu müssen wir wieder auf die Astralebene zurück, denn es ist hauptsächlich ein aus vielen Gefühlen und Wünschen geschaffenes Elemental!"
Das machte mich nun doch neugierig.
"Was ist es denn?"
"Du solltest eher fragen, wer?" meinte er daraufhin geheimnisvoll lächelnd. "Es ist ein Elemental, das sehr selbständig agiert, weil sich viele Menschen über lange Zeit hinweg besonders darauf konzentriert haben. Vor allem Kinder haben es sich sehr gewünscht und ausgemalt, von daher hat es eine starke eigene Energie und ist sehr beständig! Du mußt wissen, daß die Wünsche und Sehnsüchte von Kindern noch viel mehr Wirkung haben wie die der Erwachsenen! Nur Kinder können von ganzem Herzen, mit all ihrem Sein, wünschen, hoffen und glauben! Das ist auch der Grund, warum Jesus sagte: und wenn ihr nicht werdet wie die Kinder, werdet ihr das Himmelreich nicht schauen! Oder so was ähnliches!"

Vergnügt kicherte er in sich hinein. "Auf jeden Fall meinte er dasselbe!"
Verwirrt schaute ich ihn an, er lächelte wissend und zog den Beutel heraus.
Wir aßen unsere weißen Kügelchen, die im übrigen genauso schmeckten wie die silbernen, und standen bald darauf wieder auf einer weißen Fläche.

"Hat es nicht geklappt?" fragte ich ängstlich.
"Doch, doch," grinste er, "schau dich nur genauer um, dann merkst du den Unterschied recht schnell!"
Tatsächlich, die Umgebung war anders, zwar auch eine weiße Fläche, aber es waren keine Wolken, sondern Schnee!
Ringsum nur eine weite, unüberschaubare Fläche, wir waren an einem sehr einsamen Ort angelangt. Der Himmel über uns war klar und unzählige Sterne waren zu sehen. Die Luft war kalt und frisch! Weit und breit keine Behausung zu sehen, wir waren ganz alleine hier! Doch, halt, nein, so ganz schien dies nicht zuzutreffen! Ich entdeckte mit einem Mal ein kleines Holzhaus ein Stück von uns entfernt auf einem Hügel. Komisch, ich hätte schwören können, daß da zuvor nichts war! Verwirrt strich ich mir über die Augen.
Squiesel kicherte in sich hinein.
"Komm jetzt!"
Wir marschierten auf das Haus zu, Rauch stieg aus dem Schornstein auf und Licht drang aus winzigen Fenstern heraus. Wer da wohl mitten in dieser Einsamkeit lebte? Auf jeden Fall war ich froh, denn diese unendliche Weite machte mich beklommen.
"Wo sind wir denn?" fragte ich.
"Am Nordpol."
Squiesel klopfte dreimal an die schwere Holztür.
"Herein!" erklang eine tiefe Stimme von innen.

Wir traten in einen kleinen, gemütlich eingerichteten Raum ein. Alles war aus Holz gemacht, der Tisch, eine große Eckbank und Regale. Ein riesiger Kamin aus Stein, in dem ein Feuer brannte, nahm jedoch den meisten Raum ein.

Auf der Eckbank saß eine kleine alte Frau, die sich bei unserem Eintreten erhoben hatte und freundlich lächelnd auf uns zukam.
"Willkommen, ihr Lieben, willkommen!" rief sie freudig aus und schüttelte uns kräftig die Hand. Die kleine Frau trug ein kariertes Kleid mit einer weißen Schürze, sie lief nun sehr geschäftig hin und her.
"Ich mache euch einen Tee, ja?" fragte sie eifrig und machte sich sogleich ans Werk.
Erstaunt blickte ich mich weiter um und sah in einem Lehnstuhl einen großen, dicken Mann sitzen. Er trug eine braune, lederne Hose, mächtige schwarze Stiefel und eine Weste. Das Beeindruckende an ihm war sein langes, weißes Haar und sein ebenso langer, weißer Bart.
"Willkommen!" sagte auch er mit volltönender Stimme und stand auf.

Er kam auf uns zu, blickte mich freundlich lächelnd an und sagte dann zu Squiesel: "Ist sie das, ja?"
Squiesel nickte heftig und grinste dazu.
"Kema, darf ich dir nun das Elemental vorstellen? Dies ist es - der Weihnachtsmann!"
"Der Weihnachtsmann?" echote ich verblüfft und schüttelte ihm mechanisch die Hand, die er mir entgegengestreckt hatte.
Beide lachten über mein verdutztes Gesicht.
"Ja, Kema." sagte er darauf, "ich bin der Weihnachtsmann! Geschaffen von all den Träumen und Wünschen der Menschen, vor allem der Kinder! So lange man noch an mich glaubt und von mir träumt, so lange wird es mich geben!"
Begeistert schaute ich ihn an.
"Der Weihnachtsmann!" wiederholte ich schließlich fassungslos.
Wieder lachten alle, auch die kleine Frau.
"Komm , Kema, setz dich!" sagte sie dann. "Hier ist dein Tee."
Wir setzten uns alle um den Tisch herum, ich mußte ihn mir immer wieder ansehen. Ja, so hatte ich ihn mir als Kind immer vorgestellt, den Weihnachtsmann!
Die drei unterhielten sich eine ganze Weile über belanglose Dinge. Ich vermutete, daß sie mir Zeit geben wollten, mich umzusehen und

einzugewöhnen. Tatsächlich, nun saß ich hier am Nordpol in einem kleinen Haus am selben Tisch mit einem Troll, dem Weihnachtsmann und seiner netten Frau und trank mit ihnen Tee! Es war kaum zu fassen!
Der Weihnachtsmann, ein Elemental! Geschaffen von den Vorstellungen der Menschen - ich konnte es kaum glauben! Aber so im Nachhinein war es eigentlich absolut logisch! Den Weihnachtsmann mußte es einfach geben, wenn ich all das durchdachte, was ich bisher über diese Ebenen gelernt hatte!

Das traurige Erlebnis von vorhin war vergessen, ich freute mich dort zu sein und fühlte mich ausgesprochen wohl. Es war warm und gemütlich, der Tee schmeckte und tat mir gut und die drei waren einfach liebenswert!
"So, Kema." sagte dann der Weihnachtsmann, als wir die Tassen leer getrunken hatten. "Jetzt werde ich dir alles hier zeigen, ja?"
"Gerne!" strahlte ich. "Aber mußt du nun nicht, äh, solltest du nicht..."
"Du meinst, ob ich nicht los muß, um den Kindern die Geschenke zu bringen?" lachte er.
"Genau!"
"Nun, Zeit ist so eine Sache hier! Das hat dir Squiesel sicher schon gesagt. Keine Sorge, ich habe noch genug Zeit, dir alles zu zeigen und dann kannst du zusehen wie ich abfahre, einverstanden?"
Begeistert nickte ich.

Er führte Squiesel und mich zu einer Tür im Hintergrund des Raumes, die ich zuvor gar nicht bemerkt hatte.
Eine Wendeltreppe aus Holz brachte uns einen Stock tiefer in den Hügel hinein.
Unten angekommen, blickte ich mich erstaunt um.
Es herrschte Hochbetrieb, kleine Männer eilten geschäftig hin und her, verpackten Geschenke und beluden einen mächtigen Schlitten damit.
Noch ein Stockwerk tiefer erstreckten sich die Produktionsräume, die nun allerdings leer waren, und da gab es auch noch die Poststelle. Hier kamen all die Briefe an, die Kinder an den

Weihnachtsmann geschrieben hatten. Auch dort war es nun ruhig und wir gingen wieder zurück nach oben und beobachteten die anderen bei ihrer Arbeit. Es war ein recht großer Raum, in dem der Schlitten stand und daran anschließend gab es noch einen weiteren Saal. Dort standen schon die Rentiere bereit. Sie wurden gerade mit goldenen Körnern gefüttert, fraßen eifrig und stampften hin und wieder ungeduldig mit ihren Hufen auf den Boden.
"Sie spüren, daß es bald los geht!" sagte der Weihnachtsmann und streichelte eines nach dem anderen zärtlich.

Die Decke dieses Raumes war ganz eigentümlich geformt, sie fiel in einem Rundbogen nach unten ab. Ich überlegte gerade, wozu dies wohl dienen könnte, als sich ein großer Ausschnitt davon nach oben hin öffnete.
Ich traute meinen Augen kaum, denn durch die Öffnung kam ein Mensch geflogen und landete langsam auf dem Boden.
Einer der kleinen Männer kam sogleich auf ihn zugeeilt, übergab ihm einen prallgefüllten Beutel und nahm von ihm den leeren an sich. Gleich darauf flog der Mensch hinaus und die Öffnung schloß sich hinter ihm wieder.
"Was war das denn?" stammelte ich erschrocken.
"Das war ein Weihnachtsengel."
"Ein ... was?" fragte ich gedehnt.
"Ein Weihnachtsengel."
"Siehst du, Kema," erklärte Squiesel grinsend, "hier arbeiten auch noch Menschen, die gestorben sind, freiwillig mit."
"Menschen, die gestorben sind?" wiederholte ich begriffsstutzig.
"Ja." sagte er ungeduldig. "Du weißt doch, wir sind auf der astralen Ebene. Manche Seelen entscheiden sich dafür dem Weihnachtsmann bei seiner Arbeit zu helfen. Sie werden dann Weihnachtsengel!"
"Sie haben zwei verschiedene Aufgaben." führte der Weihnachtsmann fort.
"Die eine ist, eine friedliche, schöne und märchenhafte Stimmung zu verbreiten. Das macht der eine, den du gerade gesehen hast, aber natürlich nicht alleine! Er hatte einen Beutel mit einem speziellen Pulver mit. Das Pulver sieht so ähnlich aus wie Goldstaub."

Er unterbrach sich und gab einem der Männer eine Anweisung. Kurz darauf brachte er so einen Beutel und ich konnte es mir ansehen. Es sah tatsächlich aus wie Goldstaub, funkelte aber auch silbern und strahlte verschiedene Farben ab. Sofort empfand ich die Ausstrahlung des Pulvers, es war diese seltsame Stimmung, die mich immer wieder um die Weihnachtszeit herum ergriff. Eine frohe, bißchen wehmütige und sehnsüchtige Empfindung voller Erwartung und dem Gefühl, daß alles möglich ist, alle Wunder der Welt geschehen können.
Fasziniert gab ich den Beutel zurück.
"Das Pulver wird von den Weihnachtsengeln die ganze Advents- und Weihnachtszeit über ausgestreut!" erklärte mir Squiesel.
"Sie fliegen über die bewohnten Gebiete und streuen das Pulver aus!"
"Das ist ja toll!" rief ich begeistert aus. "Doch, warum empfinden dann nur so wenige dieses Gefühl?"
"Nun," sagte der Weihnachtsmann etwas traurig, "das liegt daran, daß es nur über das Herz wirken kann!"
"Über das Herz?" fragte ich überrascht.
"Ja, nur der, dessen Herz geöffnet ist, kann dieses Gefühl empfinden. Und heutzutage sind die Herzen der meisten Menschen verschlossen. Sie denken nicht mehr mit dem Herzen, selbst in der Partnerschaft bleibt es zu aus lauter Angst, sie könnten sich verlieren. Jeder achtet auch nur auf seinen Vorteil, will Geld, Ruhm und Prestige erlangen und dabei vertrocknet langsam aber sicher das Herz!"
Wieder öffnete sich die Decke, eine Frau flog heran, tauschte den leeren gegen einen vollen Beutel und startete erneut.
"Aber " fuhr er etwas fröhlicher fort, "es gibt doch noch einige Menschen, die wir dadurch erfreuen können! Vor allem die Kinder! Die anderen Weihnachtsengel verteilen sich und versuchen kleine Wunder zu wirken. Sei es, daß sie geliebte, verlorene Gegenstände wiederbeschaffen. Sei es, daß sie Menschen zusammenbringen oder einem Menschen eine gute Idee eingeben für ein Geschenk an eine andere Person. Sie versuchen über die Intuition positiven Einfluß zu nehmen, gute Taten zu bewirken! Also, sie können nicht in dem

Sinne zaubern, aber sie können über die innere Stimme der Menschen sprechen und sie zu ihrem Glück führen!"
"Das gefällt mir!" sagte ich spontan. "Das will ich dann auch machen nach meinem Tod!"
Squiesel lachte und klopfte mir auf die Schulter.
"Falls du nicht lieber Schutzengel werden willst!"
"Schutzengel? Ja, geht das denn?" fragte ich eifrig.
"Ja, natürlich!" sagte er. "Aber da hast du noch reichlich Zeit zum überlegen, was du dann werden willst!"
"So!" sagte da der Weihnachtsmann. "Ich will mal eben meiner Frau auf Wiedersehen sagen, kommt ihr mit?"

Wir gingen nach oben, verabschiedeten uns alle von seiner Frau. Sie half ihm in seinen Mantel und gab ihm dann noch einen Kuß.
Unten war inzwischen der Schlitten, voll bepackt mit Geschenken, vorgezogen worden. Die Rentiere waren angeschirrt und tänzelten aufgeregt schnaubend umher.
"Auf Wiedersehen, ihr beiden!" rief der Weihnachtsmann uns zu. "Auf Wiedersehen alle miteinander!"
"Auf Wiedersehen!" riefen wir alle im Chor zurück.
Er stieg auf den Schlitten, die gesamte Wand und ein Teil der Decke war nun zurückgeglitten und wir konnten ein Stück vom Himmel sehen.
Ein kurzer Ruck am Zügel und die Rentiere setzten sich in Trab, fuhren schräg nach oben in die Luft und wurden dabei immer schneller und schneller.
Fasziniert beobachtete ich wie sich alles plötzlich in einen goldleuchtenden Stern verwandelte, eine silbrige Staubwolke hinter sich herziehend. Blitzschnell verschwand er!
Alle waren staunend und stumm stehen geblieben, doch nun begannen die Gespräche wieder und die Menge zerstreute sich etwas.
Ein weiterer Weihnachtsengel kam herangeflogen und Squiesel bat mich einen Augenblick zu warten. Er sprach mit ihm eine Weile und winkte mich dann heran.
"Wir werden mitfliegen!" sagte er begeistert.

"Mitfliegen?" meinte ich mißtrauisch und nicht sonderlich erfreut. "Ich weiß nicht so recht!"
Das brachte den Mann zum Lachen.
"Keine Angst, ist halb so schlimm! Ich hatte beim ersten Mal auch Angst, weil ich Panik vor dem Fliegen hatte. Aber dieses Fliegen ist was vollkommen anderes!"
Trotz dieser Aufmunterung war ich skeptisch! Außerdem wie sollte das gehen?
Der Mann nahm mich an der einen Hand und Squiesel an der anderen.
"So! Es kann losgehen!" sagte er und schaute mich prüfend an. "Bereit?"
Ich nickte hektisch und schluckte hart. Du meine Güte, worauf hatte ich mich da nun wieder eingelassen?
Ganz vorsichtig und behutsam hoben wir ab und schwebten höher, mir wurde ganz flau im Magen. Dann flogen wir gemächlich über die riesige, verschneite Ebene, ganz langsam steigerte der Weihnachtsengel das Tempo.
Meine Gefühle waren sehr gemischt, ich freute mich im Grunde genommen und war fasziniert wie wir über die Landschaft hinwegflogen, aber so ganz wohl war mir trotzdem nicht in meiner Haut!
Nach einiger Zeit kamen wir über bewohntes Gebiet, es war recht schnell hell geworden.
"Der Morgen des 24. Dezember!" sagte Squiesel.
Überrascht schaute ich ihn an.
"Ja," sagte er grinsend, "du weißt doch die Zeit ist relativ! Hier gibt es keine lineare Zeit, also, hat man für alles, was zu tun ist, immer genug Zeit, verstehst du?"
"Na ja," meinte ich zweifelnd, "ich denke schon!"
Wir flogen über eine Geschäftsstraße, viele Menschen hasteten eilig umher, um noch die letzten Einkäufe zu tätigen.
Langsam schwebten wir nach unten bis wir etwa zwei Meter über den Köpfen der Leute waren. Komisch, keiner von ihnen schaute nach oben!
"Du, Dummerchen!" rief Squiesel aus. "Die sehen uns doch gar nicht!"

Ich spürte wie ich errötete, na klar, sie konnten uns ja gar nicht sehen! Peinlich! Das hatte ich in der Aufregung wieder ganz vergessen!
"Ich lasse nun deine Hand los," sagte der Weihnachtsengel "aber keine Angst, du fällst nicht!"
Etwas ängstlich schaute ich ihn an, er lächelte mir aufmunternd zu, drückte meine Hand und ließ sie dann los.
Tatsächlich blieb ich oben, ich war aber doch recht froh, daß mich Squiesel noch an der anderen Hand hielt!
Der Engel öffnete nun seinen Beutel und begann das Pulver zu verstreuen. Es sah wunderschön aus, die Menschen hatten nun kleine leuchtende Fünkchen um ihre Körper herum. Leider verblaßten sie bei sehr vielen recht schnell, doch bei ein paar anderen blieben sie und leuchteten sogar noch stärker wie zuvor.
Diese Menschen, das konnte ich deutlich sehen, sahen auf einmal fröhlicher aus, gelöster und die Hektik fiel von ihnen ab. Tief atmeten sie die klare Luft ein und gingen beschwingt ihrer Wege.
Ich war begeistert! Das Pulver war bald zu Ende, schade, ich hätte das gerne noch weiter beobachtet!
Beim Zurückfliegen trafen wir unterwegs auf einen anderen Engel, der ganz oben in der Spitze eines Weihnachtsbaumes saß. Er nickte, lächelte und winkte uns zu, wir winkten zurück und schon konzentrierte er sich wieder auf die Menschen unter ihm. Er schien auf irgend etwas oder jemanden zu warten.
Auch er sah aus wie ein Mensch, normal gekleidet und hatte natürlich keine Flügel. Wie sie dennoch fliegen konnten, war mir ein Rätsel!
„Eigentlich müßtest du es wissen wie wir fliegen können!" sagte da Squiesel und versuchte streng dabei auszusehen, was ihm aber nicht ganz gelang!
"Ich weiß es aber nicht!" entgegnete ich.
"Doch, das tust du!" meinte er. "Du bist nur zu faul zum nachdenken!"
Angestrengt überlegte ich. Mh, vielleicht hing es wiederum mit dieser Ebene zusammen? Die astrale Ebene, die Gefühlsebene...
Ja, das mußte es sein! Wenn man sich wünscht fliegen zu können, dann kann man es hier wohl auch!

"Genau!" rief er zufrieden aus. "Siehste, du wußtest es doch!"
Es dauerte nicht lange und wir waren wieder über unbewohntem Gebiet und schwebten zum Boden. Was kam jetzt?
"Hier trennen sich unsere Wege wieder!" sagte der Weihnachtsengel und gab mir die Hand.
Wir verabschiedeten uns von ihm, wünschten ihm alles Gute und er flog sehr schnell weiter.

"So, Kema!" meinte Squiesel. "Jetzt gehen wir wieder zu mir nach Hause!"
Kaum hatte er ausgesprochen, da standen wir auch schon in dem kleinen Raum, den er im Hügel bewohnte. Er kicherte über mein überraschtes Gesicht.
"So, nun mache ich noch einen Kräutertee und du ruhst dich etwas aus." sagte er dann. "Nachher hast du noch einiges vor dir."
"Was denn?" fragte ich neugierig.
"Wirst schon sehen!"
Wieder hantierte er mit dem Kessel, warf Kräuter hinein und ich streckte mich derweil auf dem Moos aus.
Was für ein Abenteuer war das alles gewesen! Ich dehnte und räkelte mich wohlig und beobachtete dabei Squiesel.
Da fiel mir mit einem Mal Flam ein, ich rückte näher ans Feuer und fragte leise: "Flam, wo bist du?"
Keine Antwort kam.
"Der schläft jetzt!" sagte Squiesel. "Stör ihn lieber nicht, sonst hat er nur schlechte Laune!"
Etwas enttäuscht lehnte ich mich wieder zurück, gerne hätte ich mich ein bißchen mit dem Feuergeist unterhalten!

Kurze Zeit später saß Squiesel wieder neben mir und wir tranken, beide in Gedanken versunken, unseren Tee.
Plötzlich fiel mir etwas ein!
"Squiesel, wenn Schneekristalle gute Gedanken des Göttlichen sind, was ist dann der Regen oder Hagel?" fragte ich gespannt.
"Tscha, nun, Regen kann zweierlei sein. Entweder ist es Ausdruck der Freude oder des Leides der Natur!" erklärte er. "Du merkst das

ja auch, manchmal macht es dich traurig und trübsinnig, wenn es regnet. Manchmal empfindest du es eher als etwas Fröhliches!"
Ja, das stimmte, der Unterschied war mir schon oft aufgefallen! Allerdings vermutete ich bisher immer, daß es eben mit meiner eigenen Gefühlslage zu tun hatte. Also, daß ich je nach Grundstimmung auf dasselbe Ereignis mal so oder mal anders reagiere!
"Ach, Kema! Wenn du wüßtest wie stark ihr Menschen gedanklich und gefühlsmäßig beeinflußt seid, dann wärst du wirklich überrascht! Du weißt doch nun, daß jeder Gedanke und jedes Gefühl sozusagen ausstrahlt."
„Jeder Mensch nimmt nun diese vielen unterschiedlichen Gedanken und Gefühle unbewußt wahr! Ihr steht, ohne es zu wissen, mit allem und jedem telepathisch in Kontakt. Hast du dich nicht schon gewundert, wenn du zum Beispiel auf dem Weg zu Freunden warst, daß du plötzlich einen Stimmungsumschwung hattest? Also, daß du entweder schlagartig fröhlicher oder trauriger wie vorher wurdest?"
"Ja, richtig!" antwortete ich erstaunt.
"Das kommt daher, daß du dich geistig auf die betreffende Person konzentriert und ihre Stimmung wahrgenommen hast. Da es bei euch ein unbewußter Prozeß ist, glaubt ihr natürlich ihr selbst würdet so fühlen und von daher könnt ihr das auch nicht kontrollieren! Wäre es euch bewußt, dann könntet ihr es zwar wahrnehmen, aber die fremden Gefühle auch gleich wieder loswerden!"
Da hatte ich nun schon wieder etwas über das ich intensiver nachdenken wollte. Aber das verschob ich auf später!
"Was ist nun der Hagel?" fragte ich, auf das Ausgangsthema zurückkommend.
"Ja, der Hagel ist Traurigkeit vermischt mit Kälte! So könnte man es wohl am besten ausdrücken!"

Wieder schwiegen wir eine Weile, tranken unseren Tee und schauten ins Feuer.
So nach und nach tauchten bei mir immer mehr Fragen auf!
"Was ich dich die ganze Zeit schon fragen wollte..." begann ich.

"Du willst wissen, woher wir den Namen Kema kennen, nicht?" grinste er zufrieden.
Ich nickte, ebenfalls breit grinsend.
"Genau, das lag mir schon die ganze Zeit auf der Zunge! Ich begreife es nicht, denn ich habe den Namen ja mal vor längerer Zeit ausgependelt und hielt es eher, na ja, ein bißchen für Spielerei! Er gefiel mir und manche nennen mich so, weil er ihnen ebenfalls gefällt!" erklärte ich.
"Ja, ich weiß!" sagte er wieder ernst geworden. "Aber es ist keine Spielerei, es ist dein wirklicher Name! Dein Seelenname!"
"Mein Seelenname?"
"Ja, alles hat seinen Namen! Es ist so, bei euch sind Namen nur noch etwas Erfundenes, es hat nichts mehr mit dem eigentlichen Ding oder der Person zu tun! Das war früher anders! Und auf dieser Ebene ist es ganz selbstverständlich noch so!"
Er nahm einen Schluck Tee und fuhr dann fort.
"Du weißt ja nun inzwischen, daß alles im Prinzip aus Schwingungen besteht! Alles hat seine spezifische, seine ganz eigene Schwingung, die anderen vielleicht ähnelt, aber nie genau gleich ist! So wie jedes Lebewesen eben etwas ganz Besonderes ist im Universum, verstehst du? Jedes Lebewesen ist einmalig, hat seinen ganz besonderen Wert und eben seine ureigene, unvergleichliche Schwingung! Schwingungen kann man nun auf ganz verschiedene Art und Weise ausdrücken! Zum Beispiel in einer Farbe oder in einem Ton oder eben auch in einem Wort!"
Er machte eine Pause und schaute mich aufmerksam und eindringlich zugleich an.
Ganz langsam dämmerte es mir!
"Ach, dann ist der Seelenname der einzigartige Ausdruck eines Lebewesens?" fragte ich gespannt.
"Genau, du hast es richtig erfaßt!" antwortete er zufrieden nickend.
"Also, müßte dann jeder einen Seelennamen, ja, auch einen Seelenton oder Seelentöne und eine Seelenfarbe haben, nicht wahr?" fragte ich eifrig weiter.
"Absolut richtig! Genau so ist es!" lobte er mich und schaute mich so stolz an, daß ich ganz rot wurde.

"Wie bekomme ich die Töne und die Farben heraus? Auch durch das Pendeln?"
"Das wirst du selbst mit der Zeit entdecken! Zunächst mußt du aber erst deinen vollständigen Namen herausbekommen!"
"Meinen vollständigen Namen?" wiederholte ich verblüfft und sah ihn fragend an.
"Richtig, Kema ist nur, mh, sagen wir mal der Vorname. Da gibt`s noch zwei weitere!"
"Und die wären?" fragte ich gespannt und lehnte mich erwartungsvoll nach vorne.
"Auch das wirst du, wenn es an der Zeit ist, selbst herausfinden! Genau wie deine Töne und Farben!" meinte er lachend und zwinkerte mir zu.
Enttäuscht schaute ich ihn an.
"Komm, komm!" brummelte er beruhigend und tätschelte mir die Hand.
"Nicht beleidigt sein! Hab nur noch etwas Geduld, ja? Bitte!"
Er sah mich dabei so lieb an, daß meine Enttäuschung im Nu wieder verflogen war.

"So, nun wäre es an der Zeit mal etwas zu essen, oder?" meinte er dann. Ja, das war jetzt wirklich genau das Richtige!
Ich half ihm den Tisch zu decken mit allerlei Früchten, Gemüse und Wurzeln, das meiste kannte ich gar nicht. Dazu gab es Quellwasser in kleinen hölzernen Bechern. Was auch immer das alles war, es schmeckte hervorragend und ich aß weit mehr wie gewöhnlich!
Zuvor war ich ziemlich erschöpft gewesen, doch nun fühlte ich wie meine Kraft zurückkehrte und ich war bereit für das, was auch immer da noch kommen würde.
Ich fühlte mich in Squiesels Wohnung fast wie zuhause und räumte nach dem Essen ganz selbstverständlich den Tisch ab. Er beobachtete mich dabei amüsiert und stopfte sich schließlich eine kleine Holzpfeife.
"Du rauchst Pfeife?" fragte ich überrascht, als ich es bemerkte.
"Ja, aber keinen Tabak - nur Kräuter!" erwiderte er lächelnd.

"Du, Squiesel," begann ich, da mir wieder eine Frage in den Sinn kam, "was ist das eigentlich für ein Anhänger, den du da trägst? Hat er eine bestimmte Bedeutung?"
Er nickte und blies bedächtig einen kleinen Rauchkringel an die Decke.
"Ja, das hat er! Das Dreieck mit der Spitze nach oben ist ein wichtiges Symbol. Es bedeutet das Streben hin zum Göttlichen. Die zwei Ecken unten stehen für die Polarität, also, die Materie und die Ecke oben für die Einheit, das Göttliche! Es ist ein Symbol für den Wunsch, die Dualität zu überwinden und in die Einheit zu gelangen. Letztendlich strebt alles zurück zum Ursprung, ob bewußt oder unbewußt, so könnte man es auch als ein Zeichen der Schöpfung, das geoffenbarte Göttliche, betrachten."
"Und der Kreis?" fragte ich interessiert weiter.
"Das kann man verschiedentlich interpretieren, die Unendlichkeit, das ungeoffenbarte Göttliche, die Einheit. Das Universum entstand ja aus einem Punkt heraus, aus der Einheit oder wie ein Physiker sagen würde, aus der Singularität heraus, was dasselbe bedeutet. Für all dies ist der Kreis das Symbol, auch für Vollkommenheit und Ewigkeit. Er steht auch für das Nichts, in dem alles enthalten ist..."
Er verstummte und ließ die Worte nachklingen.
Nachdenklich schaute ich vor mich hin und er zog ab und zu an seiner Pfeife.
Schließlich klopfte er sie aus und stand auf. Aus einem Regal holte er etwas und stellte es vor mir auf den Tisch.
Es war eine kleine Schnitzerei, beim näheren Hinsehen bemerkte ich, daß es ganz genau wie Squiesel aussah.
"Das bist ja du!" rief ich überrascht.
"Mmh!"
"Das ist wunderschön! Hast du das geschnitzt?" fragte ich ehrfürchtig und hob es vorsichtig hoch.
"Ja! Ist für dich! Aber nur, wenn ich auch so einen kräftigen Schmatz bekomme wie Achat!" setzte er lachend hinzu.
Ich mußte ebenfalls lachen und bedankte mich begeistert bei ihm.
"So, nun verstaue mal deine Schätze richtig damit du sie nicht verlierst!" meinte er dann und brachte mir einen Beutel.

Aus meinen Taschen holte ich alle Geschenke, die ich bekommen hatte, hervor und stellte sie auf den Tisch. Gründlich betrachtete ich sie, da war die Kette mit Anhänger von Achat, die Muschel von Neptun, der Schneekristall von Kri und nun auch noch das Ebenbild von Squiesel aus Holz geschnitzt.
Sorgfältig verstaute ich alles in dem Beutel, verschloß ihn und steckte ihn dann in meine Hosentasche. Die sah zwar jetzt etwas verbeult aus, aber das störte mich nicht weiter.

"So, meine liebe Kema, jetzt müssen wir uns vorerst voneinander verabschieden!"
"Verabschieden?" sagte ich traurig, denn ich hatte absolut keine Lust jetzt schon zu gehen.
"Ja, du hast noch einiges vor dir. Das Bisherige war noch nichts, denn jetzt beginnt wirklich ein Abenteuer für dich!"
Überrascht und etwas ängstlich sah ich ihn an.
"Keine Sorge, das schaffst du schon!" beruhigte er mich gleich.
"Aber was ist das denn für ein Abenteuer? Warum kommst du da nicht mit?"
"Es ist, mh, wie soll ich sagen? Es ist wie eine Reise in dich selbst hinein, in dein Inneres!"
"In mein Inneres?"
"Ja, es geht darum, daß du dich deinen Ängsten, den Urängsten stellst und sie überwindest. Auch wird dein Glaube, dein Vertrauen auf die Probe gestellt werden." erklärte er ernst.
Entsetzt schaute ich ihn an. "Aber warum, ich meine, wozu soll das gut sein? Muß das sein?"
"Ja, Kema, so gerne ich es wollte, aber das kann ich dir nicht ersparen. Du weißt, alles hat seinen Sinn und Zweck und bei dieser Reise lernst du innerhalb kürzester Zeit eine Menge. Und dieses Wissen und diese Erfahrungen sind für deinen weiteren Lebensweg und auch für deine Lebensaufgabe wichtig, ja, unabdingbar, verstehst du?"
Schweigend sahen wir uns eine Weile über den Tisch hinweg an. Er sah mich sehr ernst und eindringlich an.

Entschlossen richtete ich mich auf und strich meine Haare zurück.

"Gut, ich verstehe!" sagte ich dann. "Kannst du nicht mitkommen oder darfst du es nicht?"
"Ich darf es nicht!" antwortete er und schaute mich traurig an. "Ich wäre gerne bei dir, aber es geht nicht! Du weißt, es gibt Dinge, die muß man alleine durchstehen! Ein anderer kann helfen, beraten und unterstützen, aber letztendlich muß man alleine da durchgehen!"
Das leuchtete mir ein, obwohl mir die Vorstellung alles andere wie angenehm war.
"Bist du bereit, Kema?"
Ich nickte ergeben und folgte ihm aus dem Raum hinaus. Wenn es denn schon sein müßte, dann wollte ich es lieber gleich anpacken! Das war bei mir schon immer so gewesen, wenn ich vor etwas Angst hatte, dann wich ich nicht zurück wie manch anderer, sondern ging direkt darauf zu! Packte sozusagen den Stier bei den Hörnern! Bei mir war Angriff die beste Verteidigung!
Und jetzt hatte ich Bedenken, zumal Squiesel so ernst geworden war. Ich spürte, daß auch er ein bißchen Angst hatte - um mich!

Wir gingen den Gang hinunter in die Höhle, in der ich Squiesel wiedergetroffen hatte und durch die Öffnung hindurch in den langen Gang durch den Lin mich hergebracht hatte. Lin Yutang!
Wie lange mag das nur her sein seit er mich durch die Öffnung durchgeschoben hatte? Es kam mir vor, als wären Wochen vergangen!
Squiesel ging voraus und machte an der kleinen Felsspalte, die ich beim ersten Mal schon bemerkt hatte, halt.
"Es ist ein bißchen eng, aber es wird schon gehen!" sagte er und quetschte sich zuerst durch die Spalte durch. Ich folgte ihm sofort, es war wirklich sehr eng, ein schmaler Durchgang, der in der Mitte einen Knick machte. Erst mittendrin konnte ich Tageslicht von der anderen Seite hereinscheinen sehen. Vom Gang aus gesehen war es ganz düster gewesen.
Wir standen dann im Freien auf einem ausgedehnten Hügel, in der Ferne erhob sich ein hoher Berg.

Während wir geradeaus weitergingen, gab mir Squiesel genaue Anweisungen, wohin ich zunächst gehen sollte und wie es dann weitergehen würde.
Am Rande des Hügels angelangt blieb er stehen.
"So, da sind wir - nun mußt du alleine weitergehen!" meinte er und wies auf einen Pfad, der den Hang hinabführte.
"Meine kleine Kema, hab` keine Angst, ja? Seinen Ängsten muß man sich stellen und dabei ist man immer allein, das heißt, man meint, man sei alleine! Ich denke an dich, ja? Vergiß das nicht! Am Ende deines Weges treffen wir uns noch einmal ganz kurz bevor du wieder nach Hause gehst!"
"Gut, nun dann gehe ich wohl am besten gleich weiter?" sagte ich etwas unsicher.
"Wir sehen uns später - nur Mut!" antwortete er, umarmte mich fest, drehte sich dann abrupt um und ging den Weg zurück, ohne sich noch einmal umzudrehen.
Ich schluckte eine Bemerkung hinunter und machte mich auf meinen Weg.

Die Reise nach innen

Etwas ängstlich betrat ich den Pfad, ständig wiederholte ich im Geiste den einen Satz: "Seinen Ängsten muß man sich stellen und dabei ist man immer allein, das heißt, man meint, man sei alleine..."
Ich schaute mich um, wie war das nur gemeint? Ist man dann doch nicht alleine, taucht dann plötzlich im richtigen Moment jemand auf?
Squiesel hatte gesagt, ich sollte unten über die Felder und Wiesen gehen, durch den angrenzenden Wald und dann den hohen Berg besteigen. Dort wäre jemand, der mir weitere Instruktionen geben würde!
Ein sehr langer Weg, ich würde Stunden, vielleicht sogar Tage brauchen, so genau konnte ich das nicht einschätzen. Na ja, er meinte ja Zeit spiele keine Rolle...
Nun denn, ich beschleunigte meine Schritte, es wehte ein leichter Wind, der immer stärker wurde.
Ich lief so schnell ich konnte, bis mir meine Seite weh tat, erst dann ging ich etwas langsamer, aber immer noch zügig voran.

Schließlich hatte ich die Felder hinter mir gelassen und schritt durch hohes Gras, bisher konnte ich keinen Menschen sehen, auch keine Tiere! Alles war wie, ja, fast wie ausgestorben und es wurde mir etwas unheimlich. Das Waldstück schien auch immer noch genauso weit entfernt zu sein wie zuvor, ich hatte das Gefühl, ich könnte ihm kein Stück näher kommen!
Blödsinn! Ich wies mich in Gedanken zurecht, bisher war nichts Schlimmes passiert, also, nicht in Panik geraten!
Prüfend schaute ich zum Himmel, schwarze Sturmwolken zogen auf, aber nicht nur dadurch wurde es dunkler! Es dämmerte bereits!
Das kann doch nicht sein, dachte ich, soll ich vielleicht hier draußen bei dem Wetter übernachten oder etwa im Wald, wenn ich den überhaupt noch erreiche?
Bei der Vorstellung lief es mir eiskalt den Rücken hinunter!

Nun brach der Sturm so richtig los und ich war immer noch auf freiem Feld,
etwas, was mich schon immer sehr geängstigt hatte!

Die Wolken hingen tief und wirkten bedrohlich und der Wind war nun so stark, daß ich mich regelrecht dagegen stemmen mußte.
Panik stieg in mir hoch, als es anfing zu blitzen und kurze Zeit darauf zu donnern! Oh nein, nicht das noch!
Ich keuchte vor Anstrengung, als ich versuchte schneller zu werden. Immer noch war der Wald weit weg, obwohl ich lief und lief und lief!
Mein Herz schlug wie wild und schließlich brach ich in Tränen aus!
"Oh, mein Gott, hilf' mir doch!" kreischte ich entsetzt, als ein greller Blitz nicht weit entfernt vor mir einschlug. Der Donnerschlag darauf war so laut, daß ich meinte, mir würde gleich das Herz stehenbleiben!
Ich war wohl stehengeblieben, kniff die Augen zu, hielt beide Hände fest an die Ohren gepreßt und heulte wie ein kleines Kind!

Erst als es langsam warm wurde und ich Feuer roch, öffnete ich meine Augen wieder. Fassungslos stand ich da, ringsum war Feuer!
Es hatte sich rasend schnell ausgebreitet und war näher gekommen!
Hektisch lief ich in dem Kreis herum, in dem ich mich nun befand, und versuchte eine Möglichkeit zu finden herauszukommen - vergeblich!
Durchspringen an irgendeiner Stelle war unmöglich, meterhohe Flammen türmten sich ringsum auf und ich konnte auch die Breite des Feuerrings nicht abschätzen - ich war darin gefangen!
Verzweifelt lief ich hin und her, das Feuer kam näher und näher, beißender Rauch wehte mir ins Gesicht und ich begann wie wild zu husten!
Schluchzend fiel ich auf die Knie.
"Wehe, wenn man sich gegen die Elemente stellt!"
Ständig wiederholte ich diesen Satz im Geiste, immer wieder und wieder!
Ich schrie um Hilfe, kreischte nach Squiesel, Gott und meine Mutter und rief schließlich verzweifelt: "Flam, Flam, so hilf' mir doch!"
"Kema," fauchte und zischte da plötzlich das Feuer, "wovor hast du Angst?"
Drohend erhob sich vor mir eine Feuersäule und brüllte mich an: "Na, los, sprich! Wovor hast du Angst, Kema?"

Erschrocken sprang ich auf, stand zitternd da und starrte das Feuer wie gebannt an.
"Sprich! Sofort! Wovor hast du Angst, Kema?" herrschte es mich an.
"Ich, ich hab Angst zu verbrennen, verdammt nochmal!" schluchzte ich.
"Hab keine Angst!" knisterte da die Feuersäule und kam näher. "Wir repräsentieren Energien, die auch in deinem Inneren sind! Was in dir drin macht dir Angst - schau doch hin!"
Ich versuchte ängstlich zurückzuweichen, doch es ging nicht, andere Feuersäulen waren schon ganz nahe!
"Ich habe Angst vor den Schmerzen!" flüsterte ich hoffnungslos.
"Und vor was noch?" zischelte das Feuer und rückte noch ein Stück näher, so daß ich seinen heißen Atem spüren konnte.
"Ich, ich..." stotterte ich.
"Du weißt es doch!" brüllte es da wieder. "Was noch?"
Erschreckt war ich zusammengezuckt und kauerte mich auf den Boden, über mir schlugen die Flammen zusammen, doch wurde ich nicht davon erfaßt - noch nicht!
"Was noch, was noch, was noch?" brüllte es unablässig von allen Seiten.
"Denk nach! Wofür stehen wir?"
Fieberhaft überlegte ich, für was steht das Feuer?
"Aggression, Wille, Durchsetzungsvermögen, Kraft, Energie, Wärme, Hitze, Stärke, Mut!" heulte ich verzweifelt.
"Bravo, bravo, bravissimo!" schrie das Feuer ringsum mit vielen Stimmen.
"Du hast es doch alles in dir und du hast Angst davor - warum?" fauchte es von der einen Seite.
"Gehst du liebevoll und respektvoll mit uns um, dann passiert dir gar nichts!" prasselte es von einer anderen Seite.
"Doch mißachtest du uns und unterdrückst uns, dann schaden wir dir!" zischelte es höhnisch von hinten.
Plötzlich wurde ich ganz ruhig, die Angst war wie weggeblasen!
"Ihr seid meine Energien, nicht wahr?" fragte ich fassungslos. "Ihr seid eigentlich in mir drin, das außen ist nur Illusion!"
Mir fiel es wie Schuppen von den Augen, ja, so war es - genau!

"Glaubst du das wirklich?" brüllte es da von vorne. "Dann stehe auf und gehe weiter!"
"Ja, nein, ich..." stammelte ich.
"Steh auf!" brüllte es zurück.
Ich bekam wieder Angst, wenn es nun doch nicht stimmte?
"Glaubst du dir selbst nicht?" ächzte es nun von der Seite. "Wo ist dein Selbstvertrauen? Wo ist dein Glaube in dich selbst?"
Ganz langsam richtete ich mich auf. Plötzlich begann meine rechte Hand zu brennen, aber nicht etwa, weil sie von dem Feuer erfaßt worden wäre, nein, sie brannte von innen!
Ich schrie, schrie wie ich noch nie in meinem Leben geschrieen hatte!
Mein ganzer Körper ging in Flammen auf, ich brüllte aus vollem Halse bis ich bemerkte, daß ich keinerlei Schmerzen hatte!
Ich brannte, aber es schienen keine echten Flammen zu sein und dann begriff ich endgültig und fing an zu lachen! Ich lachte und lachte bis mir die Tränen kamen und das Feuer lachte mit!

Endlich stand ich vollends auf, ich brannte, alles um mich herum brannte, doch ich hatte weder Angst noch Schmerzen!
"Ich gehe jetzt weiter, hab` noch einen weiten Weg vor mir!" sagte ich schließlich zum Feuer und schritt beherzt durch den Feuerring.
"Du weißt nun, wo du uns findest, nicht wahr? Du weißt es jetzt!" knisterte das Feuer.
"Ja, meine Freunde, ich weiß es jetzt! Ihr seid ein Teil von mir, ihr seid in mir drin!" antwortete ich und im selben Augenblick verschwand das Feuer wie ausgeknipst und ich flog beinahe um!

Eine Sturmböe hatte mich erfaßt und ich hatte Mühe mich auf den Beinen zu halten. Der Wald war immer noch weit entfernt, auch war es schon fast dunkel geworden.
Ich ging weiter, der Wind zerrte an meiner Kleidung, verwuschelte meine Haare, so daß ich kaum etwas sehen konnte und fegte über die Wiesen und Felder hinweg! Das Brausen wurde immer stärker, ich kam kaum noch vorwärts und all das machte mir Angst! Es war ein Heulen und ein Toben und nirgends gab es eine Möglichkeit für mich, mich zu verstecken - ich mußte weitergehen!

Ich besann mich auf das eben Erlebte und begann leise vor mich hin zu sprechen.
"O.k., Kema, vielleicht wird jetzt das Feuer in dir getestet? Mut, Entschlossenheit, Kraft, geh` weiter, weiter! Bald bist du im Wald, geh` weiter!" machte ich mir selber Mut.
Die nächste kräftige Böe riß mich um, ich versuchte aufzustehen, doch ich schaffte es nicht! Immer wieder, als ich mich beinahe aufgerappelt hatte, wurde ich wieder umgeworfen. Meine Angst verwandelte sich in Wut und lautstark schimpfend kam ich endlich wieder auf meine Beine.
Mühsam kämpfte ich mich vorwärts, stemmte mich gegen den Wind, Schweiß strömte mir den Rücken hinunter vor lauter Anstrengung und ich wurde immer wütender.
Wut, Aggression, genau das war`s!
"Doch mißachtest du uns und unterdrückst uns, dann schaden wir dir!"
Ja, das hatte ich immer gemacht, meine Aggressionen unterdrückt, statt sie in etwas Positives umzuwandeln! Keine Energie im Kosmos geht verloren, aber man kann sie umwandeln...
Ich stapfte weiter vorwärts, entschlossen zum Wald zu gehen.
Es wurde immer schlimmer und schlimmer, ich wurde schwächer, meine Wut schrumpfte zusehends und schließlich fiel ich wieder um, wurde sogar noch ein Stück vom Wind mitgerissen.
Entsetzen packte mich, Wirbelstürme können einen Menschen, sogar Häuser mit Leichtigkeit mit sich tragen!
"Ach, wenn doch nur Flatter da wäre!" seufzte ich mutlos.
"Warum sprichst du denn nicht mit uns?" wisperte es von allen Seiten. Erstaunt bemerkte ich, daß der Sturm angefüllt war mit, für das Auge kaum zu fassenden, Energien.
"Rede mit uns, komm sag` doch was!" ächzte es.
"Wer seid ihr?" fragte ich und konnte meine Worte selbst kaum verstehen.
"Das fragst du noch?" heulte es. "Du weißt es doch!"
"Seid ihr auch Energien aus meinem Inneren?" fragte ich vorsichtig.
"Ja, natürlich!" toste es zurück. "Warum hast du Angst und wovor?"

"Ich habe Angst von einem Wirbelsturm mitgerissen zu werden!" sagte ich schluchzend und die Angst wurde durch die Vorstellung wieder stärker.
"Aber warum das denn - Fliegen ist doch schön!" tobte es.
"Nein," schrie ich zurück, "nein, ist es nicht!"
"Komm steh` auf und geh` weiter!"
"Ich kann nicht!"
"So, tatsächlich?"
Ich fühlte mich emporgehoben und stand plötzlich wieder, der Wind ließ etwas nach und drehte die Richtung, schob mich vorwärts.
"Denk doch nach, Kema, wer sind wir, denk nach!"
"Das Luftelement steht für den Geist, Ideen, Intellekt, Beweglichkeit, Veränderungen, Anpassung, Gedanken, Kommunikation," zählte ich fieberhaft auf, "Künste, Wissenschaft, Lernen, Rede und Schrift! Das sind doch alles Dinge, die ich nicht unterdrücke in mir!"
"Nein, aber läßt du dich auch von deinem Geist oder deinen Ideen forttragen? Läßt du deine geistigen Kräfte zu, lebst du sie? Wir stehen auch für das Feinstoffliche, nicht Sichtbare - läßt du diese Kräfte zu? Oder hast du Angst vor ihrer Macht?"
"Ja, ich habe Angst vor ihrer Macht. Angst, Fehler zu machen, mich zu irren!" gab ich zu.
"Und wenn schon, was macht das? Laß die Angst los!" brauste es.
"Und was ist mit Veränderungen, kannst du leicht das Alte loslassen und dich auf das Neue einstellen?"
Auch da mußte ich zugeben, daß ich das nicht konnte. Ich versuchte oft an alten Dingen festzuhalten, obwohl ich genau wußte, daß sie überholt waren und ich sie loslassen sollte!
"Laß los, laß dich doch endlich mal fallen! Freue dich an uns, laß die Angst los, genieße unsere Kraft!"
So sprachen die vielen Stimmen weiter, während der Wind wieder stärker wurde.

Ich ließ bei jedem Schritt ein Stückchen Angst los und hatte bald meinen Spaß an diesem Wind, er war so stark, mächtig, brachte alles durcheinander, rüttelte auf und blies alles Überflüssige weg.

Mit jedem Schritt ließ ich mich mehr auf diesen Sturm ein, ich fühlte mich so frei, mein Kopf war frei, die Gedanken kristallklar!
"Laß dich von uns forttragen!" tobten die Stimmen begeistert und kurz darauf flog ich durch die Luft. Ich wirbelte höher und höher, schrie vor Entsetzen auf!
"Ruhig, vertraue uns, vertraue uns in dir, vertraue dir selbst!" ertönte es von allen Seiten. Gleichzeitig hörte das Wirbeln auf und der Wind trug mich vorwärts, er hielt mich fest und ich zog wie eine Wolke vorwärts in Richtung Wald.
Ein Gefühl der Sicherheit durchdrang mich immer mehr, ich flog, tatsächlich, ich flog, frei wie ein Vogel, ohne Angst, es war alles gut!
Ach, war das schön, ich breitete meine Arme aus und schwebte, diese Empfindung war unbeschreiblich! Ich war so sicher, so in mir geborgen, fühlte mich stark und Freude durchströmte meinen Körper - es war alles gut!
Vorsichtig wurde ich am Waldrand abgesetzt und dort verabschiedete sich der Sturm von mir. Als ich zögernd den Wald betrat, fegte er die schwarzen Wolken auseinander und beruhigte sich langsam.
Es war Vollmond und ich konnte nun gut sehen, da war der kleine Pfad, dem ich durch den Wald folgen sollte.
Fröhlich wanderte ich in den Wald hinein, ich wußte, auch diese Energien, die ich eben gespürt hatte, waren in mir drin. Ich hatte nun dadurch, daß ich mich den Ängsten gestellt und sie durchlebt hatte, auch diese starken Kräfte zu meiner Verfügung, ich hatte sie freigesetzt!
Angst wirkt als Enge, als Barriere und hemmt. Manchmal ist sie ganz nützlich, denn sie hindert uns Dinge zu tun, die negativ für uns wären. Sie wirkt wie ein Warnsignal, hält uns vor unüberlegten Taten zurück.
Doch im Laufe der Weiterentwicklung, wenn man gelernt hat, der inneren Stimme des Höheren Selbstes zu folgen, dann entwickeln sich Ängste zu Hemmschuhen und müssen umgewandelt werden. Umgewandelt - nicht unterdrückt oder verdrängt werden!
Dies alles wurde mir so richtig klar, als ich da dem kleinen Weg folgte.

Squiesel hatte gesagt, dieses Abenteuer wäre wichtig für mich und meine Entwicklung, nun wußte ich auch genau warum!

Ruhig schritt ich aus und drang immer tiefer in den Wald. Überall raschelte und knisterte es, ab und zu war der Ruf einer Eule oder eines Käuzchens zu vernehmen.
Zugegeben, mittlerweile fühlte ich mich nicht mehr so ganz wohl hier!
Die Geräusche waren recht unheimlich! Ich konnte zwar den Weg gut erkennen durch das Mondlicht, aber die Umgebung war düster. Das fahle Licht warf seltsame Schattenbilder auf den Boden, die Bäume sahen grotesk und bedrohlich aus. Sie wirkten fast lebendig, die Zweige erschienen mir wie knorrige Finger, Finger eines Skeletts!
Meine Gedanken schweiften ziellos umher und die Umgebung nährte meine Phantasie...
Bilder von Filmen, die ich früher gesehen hatte, tauchten vor meinem inneren Auge auf! Heulende Werwölfe, fliegende Vampire...
Eine Eule schrie ganz in der Nähe und ich zuckte erschreckt zusammen, es
klang wie der Klageruf einer verlorenen Seele!
"Verdammt!" schimpfte ich laut mit mir selbst. "Reiß` dich zusammen, denk` an was Schönes, an die Delphine beispielsweise, wie du mit ihnen gespielt hast!"
Krampfhaft versuchte ich meine Gedanken auf positive Dinge zu lenken.
Denk` jetzt bloß nicht, daß hinter dem Busch dort ein Werwolf auf dich lauern könnte!
Es raschelte. Was war das? Da waren doch Augen, ich sah sie ganz deutlich!
Ich spürte wie sich meine Nackenhaare aufstellten, als ich an dem Busch vorbeiging. Puh, das war geschafft!
Aber vielleicht wartet er nur und schleicht langsam hinter mir her?
Ganz in der Nähe knackste ein Zweig. Das war definitiv was Größeres!

Mein Herz klopfte mir bis zum Halse, ich hatte eine Gänsehaut und zwang mich ruhigzubleiben.
Ich muß nur durch den Wald gehen, dem Pfad folgen bis zum Berg. Dort wartet jemand auf mich, der mir weiterhilft! Eine ganz klare und einfache Sache, geradewegs durch und schon bin ich in Gesellschaft! Ein Kinderspiel, absolut kein Problem!

Ich wanderte weiter, der Weg machte einen scharfen Knick nach rechts und verengte sich etwas. Plötzlich war ich an einer Weggabelung angelangt!
"Oh, verdammt!" fluchte ich. Das hatte mir gerade noch gefehlt! Squiesel sagte doch, daß der Weg direkt durch den Wald führt, davon war allerdings nicht die Rede.
Ratlos stand ich da, was jetzt?
Hinter mir knackste wieder ein Zweig und nun ergriff mich vollends die Panik. Ich hörte ein seltsames Keuchen und da hielt mich nichts mehr!
Blindlings raste ich auf dem einen Weg in den Wald, rannte bis mir die Lunge weh tat. Doch mein Verfolger ließ sich nicht so leicht abschütteln!
Der Weg endete abrupt und ich rannte einfach weiter zwischen den Bäumen hindurch. Aus den Augenwinkeln sah ich ein Licht aufblinken und steuerte
gleich darauf zu. Vielleicht war da dieser Jemand vom Berg schon auf der Suche nach mir?
Doch, als ich ankam, war das Licht verschwunden. Verflixt! Wo jetzt hin?
Wieder krachte es hörbar im Gebüsch und ich flitzte weiter. Dort, da links flackerte das Licht, ich stürzte darauf zu, wieder vergeblich!

So lief ich gehetzt durch den Wald, mal nach links, mal in die andere Richtung und immer knapp meinem Verfolger entkommend. Alles wurde lebendig um mich herum, im Vorbeilaufen griffen die Bäume nach mir, zerrten an meiner Kleidung, an meinen Haaren und ich schrie jedesmal entsetzt auf!

Ich rannte ziellos umher und bald war ich völlig erschöpft, ich konnte nicht mehr!
Keuchend lehnte ich mich schließlich an einen Baum und wartete. Die Panik fiel von mir ab und es wurde mir gleichgültig was jetzt geschehen würde!
Er schnappt dich sowieso, früher oder später, also, wozu noch weiterflüchten? Ich war völlig am Ende meiner Kräfte und schaute ergeben in die Richtung, aus der ich gekommen war.

Es knackste wieder, er näherte sich langsam und vorsichtig. Jeden Moment konnte der Werwolf da sein. Es war bestimmt ein Werwolf, ein Vampir wäre ja einfach geflogen.
In dem Gebüsch vor mir raschelte es, gleich, gleich würde er kommen. Da sah ich auch schon die Augen glitzern und dann kam die Wolfsschnauze heraus.

Völlig gebannt starrte ich das Wesen an, das sich mir ganz behutsam näherte.
Erleichtert erkannte ich, daß es gar kein Werwolf war, nein, es war einfach nur ein Wolf!
Trotzdem, was hatte er vor? Er war wohl hungrig, sonst hätte er mich nicht so lange verfolgt! Aber jagen Wölfe nicht im Rudel? Oder war es ein alter, ausgestoßener Wolf? So sah er eigentlich nicht aus!
Immer näher kam er heran und auf einmal setzte er sich zu meiner Überraschung hin und schaute mich nur an.
Beide beobachteten wir uns gegenseitig ganz genau. Ich hatte das Gefühl, er musterte mich aufmerksam. Jeden Moment erwartete ich, daß er sich auf mich stürzte und machte mich schon im Geiste auf einen Kampf gefaßt!
Jetzt stand er auf, blickte mich fast amüsiert an, drehte sich langsam um und trottete gemächlich den Weg zurück, den er gekommen war!
Verblüfft stand ich da und verstand die Welt nicht mehr!
Warum hatte er mich verfolgt und wieso gab er nun auf? Ich wurde das Gefühl nicht los, daß er sich nur über mich lustig gemacht hatte!

Eine Weile hörte ich ihn noch wie er durch das Unterholz kroch, am Knacken der Äste konnte ich jedoch erkennen, daß er sich immer weiter entfernte.
Endlich hörte ich gar nichts mehr und atmete erleichtert auf!

Ich war wieder ganz ruhig geworden, irgendwie gibt es auch ein Zuviel der Angst stellte ich fest. Es gibt einen Punkt, an dem die Panik so extrem wird, daß sie sozusagen umkippt, ja, sich in Gleichgültigkeit, Ruhe und Schicksalsergebenheit verwandelt. Genau das war es! Das Gefühl, daß es nichts nützt vor seinem Schicksal davonrennen zu wollen.
Schicksal, gab es so was denn? Etwas Vorherbestimmtes, etwas Festgelegtes und Unvermeidliches? Wo bleibt da der freie Wille?
Energisch schob ich die Gedanken zur Seite, jetzt waren andere Dinge viel wichtiger! Es stellte sich die Frage, wie ich hier aus dem Wald wieder herauskommen sollte. Ich hatte mich nämlich hoffnungslos verlaufen!
Während ich noch überlegte was zu tun sei, ob ich vielleicht auf einen Baum klettern sollte, um mir so einen Überblick zu verschaffen, ertönte direkt über mir ein lauter, heiserer Schrei! Ich machte vor Schreck einen gewaltigen Satz zur Seite und lachte dann erleichtert vor mich hin.
Die Eule war deutlich zu sehen, sie war recht groß und spähte neugierig durch die Zweige auf mich herab.
"Ach, Eule!" seufzte ich laut. "Ich wünschte, du könntest sprechen!"
"Aber das kann ich doch!" krächzte sie da.
"Unglaublich!" stieß ich überrascht hervor.
"Unglaublich, unmöglich!" schimpfte sie vorwurfsvoll. "Das gibt es doch nicht! Sind wohl deine Lieblingssprüche, was?"
Verdutzt schaute ich sie an und mußte dann grinsen. Na so was!
Langsam segelte sie nach unten und baute sich vor mir auf.
"Und was soll das ganze wilde Herumgerenne vorhin?" fragte sie und blickte mich streng an. "Kannst du mir das bitte erklären?"
"Ich, äh, ich..." stotterte ich verlegen.
"Ja, ja, ich weiß, ich weiß! Vampire und Werwölfe! Vor denen mußtest du natürlich schnell wegrennen!"

Sie plusterte sich etwas auf, schaute mich mißbilligend an und kam zwei Schrittchen näher heran.
"Vampire und Werwölfe, pah!" schnaubte sie empört. "Hier hat es noch nie so was gegeben und wird es auch nie geben! Ich glaube, du hast dir viel zu viele dieser Horrorfilme angesehen!"
Unwillkürlich mußte ich lachen, es war einfach zu komisch. Da stand ich nun mitten in der Nacht im Wald, hatte mich verlaufen und vor mir saß eine Eule und schimpfte mit mir, weil ich ihrer Meinung nach zuviel Horrorfilme gesehen hatte!
"Was gibt es da bitteschön zu kichern?"
"Die gesamte Situation!" erwiderte ich grinsend.
Sie schien sofort zu verstehen, was ich meinte, ohne daß ich es genauer erklären mußte. Nun kam sie noch näher heran.
"Gestatten, daß ich mich selbst vorstelle? Mein Name ist Sokrates!"
"Sokrates?" fragte ich verblüfft.
"Ja, richtig! Hast du vielleicht was mit den Ohren?"
Vor Verlegenheit wurde ich puterrot, ein Glück, daß man es bei diesem Licht nicht sehen konnte!
Es war so eine dumme Angewohnheit von mir, wenn mich etwas überraschte oder ich es nicht recht glauben konnte, das Gesagte im fragenden Ton zu wiederholen. Manchmal ging mir das selbst auf die Nerven!
"Brauchst nicht gleich rot zu werden!" meinte da Sokrates versöhnlich. "An den Ohren liegt es also nicht!"
"Entschuldige bitte, es ist einfach nur so, so ungewöhnlich - eine Eule namens Sokrates!"
Er nickte nur dazu und schaute mich prüfend an.
"Was machen wir jetzt mit dir?" fragte er dann.
"Ich muß durch den Wald gehen und zum Berg, da..."
"Ich weiß, ich weiß!" unterbrach er mich ungeduldig. "Du wirst hier im Wald übernachten müssen, denn erstens bist du total erschöpft und zweitens solltest du den Aufstieg nicht in der Nacht machen. Er ist auch so schon beschwerlich bei Tageslicht!"
"Aber wo soll ich denn hier schlafen?" fragte ich skeptisch.
"Auf dem Boden, wenn`s genehm ist, ein Bett gibt es hier nicht!" meinte er ruppig und breitete kurz die Flügel aus.
"Komm mit, ich zeig` dir einen guten Platz!"

Er flog voran und ich folgte ihm so gut es ging. Bald kamen wir zu einer mächtigen Eiche, darunter war an einer Stelle alles dicht mit Moos bewachsen.
"Hier, das müßte gehen!"
"Vielen Dank!" meinte ich und gähnte herzhaft. Er hatte recht, ich war vollkommen erledigt! Ich wollte nur eines, mich hinlegen und schlafen!
Es war wirklich ein gutes Nachtlager und dankbar streckte ich mich darauf aus.
"Ich werde dich sehr früh vor Sonnenaufgang wecken." sagte er. "Gute Nacht, Kema!"
"Danke dir! Gute Nacht, Sokrates!"
Erleichtert schloß ich die Augen und schlief bald darauf fest ein.
Ein heiserer Ruf riß mich aus tiefem Schlaf. Erschreckt richtete ich mich auf und schaute verwirrt umher. Was, wo, ach ja, ich war im Wald!
"Guten Morgen!" ertönte es neben mir. "Du mußt aufstehen, hast noch eine Menge vor heute!"
"Ach, guten Morgen, Sokrates!"
Ich gähnte ausgiebig und streckte mich langsam. Dann stand ich auf.
"Komm mit, ich zeige dir, wo du was zum Essen und Trinken findest."
Ich folgte ihm durch den Wald, er zeigte mir zunächst die Quelle. Zuerst wusch ich mir Gesicht und Hände und trank dann ein paar Schluck Wasser. Ah, das tat gut! Es schmeckte herrlich und ich war wirklich sehr durstig gewesen.
"So, unter diesem Baum da direkt neben dir, findest du eine rötliche Wurzel. Du mußt allerdings etwas graben. Sie ist sehr nahrhaft, iß eine jetzt und nimm` dann noch eine mit für unterwegs. Und dort hinten wirst du Walderdbeeren und Himbeeren finden!"
Er wies mit dem Flügel in eine andere Richtung.
"Ich muß jetzt gleich wieder los, es dämmert bereits und ich hab` noch andere Dinge zu tun!"
Enttäuscht blickte ich ihn an.
"Sehen wir uns wieder?"
"Aber sicher doch! Und zwar sehr bald!"

Und schon hatte er sich in die Luft erhoben und flog weg.
"Auf Wiedersehen Sokrates! Und nochmals danke!" rief ich ihm nach.
Recht schnell verschwand er aus meinem Blickfeld und ich war wieder alleine.

Ich war sehr hungrig, so grub ich gleich die Wurzeln aus, wusch sie ab und aß eine davon auf. Die andere steckte ich in meine Hosentasche - jetzt hatte ich zwei ausgebeulte Taschen! Aber das war mir gleichgültig!
Die Wurzel kannte ich schon, die hatten Squiesel und ich bei ihm zuhause auch gegessen. Allerdings kannte ich den Namen nicht und hatte auch vergessen, ihn danach zu fragen. Sie schmeckte leicht nußartig und sättigte gut.
Erschreckt fiel mir ein, daß Sokrates mir gar nicht erklärt hatte, in welche Richtung ich nun gehen sollte. Aber zunächst wollte ich noch ein paar Beeren essen. Beim Pflücken sah ich zwischen den Bäumen einen Pfad. Ich ging näher heran, tatsächlich, da war ein Weg und die Richtung war auch klar, denn ich konnte in der Ferne den Berg sehen!
Befriedigt ging ich wieder zurück, aß die Beeren auf, wusch mir nochmals die Hände ab und kämmte mir mit meinen Fingern die Haare so gut es ging.
Schließlich machte ich mich auf den Weg zum Berg. Die Sonne ging gerade auf und ich schaute mir die Umgebung unterwegs gründlich an.
Ein Mischwald mit teilweise sehr dichtem Unterholz. Hier schien es Spätherbst zu sein, manche Laubbäume hatten keine Blätter mehr, andere nur noch ein paar gefärbte. Der Himmel war klar, ein paar kleine Wolken zogen träge dahin.
Zügig schritt ich dahin, es war ein schöner Tag und ich war gespannt, was da noch alles auf mich zukommen würde!

Es dauerte recht lange, bis ich endlich am Fuß des Berges angekommen war.

Dort begann ein schmaler Weg, der sich in Serpentinen hochschlängelte. Links und rechts waren Felsen und er war gerade so breit, daß ein Mensch bequem hindurchgehen konnte.
Ich begann mit dem Aufstieg und mußte Sokrates recht geben, im Dunkeln wäre es unangenehm gewesen, denn es lagen viele große Steine herum und ich stolperte öfter!

Anfangs kam ich ziemlich mühelos voran, aber nach einiger Zeit wurde es immer steiler und ich geriet bald ins Schwitzen. Die Zeit verging und ich fragte mich allmählich, wie weit ich noch gehen mußte. Es war wirklich sehr anstrengend!
Da kam ich auf eine größere Fläche, die nicht durch Felsen geschützt war. Das behagte mir ganz und gar nicht, denn ich war nicht schwindelfrei!
Vorsichtig ging ich fast bis zum Rand vor und schaute nach unten. Ich war schon sehr hoch oben und es wurde mir angst und bange. Schnell ging ich wieder ein paar Schritte zurück und setzte mich auf den Boden.
Es mußte schon nach Mittag sein, ich hatte einen gehörigen Appetit und entschied mich dafür, erst einmal die Wurzel aufzuessen, bevor ich mich weiter umsah.
Ich lehnte mich mit dem Rücken an den Felsen und aß mit Genuß die Wurzel auf. Sie stillte auch etwas den heftigen Durst, ich hätte zwar gerne noch Wasser getrunken, aber es war nun erträglicher!
Danach machte ich mich wieder auf den Weg, am Ende der Plattform war eine Biegung und als ich um die Ecke kam, erstarrte ich.
Das darf doch nicht wahr sein!
Es führte nur ein ganz enger Pfad, es war eher ein Felsvorsprung, am Berg entlang und endete dann abrupt nach ein paar Metern.
Hatte ich vielleicht eine Abzweigung übersehen? Nein, ich war mir absolut sicher, daß es der Weg war, den die Eule meinte.
Ich überlegte, sollte ich nun weitergehen und nachschauen, ob es da doch irgendwie weitergeht oder sollte ich umkehren? Zurückgehen? Nein, das wollte ich auf keinen Fall! Ich entschied mich, es zu versuchen trotz meiner panischen Angst vor dem Abgrund.

Doch, wie konnte ich am besten gehen ohne abzurutschen? Es half nichts, ich mußte entweder mit dem Rücken oder dem Gesicht zum Felsen gewandt, seitlich gehen! Anders war es unmöglich!
Ich drehte mich so, daß ich mit dem Rücken an die Felswand lehnte und probierte zwei kleine Schritte. Sofort wurde mir schwindlig, ich fühlte mich in die Tiefe gezogen, da ging ich schnell wieder zurück. Nein, so ging es wirklich nicht, also, mit dem Gesicht zum Felsen, dann konnte ich den Abgrund nicht sehen!

Langsam arbeitete ich mich Stück für Stück voran, Schweiß lief mir den Rücken hinunter, weniger vor Anstrengung, sondern vor Angst! Ich hielt mich so halbwegs am Felsen fest und schaute auf meine Füße, so daß ich keinen falschen Schritt machen konnte.
Als ich am Ende angelangt war, entdeckte ich grob eingehauene Löcher im Felsen, die nach oben führten. Ein Stück höher sah ich wieder so einen Vorsprung, der nach links führte.

Ich hatte wirklich große Angst, denn ich wußte ja nicht, wie lange ich noch so weiterklettern mußte, und war nahe daran aufzugeben. Doch etwas hielt mich zurück! Jetzt aufgeben, nachdem ich schon so viel erlebt und überstanden hatte? Was hatte Squiesel noch gesagt? Nur Mut, Kema, du schaffst das schon!
Ich wollte nicht wie ein Feigling aufgeben und so begann ich entschlossen nach oben zu klettern. Vorsichtig setzte ich meine Füße in die Löcher und zog mich Stück für Stück höher.
Bald stand ich oben auf dem zweiten Vorsprung, zwar erschöpft, aber zufrieden mit mir! Das erste war überstanden!
Dann ging ich langsam seitwärts, dieser Weg stieg seitlich an und es war anstrengender voranzukommen.
Nach einiger Zeit sah ich wieder einige Löcher im Felsen und der Pfad hörte kurz danach auf. Ich gönnte mir einige Minuten Pause, um wieder richtig zu Atem zu kommen, und kletterte dann weiter zum dritten Absatz, der nach rechts führte und ebenfalls steil anstieg.

Hin und wieder hielt ich eine Zeit lang an und lehnte mich erschöpft an den Berg. So arbeitete ich mich langsam aber sicher bis zu den nächsten Löchern vor und kletterte nach oben.
Doch diesmal kam ich, zu meiner großen Überraschung und Freude, nicht auf einem weiteren Vorsprung an, sondern auf einem riesigen Felsplateau.
Es war wirklich erstaunlich, von unten absolut nicht zu entdecken!
Im Hintergrund sah ich ein großes Loch, der Eingang zu einer Höhle vermutlich!
Plötzlich tauchte da ein Mann auf!
Ich erschrak, aber mir fiel sofort ein, daß es wohl der sein müßte, den ich hier treffen sollte, und entspannte mich wieder.
Ich ging langsam auf ihn zu und betrachtete ihn mir genauer. Ein recht kleiner, leicht untersetzter Mann, der eine braune Mönchskutte trug, um die in der Mitte ein einfacher Strick gebunden war. Er trug alte, abgewetzte Sandalen, die ursprünglich wohl ebenfalls mal braun gewesen waren.
Sein Gesicht war offen und nett, er lächelte mich freundlich an, als ich näherkam. Er hatte fast eine Glatze, nur ein kleiner Haarkranz war übriggeblieben. Sein Alter war schwer zu schätzen.
"Guten Tag, Kema!" sagte er und schüttelte mir kräftig die Hand.
"Guten Tag, äh," begann ich.
"Man nennt mich nur ganz einfach den Einsiedler!"
"Haben Sie keinen richtigen Namen?" fragte ich erstaunt.
"Doch, doch, das hatte ich schon mal, aber ich habe ihn inzwischen vergessen!" Er lächelte mich wieder freundlich an.
"Also, nur Einsiedler, ja? Und bitte, keine Förmlichkeiten, das ist hier nicht üblich!" Er hakte sich bei mir unter und zog mich in die Höhle.
"So, nun hast du den Weg bis hierher geschafft. Gratuliere!" plauderte er weiter. "Jetzt gibt`s erst einmal eine kleine Erfrischung für dich und du solltest etwas ausruhen, denn du hast noch einiges vor dir!"

Es dauerte eine Weile, bis ich in dem Dämmerlicht, das hier herrschte, etwas erkennen konnte. Er brachte mich zu einem Tisch, an dem drei Stühle standen.

Darauf stand ein Topf, gefüllt mit einer Art Brei, und zwei Näpfe. Wir setzten uns, er füllte meinen Napf und gab mir einen geschnitzten Holzlöffel dazu.
"Das ist Maisbrei, er schmeckt gut!" sagte er aufmunternd. "Aber wo habe ich nur meine Gedanken? Du hast sicher vor allem Durst, nicht?"
Ich nickte lächelnd. Meine Kehle war ganz trocken und ich war gierig auf kaltes Wasser.
Aus dem Hintergrund der Höhle holte er einen großen Tonkrug mit zwei Bechern und schenkte mir ein.
Ah, tat das gut! Ich trank ihn auf einmal leer und er füllte ihn mir sofort wieder. Dann aßen wir schweigend und ich trank noch zwei weitere Becher Wasser.

Nach dem Essen gingen wir wieder hinaus ins Freie.
"Wir wollen noch etwas die Abendsonne und den Sonnenuntergang genießen." meinte er.
Gleich neben dem Höhleneingang war der Fels etwas erhöht, es sah aus wie eine kleine Plattform. Darauf lag weiches Moos. Wir setzten uns, mit dem Rücken an die Felswand gelehnt, im Schneidersitz hin.
Ich schaute mich um, es war wunderschön hier! Unten konnte ich einen Teil des Waldes sehen, die Wiesen und Felder und weit entfernt war der kleine Hügel, auf dem ich mich von Squiesel verabschiedet hatte!
Wieder kam es mir so vor, als wären seitdem Wochen vergangen!
"Ja, die Zeit, sie ist schon etwas Seltsames!" sagte der Einsiedler wie ein Echo auf meine Gedanken. "Du hast sicher schon bemerkt, wie unterschiedlich jeder Einzelne das empfindet! Manchmal kommt dir eine Stunde wie ein Tag vor, dann wiederum verfliegt die Zeit regelrecht! Zum Beispiel, wenn du etwas tust, was dir Freude bereitet und du sehr vertieft darin bist!"
"Aber warum kommt es mir jetzt so vor, wie wenn ich Wochen unterwegs gewesen wäre? Es war doch all die Zeit über nicht langweilig - ganz im Gegenteil!"
"Das ist ganz einfach zu beantworten! In dieser kurzen Zeit hast du so viel Neues, Interessantes und Abenteuerliches erlebt wie sonst

nur in einigen Wochen, wenn überhaupt! Und da alles so vollgepackt war mit Erlebnissen und neuen Eindrücken, kommt es dir natürlich sehr lange vor!"

"Ja, klar! Etwas Ähnliches hatte ich immer erlebt, wenn ich im Urlaub in einem anderen Land war." erklärte ich eifrig. "Eine Woche reichte für mich vollkommen aus, denn irgendwie habe ich in dieser Zeit viel bewußter gelebt!"

"Du hast dich für alles geöffnet, alle deine Sinne waren weit offen und dein Herz auch!"

"Richtig! Nach einer Woche wollte ich dann nach Hause, es war mir zuviel, was aber niemand so recht verstehen konnte."

"Du wolltest heim, weil du übervoll warst von allem und Zeit brauchtest, um es zu verarbeiten, nicht wahr?"

Ich nickte strahlend. Endlich war da jemand, der dies genau verstand!

Die Gegenwart dieses Mannes tat mir gut, er strahlte eine Ruhe und Kraft aus, die sich unwillkürlich auf mich übertrug.

"Was machst du eigentlich hier?" fragte ich gespannt.

"Nun, ich lebe hier im Einklang mit der Natur und die meiste Zeit meditiere ich."

"Ach, du meditierst also so lange bis du die Erleuchtung erlangt hast?"

Ich hatte schon oft von solchen Einsiedlern, die in den Bergen lebten, gehört, die sich aus diesem Grunde von der Welt zurückgezogen hatten.

"Was ist Erleuchtung, Kema? Ich glaube, in dem Bereich herrscht bei euch noch sehr viel Verwirrung und Unverständnis. Es gibt nicht die eine Erleuchtung! Vielmehr ist es ein langsamer, fortschreitender Prozeß, stelle dir die Erleuchtung als einen unendlich hohen Berg vor. Du stehst zunächst unten und beginnst mit dem Aufstieg. Zwischendurch machst du Rast, um dich auszuruhen und da schaust du nach unten. Du bemerkst, daß du jetzt eine Menge sehen kannst, was du zuvor nicht sehen konntest, als du unten gestanden bist. Du siehst mehr, siehst weiter und kannst die Dinge, die da unten sind, besser überblicken. Dann gehst du irgendwann weiter, machst wieder Rast und siehst nochmals nach unten und stellst fest, daß du nun einen noch größeren Überblick

hast wie vom letzten Rastplatz aus, verstehst du? Erleuchtung ist ein Prozeß und nicht etwas, das schlagartig einfach da ist!"
Nachdenklich schaute ich vor mich hin, das hatte ich begriffen und es erschien mir sehr logisch. Doch, warum stand es in so vielen Büchern, die ich darüber gelesen hatte, ganz anders?
"Nicht jeder ist ein Meister, der ein Buch schreibt, liebe Kema!" antwortete der Einsiedler ernst. "Es gibt Meister, die Bücher geschrieben haben, aber auch viele andere, die nur meinen, sie hätten die Meisterschaft erreicht, weil sie auf dem Berg einen schönen Rastplatz entdeckt haben. Sie schreiben dann eben so, wie sie es von ihrem Platz aus erkennen können! Zudem sind die gefährlichsten Fallstricke auf diesem Weg Selbstsucht, Egoverherrlichung und Machtanspruch! Eine gefährliche Gratwanderung ist das und allzu leicht kann man abstürzen! Dann fällt man sehr tief, meist tiefer wie vorher und muß den ganzen mühsamen Weg wieder nach oben steigen!"
Schaudernd dachte ich an meinen Aufstieg vorhin und mir wurde so richtig klar, was er meinte.

"Wie erkennt man einen Meister? Bist du einer?"
Er schaute mich wissend lächelnd an.
"Einen Meister erkennt man an seiner Liebesfähigkeit!"
"An seiner Liebesfähigkeit?"
Überrascht sah ich ihn an.
"Ja, das Göttliche ist Liebe, Kema! Die reinste, höchste Schwingung ist Liebe. Sie ist auch gleichzeitig Licht! Nicht die Liebe, die ihr euch meistens so vorstellt, sondern die selbstlose Liebe. Die Liebe, die nichts fordert, die nichts fragt, die nichts erwartet, die sich einfach nur verströmt wie der Duft einer Blume. Gleichgültig, ob jemand oder wer auch immer es wahrnimmt! Eine Liebe, die grenzenlos, bedingungslos und unendlich, nie erschöpfend, ist, die Raum läßt für alles, die frei macht, weil sie nichts bindet!"

Mit wachsendem Staunen hatte ich zugehört und ich nahm, ja, sog die Worte begierig in mich auf.
"Ein Meister nun," fuhr er fort, "kann man an seiner Fähigkeit Liebe zu geben erkennen. Ein echter Meister ist nur ein Gefäß, ein Kanal

für die göttliche Liebe, die er in die Welt verströmt, und er ist sich dessen voll bewußt! Er weiß genau, auf welchem Stand der jeweilige Mensch ist, der Hilfe benötigt und transformiert die hohe Schwingung auf eine niedrigere, die derjenige aufnehmen kann. Du hast doch in der Wolkenstadt erlebt, daß du dieser hohen Schwingung nicht lange ausgesetzt sein kannst. Ein Meister kann sie auf deine Bedürfnisse transformieren, so daß du sie aufnehmen kannst und sie deiner Weiterentwicklung dient. Er ist auch überall zuhause und spricht mit jedem in der Sprache, die er verstehen kann. Also, wenn du auf einen sogenannten Meister triffst, der dir nicht alles so erklären kann, daß du es verstehen kannst, dann ist er auch kein Meister! Und wenn er gar behauptet, daß du zu dumm bist, um es verstehen zu können, dann mach` dich schleunigst aus dem Staub!"

Wir mußten beide lachen.

"Tja, ein weiterer Punkt ist, daß er erkennt, wer bereit ist sich weiterzuentwickeln und wer nicht! Das heißt, er vergeudet keine Zeit und Energie damit, andere zwangszubeglücken, er drängt sich nie auf! Er antwortet nicht immer, wenn er gefragt wird, sondern schaut in das Herz des Fragers und schweigt, wenn er sieht, daß dieser noch nicht bereit ist, die Antwort zu hören! Er akzeptiert alles und jeden so wie er ist. Und nicht zuletzt - er hat Humor und ist fähig über alles zu lachen, auch über sich selbst. Er hat Freude im Herzen, also, einen echten Meister, der immer nur verkniffen dreinschaut und jedem den Spaß verdirbt, gibt es nicht!"

Wieder lachten wir beide herzhaft bei dieser Vorstellung!

"Er kann aber auch streng sein, wenn es sein muß!" fuhr er dann fort. "Oder absolut albern und kindisch, wenn der Umstand es erfordert! Er vereinigt viele Gegensätze in seiner Natur und ist mit nichts verhaftet. Bei alledem verliert er nie den Respekt vor allem um sich herum, denn er weiß um die Einheit aller Dinge und Lebewesen. Er ist demütig, weil er die Unendlichkeit erfahren hat, trägt aber keine falsche Bescheidenheit zur Schau!"

Er verstummte und ließ seinen Blick umherschweifen. Schweigend betrachteten wir wie sich die Sonne, ein glutroter Feuerball, inzwischen dem Horizont näherte. Der Himmel schien zu brennen, nach oben hin verblaßte die Farbe immer mehr, ging in ein apfelgrün und schließlich in ein immer dunkler werdendes Blau über. Es war überwältigend!

Er wandte sich wieder mir zu und sprach weiter.
"Ein Meister denkt, fühlt und handelt aus dem Herzen heraus, die meisten Menschen handeln aus ihrem Machtzentrum, dem dritten Chakra, heraus."
"Was ist ein Chakra?"
"Das werde ich dir gleich erklären. Doch zunächst will ich deine ursprüngliche Frage vollends beantworten. Ich sagte, ich meditiere hier. Zum einen tue ich es, um selbst voranzukommen, zum anderen habe ich mich in den Dienst der Menschheit gestellt. Meine Aufgabe ist es, positive Energien wie Liebe, Licht, Frieden, Freude und dergleichen, in einer hohen Frequenz zu halten und sie in die Welt zu verströmen. Jeder, der sich nun gedanklich an einen dieser Ströme anschließt, erfährt dadurch Unterstützung. Es hilft ihm eine dieser Qualitäten in seinem Leben zu verstärken, eben die, auf die er sich konzentriert!"
"Wie stellt man sich darauf ein?" fragte ich atemlos und starrte ihn ehrfürchtig von der Seite an.
"Nun, ganz einfach, in dem man das Wort einfach denkt und darauf konzentriert bleibt. Sozusagen eine Weile darüber meditiert!"
"Du bist einer dieser Meister, nicht wahr?" rief ich dann begeistert aus.
Er lächelte nur.
"Ganz bestimmt, all das, was du mir gesagt hast, trifft genau auf dich zu!" sagte ich aufgeregt und schaute ihn erwartungsvoll an.
"Wenn du meinst, Kema, dann bin ich einer für dich!" erwiderte er amüsiert. "Doch ist das so wichtig? Ihr macht viel zu oft einen Kult um eine Person herum und vernachlässigt dabei das, was sie euch sagen will! Ist das nicht viel wichtiger, was die Person mitteilt? Der Inhalt ist das, was zählt, nicht die
Verpackung!" Er grinste mich breit an. "Und das gilt in mehreren Bereichen!"
Ich mußte ebenfalls lachen, wo er recht hat, da hat er recht!

Wieder blickten wir schweigend auf den Horizont und beobachteten, wie die Sonne nun ganz verschwand. Vereinzelt waren schon, ganz schwach leuchtend, ein paar Sterne zu sehen und bald würde der Mond aufgehen!
Es war etwas kühler geworden, doch ich empfand es als sehr angenehm, die Luft war klar und würzig.
Ich fühlte mich so richtig wohl hier und konnte mich noch stundenlang weiter so unterhalten. Den Gedanken, daß ich vermutlich bald wieder weiterziehen müßte, schob ich energisch beiseite.
"Du hast gefragt, was ein Chakra ist." begann er schließlich wieder, als am Horizont nur noch ein helles Blau anzeigte, daß da die Sonne untergegangen sein mußte. "Ein Chakra ist ein Energiezentrum, das feinstoffliche Energien aufnimmt und sie an all deine Körper weitergibt. Stelle sie dir als Wirbel vor oder wie eine Blume, die an einem dicken Stengel angewachsen ist. Der Stengel erstreckt sich im Bereich der Wirbelsäule bis in den Kopf hinein. Es gibt sieben Hauptchakren, ein paar Nebenchakren und ganz viele kleine Energiepunkte, die den Akupunkturpunkten entsprechen. Sie sind untereinander durch viele kleine Kanäle verbunden, die Chinesen nennen sie Meridiane! Am besten ist es, wenn ich dir die Hauptchakren erkläre und du dabei darüber meditierst! Was meinst du?"
"Ja, natürlich! Gerne sogar!"
"Also, dann setze dich jetzt aufrechter hin, das solltest du dir sowieso angewöhnen, überprüfe deine Haltung! Die Wirbelsäule sollte gerade aufgerichtet sein, damit die Energien richtig fließen können. Ja, gut so! Nun atme tief ein und wieder aus, schließe deine Augen und atme langsam ein und aus! Bei jedem Ausatmen entspannst du dich und bei jedem Einatmen nimmst du Ruhe in dich auf! Ein und aus!"
Ich hatte mich den Anweisungen entsprechend hingesetzt und war erstaunt wie schnell ich mich entspannte. Ganz ruhig wurde ich und lauschte seiner Stimme.
"Nun konzentriere dich auf das erste Chakra, es liegt am Damm und öffnet sich nach unten zur Erde hin! Es verbindet dich mit der Erde und du nimmst darüber von ihr Energien auf. Die Farbe ist rot und

die wichtigsten Bedeutungen sind: Verbindung zur Materie, Erdung, Urvertrauen! Atme die Farbe rot in dieses Chakra hinein!"
Vor meinem inneren Auge sah ich plötzlich einen Energiewirbel und ich konnte ganz deutlich die Farbe sehen, ein kräftiges Rot! Ich spürte wie eine Art Band zwischen diesem Wirbel und der Erde entstand, es reichte weit ins Innere der Erde bis hin zum glühenden Kern.
Währendessen sang der Einsiedler immer wieder ein Wort, das ich nicht richtig verstehen konnte. Aber es brachte mich tiefer und tiefer, ich glitt in den Wirbel hinein und lief darin herum. An manchen Stellen waren dunkle Flecke, ich hatte auf einmal eine Kugel in der Hand, aus der rotes Licht schien. Es drang in die Flecken ein und sie lösten sich auf!
Langsam löste ich mich wieder von dem Bild und seine Worte schienen in meinem Bewußtsein zu entstehen.
"Nun gehe weiter zum zweiten Chakra, es hat die Farbe orange, liegt etwa eine Handbreite unter dem Nabel, öffnet sich nach vorne. Die Themen sind hauptsächlich Sexualität und Kreativität. Atme das orange..."
Seine Stimme verwischte sich, ich hörte nur noch fremde Worte und einen anderen Ton und sah wieder einen Wirbel vor mir. Wie zuvor löste eine Kugel, die diesmal in einem orangenen Licht erstrahlte, dunkle Flecken auf. Dann hörte ich seine Stimme wieder tief in mir drin.
"Das dritte Chakra hat die Farbe goldgelb, es liegt etwas unterhalb des Solarplexus und seine Themen sind unter anderem Macht, Wille, Selbstbewußtsein und Selbstsicherheit, atme das goldgelb....das vierte Chakra ist auf der Höhe des Herzens in der Mitte der Brust, die Farbe ist grün, mit dem Herzen dabei sein, miteinander teilen, geben und nehmen, selbstlose
Liebe, atme das grün... das fünfte Chakra ist im Bereich des Kehlkopfes, seine Farbe ist blau, kreativer Selbstausdruck, Gefühlsausdruck, atme die Farbe blau nun ... das sechste Chakra liegt in der Mitte der Stirn, die Farbe ist violett, Intuition, Geisteskraft, außersinnliche Wahrnehmung, atme das violett tief ein... das siebte Chakra ist oben mitten auf dem Kopf, es öffnet sich nach oben zum Kosmos hin, es verbindet dich mit dem Universum,

es hat die Farbe weiß, in der Mitte öffnet sich noch eine silberne und ganz innen eine goldene Blüte, Verbindung zum Göttlichen, Einheit, atme das weiß nun tief hinein..."

Ich war wie in Trance, drang nacheinander in die Chakren ein, löste dort Blockaden auf und hörte nicht nur die Bedeutung dieser Chakren, sondern fühlte und sah sie auch! Es war unbeschreiblich! Langsam holte mich seine Stimme wieder ins Tagesbewußtsein zurück.
"Nun atme wieder tief ein und aus, bei jedem einatmen wirst du wacher und klarer und bei jedem ausatmen löst du dich immer mehr von den Bildern! Tief ein und aus! Und dann strecke dich vorsichtig, bewege deine Muskeln und öffne dann deine Augen!"
Ich tat wie geheißen und war nach kurzer Zeit wieder ganz da!
Der Mond war aufgegangen und so konnte ich ihn recht gut erkennen. Er schaute mich liebevoll an und gab mir genug Zeit, um meine Gedanken und Gefühle zu ordnen!
"Das war phantastisch!" seufzte ich schließlich. Er lächelte nur.
"Ich werde uns jetzt einen Kaffee machen, ja?" sagte er dann.
"Kaffee?" fragte ich entzückt. "Prima, genau das Richtige!"
Lachend ging er in die Höhle.
Ich streckte mich inzwischen ganz auf dem Moos aus und betrachtete die Sterne. Es war sehr klar und sie waren deutlich zu sehen! Dort war der große Bär beziehungsweise der große Wagen, da die Kassiopeia, dort oben der Polarstern und hier der kleine Wagen! Und da, eine Sternschnuppe! Ich
wünschte mir sofort etwas und schaute zufrieden weiter nach oben. Wo eine Sternschnuppe ist, ist die zweite nicht weit!

Nach einiger Zeit kam der Einsiedler mit zwei Bechern köstlich duftendem Kaffee zurück und er brachte auch noch Kekse dazu! Ich setzte mich wieder auf, trank langsam meinen Kaffee und knabberte genüßlich einen Keks.
"Nun, Kema, wie fühlst du dich?"
"Herrlich!" schwärmte ich und schaute ihn dankbar an.
"Bald wirst du wieder weitergehen müssen!"
"Ich mag gar nicht daran denken!" sagte ich enttäuscht.

"Nun, dann wirst du eben bald wiederkommen müssen!" meinte er da grinsend.
"Ja? Darf ich das? Geht das überhaupt?" rief ich begeistert aus.
"Warum nicht? Alles ist möglich, Kema! Vergiß das bitte nie! Wir haben noch ein bißchen Zeit, also, wenn du noch Fragen hast, dann nur zu!"

Nachdenklich schaute ich vor mich hin und da tauchten tatsächlich einige Fragen auf, die ich vergangene Nacht beiseite geschoben hatte.
"Ja, da gibt`s etwas, was mir nicht klar ist!"
"Dann frag` !" ermunterte er mich wieder.
Verlegen erzählte ich ihm ausführlich von meinen Erlebnissen in der letzten Nacht. Ich hatte schon befürchtet, er würde lachen oder gar wie Sokrates böse werden, doch dem war nicht so!
Er hörte aufmerksam und teilnahmsvoll zu.
"Na ja, nun würde mich interessieren, ob es stimmt, was Sokrates mir sagte, daß es keine Werwölfe und Vampire gibt. Ich verstehe das nämlich nicht, Gedanken und Gefühle sind Energien und dadurch kann man auch Wesen erschaffen, so ein, wie heißt das noch einmal? Ach, ich weiß nicht, auf jeden Fall ist der Weihnachtsmann auch einer!"
"Ein Elemental meinst du?"
"Ja, genau. Also, müßte es die Vampire und Werwölfe doch auch geben, oder?"
"Die gibt es auch, Kema!"
"Aber Sokrates sagte doch..." begann ich.
"Moment, langsam, er sagte nur, daß es sie hier nicht gibt! Aber es gibt eine Ebene, auf der sie existieren!"
Ängstlich schaute ich ihn an.
"Nun, kein Grund für dich, wieder Angst zu bekommen! Was meinst du, sind sie sehr positive Wesen?"
"Nein, natürlich nicht!" rief ich entrüstet.
"Meinst du dann, sie könnten auf einer höheren Astralebene, die, wie du weißt, höher schwingt, existieren? Oder extrem formuliert, ist Haß auf derselben Schwingungsebene wie die Liebe anzusiedeln?"

Jetzt begriff ich! Erleichtert strahlte ich ihn an.
"Nein! Klar, wir sind auf einer höheren astralen Ebene und die auf einer niedrigeren, also, man trifft sie nur dort, auf der niedrigeren, nicht wahr?"
"Genau! Und du kannst vollkommen beruhigt sein, mit dieser Ebene wirst du nichts zu tun haben. Es sei denn, du mißbrauchst irgendwann dieses Wissen, das du hier vermittelt bekommst und kommst von deinem Weg ab. Oder du entscheidest dich freiwillig dafür auf diese Ebene zu gehen, um dich diesen Ängsten auch noch zu stellen!" erklärte er weiter.
"Sollte ich das denn?" fragte ich unsicher.
"Irgendwann schon, doch darüber brauchst du dir jetzt keine Gedanken machen!" beruhigte er mich. "Möchtest du sonst noch was wissen?"
Ich überlegte kurz.
"Ja, was hat es mit dem Wolf auf sich? Ich habe mich wirklich gewundert, daß er mich verfolgt hat und dann einfach wieder verschwand, nachdem er mich regelrecht angegrinst hatte!"
Amüsiert lächelte der Einsiedler mich an.
"Kannst du dir das nicht denken?"
Ich dachte ein Weilchen nach, zuckte dann hilflos mit den Schultern und schüttelte verneinend den Kopf.
"Du solltest wenigstens zum Teil durch die Angst vor solchen Horrorwesen gehen! Daher spielte er nur für dich den Werwolf! Du warst ja absolut davon überzeugt, daß er einer sei und hast letzten Endes doch angehalten, um dich diesem vermeintlichen Monster zu stellen!" Da fiel es mir wie Schuppen von den Augen, natürlich, deswegen hatte ich dann auch so das Gefühl, der Wolf würde sich über mich lustig machen! Jetzt verstand ich es!
"Da hat er mich ganz schön an der Nase herumgeführt!" Wider Willen mußte ich nun doch lachen und er fiel mit ein.

"Gibt es denn so was wie Vorherbestimmung?" fragte ich dann weiter.
"Nein, aber auch ja! Das kommt darauf an, von welcher Warte aus man es betrachtet! Das läßt sich so nicht in zwei Sätzen

beantworten. Du weißt, daß dein Höheres Selbst ein Funken des Göttlichen ist, ja?"
Ich nickte und sah ihn gespannt an.
"Das Höhere Selbst entwirft für dein Leben so etwas wie einen Lehrplan. Also, was deine Persönlichkeit in dem Leben lernen soll! Das Land, in dem du geboren wirst, wird, genau wie auch deine Eltern und dein Umfeld, sorgfältig ausgewählt! Natürlich auch die Hautfarbe, die genaue Geburtszeit, die dir gewisse Grundenergien mit auf den Weg gibt, bis hin zu eventuellen Geburtsfehlern! Bestimmte Ereignisse könntest du unter Umständen auch vorher schaffen! Während deines Lebens greift das Höhere Selbst immer wieder ein, wenn du in eine ganz andere Richtung gehen willst wie vorgesehen! Von der Warte deines Egos aus, ist es das Göttliche, das dir einen Weg aufzwingt und dann könnte man von Schicksal, Vorherbestimmung und dergleichen sprechen. Aber, und das ist ganz wichtig, du darfst nicht vergessen, daß das Höhere Selbst ein Teil von dir ist! Es ist eine Instanz in dir, die eben den besseren Überblick hat und untrennbar und bewußt verbunden ist mit der Einheit. Um zu lernen, schiebst du einen Schleier zwischen deine Persönlichkeit und deinem Höheren Selbst!"
"Aber warum das denn?" rief ich verzweifelt aus. "Wozu soll das gut sein?"
"Tust du es nicht, dann könntest du kein Ego entwickeln!"
"Aber warum will ich das denn, wenn ich es später wieder überwinden muß?"
"Ganz einfach, um die Materie erfahren zu können! Um die Dualität zu erkennen."
Völlig verwirrt blickte ich ihn an, ich versuchte krampfhaft dahinter zu kommen, doch es gelang mir nicht!
"Jetzt entspanne dich erst mal wieder! Du weißt, was zwei Pole eigentlich sind, nicht wahr? Die zwei Seiten der Einheit oder, um es besser erklären zu können, die zwei Hälften eines Kreises. Kennst du nur den Kreis, dann kannst du dir keine Halbkreise vorstellen. Du mußt erst den Kreis in zwei Hälften spalten, dann kannst du beide Halbkreise erkennen."
Er machte eine Pause und sah mich aufmerksam an. Gut, das leuchtete mir ein!

"Das Göttliche wollte dann wissen, wie es ist, wenn Teile seiner selbst durch Schwingungsreduktion aus sich heraus Lebewesen erschaffen, diese mit Bewußtsein ausstatten, die aber scheinbar keine Verbindung zur Einheit mehr haben und ohne bewußte Erinnerung daran sind. Ausgestattet mit einem Führer, der verbunden bleibt mit der Einheit und regulierend eingreifen kann und einen freien Willen besitzt. Dieser Führer ist der Kern der Wesen, der Teil des Göttlichen, der die Wesen erschaffen hat, das Höhere Selbst!"
Langsam wurde es klarer und schließlich begriff ich.

"Aber wozu, also, warum wollte das Göttliche das?"
"Nun, warum malst du, arbeitest du, warum bist du kreativ?" fragte der Einsiedler ernst. "Warum erschaffst du Dinge oder warum zeugst du Kinder? Wie im Kleinen, so auch im Großen! Was würde denn deiner Meinung nach ein Wesen mit unendlicher, unerschöpflicher, kreativer Kraft tun?"
"Jetzt verstehe ich!" rief ich überrascht und wiederum ungläubig aus.
"Dieses Wesen würde Welten schaffen, viele verschiedene Universen mit den unterschiedlichsten Lebensformen und Bedingungen! Aber das ist ja unglaublich!"
"Aber wahr!"
"Wie ein Spiel!" keuchte ich fassungslos und strich mir nervös über die Haare.
"Wie ein kosmisches Spiel!"

Reglos saß ich da und schaute vor mich hin. Ich war wie betäubt! Ein kosmisches Spiel! Es war einfach nicht zu fassen!
Ich war immer davon ausgegangen, daß ich irgendwann auf die Frage nach dem Warum, ein hohes, edles Ziel gezeigt bekommen würde. Etwas, das alle Mühen und Schwierigkeiten lohnt! Und nun bekam ich so eine Antwort! Ein Spiel!
Ganz einfach nur ein Spiel! "Wir sind einfach nur Spielfiguren und das Göttliche amüsiert sich!" dachte ich erbost.

Doch, halt, nein! Da stimmte etwas nicht, konnte nicht stimmen, denn wir waren ein Teil des Göttlichen! Alles war ein Teil des Göttlichen!
Also, dann sind wir alle Spiel, Spielplan, Spielfiguren und Spieler in einem!
Diese Erkenntnis traf mich wie ein Schlag!
Darüber hinaus machen wir auch noch die Spielregeln! Jedes Spiel hat seine Regeln, jedes Universum seine Naturgesetze!
Der Sinn des Lebens war einfach der, daß es keinen tieferen Sinn gab und alles nur ein Spiel ist!

Ich durchlief innerhalb kürzester Zeit die unterschiedlichsten Emotionen, Überraschung, Empörung, Enttäuschung, Wut, Frustration, Trauer und zuletzt, ganz am Schluß, da mußte ich lachen!
Aber na klar! Ein Spiel! Das ist doch phantastisch! Spielen macht ganz einfach Spaß!
Was hatte Squiesel noch gesagt? Das Wichtigste für die Seele ist die Weiterentwicklung und die Freude!
Ein gigantisches, faszinierendes, abenteuerliches, spannendes, lustiges, beängstigendes, schönes, erschreckendes und wunderbares Spiel!
Ein Spiel, in dem alles möglich ist, alles seinen Platz hat, für alles Raum ist, eben, weil wir alles sind!

Tief atmete ich ein und bemerkte jetzt erst bewußt, daß der Einsiedler die ganze Zeit schon meine Hand gehalten hatte. Dankbar lächelte ich ihm zu.
Er war ganz still gewesen, war nur da und hielt meine Hand bis ich das innere Chaos geordnet hatte.
Ich war nun wieder ganz ruhig geworden und ich fühlte mich frei! Das war das Ungeheuerlichste, doch Befreiendste, was ich je gehört hatte. Zuerst hatte es mich erschreckt, doch nun freute ich mich. Ich freute mich wirklich darüber und betrachtete nun mein Leben mit ganz anderen Augen!

"Wie geht es dir?" fragte der Einsiedler und drückte meine Hand.

"Prima!" antwortete ich wahrheitsgemäß.
Wir lächelten uns an und er ließ meine Hand wieder los.
"Bist du bereit für die Fortsetzung deines persönlichen Abenteuers?" fragte er dann.
"Ja, das bin ich!"
"Gut."
Er stand auf und ich erhob mich ebenfalls. Ich folgte ihm in die Höhle, in der ein Feuer in einer Einbuchtung der Wand brannte.
Der Einsiedler entzündete daran einige Fackeln, die den Raum gut ausleuchteten.
"So, nun möchte ich dir noch etwas geben, als Erinnerung an deinen Besuch hier, dem hoffentlich noch mehrere folgen werden!"
Verschmitzt lächelnd sah er in mein überraschtes Gesicht. Er holte einen kleinen Beutel und drückte mir daraus etwas in die Hand.
Es war eine goldene Münze, fast so groß wie mein Handteller, viele Zeichen, Symbole und fremde Worte waren darin eingeprägt.
"Was bedeutet das alles?" fragte ich neugierig und drehte sie immer wieder um.
"Das erkläre ich dir, wenn du wiederkommst. Da deine Neugier nun erwacht ist, kann ich sicher sein, daß du mich bald besuchst!" meinte er augenzwinkernd.
Beide mußten wir grinsen.
"Ich danke dir von ganzem Herzen, Einsiedler! Du hast mir heute viele wertvolle Goldmünzen gegeben, auch dafür danke ich dir!" sagte ich ernst.
Er wußte ganz genau, was ich meinte.

"So, das wäre dies!" sagte er lächelnd. "Und nun packe ich dir etwas zum essen und trinken ein, in Ordnung? Dann kann es weitergehen!"
Die Münze legte ich zu den anderen Geschenken in meine Tasche.
Währendessen packte er in einen Beutel eine Art Wasserschlauch und etwas, das aussah wie Brot.
"Maiskuchen!" berichtigte er meine Gedanken.
Den Beutel band er mir mit einer Schnur fest um die Taille.
"Dann kannst du dich freier bewegen!" meinte er. "Jetzt aber ab mit dir!"

Er führte mich in den Hintergrund des Raumes, ein Bereich, den ich bisher nicht hatte einsehen können. Dort war eine Öffnung, durch die wir in eine größere Höhle kamen.
"Dort hinten siehst du einen weiteren Durchgang, gehe dann einfach weiter! Es gibt keine Abzweigung, der Weg führt dich direkt durch den Berg auf die andere Seite. Dort wirst du weitere Anweisungen bekommen!"

Schweren Herzens verabschiedete ich mich von ihm, am Durchgang machte ich noch einmal Halt, winkte ihm zu und ging dann entschlossen weiter.
Es war ein langer Gang, auch hier konnte ich, wie zuvor, das diffuse Licht wahrnehmen, das aus dem Felsen zu dringen schien.
Was mochte nun alles auf mich zukommen? Freudig erregt schritt ich weiter.
Gedanklich war ich noch ganz gefangen von dem Erlebten und Gehörten. So wanderte ich durch den Gang, der mir unendlich lang vorkam, und dachte über alles in Ruhe nach.
Ich fühlte mich frei und sicher und war voll ungeduldiger Erwartung. Was würde nun geschehen? Welche Aufgaben würden noch auf mich warten, welche Erkenntnisse auf mich zukommen? Also, langweilig war diese Reise mit Sicherheit nicht!

Schließlich führte der Gang in eine große Höhle. Ich blieb wie verzaubert stehen! So etwas Schönes hatte ich noch nie zuvor gesehen!
Es war atemberaubend, alles glitzerte und funkelte, Tausende von Sternen schienen überall an der Decke zu schweben. Sie erstrahlten in einem weißen Licht, manche schimmerten silbern oder golden. Überwältigt betrachtete ich sie.
Erst, als ich mich allmählich davon lösen konnte, entdeckte ich in den verschiedensten Ecken und Winkel Kristalle, die ebenfalls schwach glühten. Sie sahen aus wie Bergkristalle, aber es war mir unerklärlich, woher das Leuchten kam!
Langsam schritt ich den Raum ab und betrachtete die Steine, einen nach dem anderen. Einer gefiel mir besonders und ich strich sanft darüber.

"Nimm mich mit!" erklang es ganz leise und zart in meinem Inneren.
Erstaunt sah ich ihn an und überlegte, ob ich mich vielleicht verhört hatte.
"Nein, hast du nicht! Nimm mich mit!"
"Wer bist du?" fragte ich zaghaft.
"Nimm mich mit!" kam es zurück.
Ich stellte verschiedene Fragen, bekam aber immer nur dasselbe zur Antwort - ich solle ihn mitnehmen.
Zögernd griff ich nach dem Stein und löste ihn vorsichtig vom Untergrund. Es ging ganz leicht und er leuchtete immer noch weiter. Ich nahm meinen Beutel heraus und legte ihn behutsam hinein. Dann bedankte ich mich bei dem Kristall und auch bei dem Berg für dieses Geschenk.
"Geh weiter!" erklang die Stimme von vorhin wieder.
Schweren Herzens verließ ich den Raum und geriet in einen schmalen Gang, der mit der Zeit immer enger und niedriger wurde.
Zwischendurch hielt ich an und trank einen Schluck Wasser, es war sehr warm und stickig. Ich freute mich darauf, bald am anderen Ende des Berges wieder herauszukommen und frische Luft atmen zu können.
Nach einiger Zeit mußte ich kriechen, ich war schon eine Weile gebückt gelaufen, doch jetzt ging es nicht mehr anders! Ich hielt an und überlegte, ob ich vielleicht den falschen Weg gegangen war und ich zurück in diese Sternhöhle gehen sollte.
"Es ist der richtige Weg!" flüsterte die Stimme.
Also kroch ich kurz entschlossen weiter, obwohl mir das ziemlich unangenehm war. Nun ja, bald würde ich im Freien sein!
Doch, es wurde noch enger und schließlich robbte ich auf dem Boden entlang. Das war ganz und gar nicht mehr nach meinem Geschmack und die Sicherheit, die ich zuvor gespürt hatte, schmolz wie Butter an der Sonne mit jedem Meter, den ich zurücklegte.
Ich schürfte mir die Hände auf, stieß einige Male mit dem Kopf an die Felskanten über mir und rechnete mit vielen blauen Flecken. Fluchend krabbelte ich weiter.
Und es wurde noch enger, nein, das war nun gar nicht mehr witzig!

Schon immer litt ich unter Platzangst, ich konnte geschlossene Räume nicht ertragen und nun befand ich mich mitten in einem Berg eingequetscht!
Entsetzen stieg in mir hoch, ich blieb liegen und versuchte dagegen anzugehen. Doch es wurde immer schlimmer, ich schnappte nach Luft, hatte das Gefühl, es würde nicht genug Sauerstoff geben!
"Ich muß hier `raus! So schnell wie möglich `raus, sonst ersticke ich!" dachte ich entsetzt und robbte so schnell es ging weiter und geriet dadurch noch mehr in Panik.
Es wurde noch enger, ich kam nur noch zentimeterweise voran und blieb schließlich, heftig nach Luft schnappend, liegen.
Der Berg schien mich zermalmen zu wollen, die Wände rückten immer näher, immer näher heran, ich bekam kaum noch Luft und er drückte mit hartem Griff immer weiter zu!
Ich schrie aus vollem Halse und wurde von heftigen Schluchzern geschüttelt. Der Berg quetschte mich und ich drückte verzweifelt dagegen!
"Nein!" wimmerte ich schließlich. "Nein, bitte nicht!"
Gleich ist es aus! Ich hörte schon das Knacken meiner Knochen...

Doch nichts dergleichen geschah, ich lag da und weinte, total entkräftet von dem Versuch, mir Platz zu schaffen.
"Kema!"
Die tiefe, grollende Stimme riß mich aus meiner Verzweiflung und zog mich sofort in ihren Bann.
"Kema! Atme tief und ruhig! Ein- und ausatmen, entspanne dich!"
Willig ließ ich mich von der Stimme führen und wurde tatsächlich ruhiger.
"Entspannen, loslassen, nicht ankämpfen, laß` los!"
Langsam kam ich wieder zu Atem und entspannte mich. Der Druck um mich herum ließ nach.
"Das ist nur der Druck, den du ausübst, Kema! Wenn du gegen eine Wand schlägst, dann sagst du auch nicht, die Wand haut dich!"
Das leuchtete mir ein und ich versuchte nun bewußt jeden Muskel zu entspannen.
"So ist`s richtig! Ganz locker lassen! Dann kannst du weiterkriechen!"

Ich versuchte vorwärts zu kommen, doch ich steckte fest, kam nicht vor und nicht zurück.
"Oh, Gott! Ich bin gefangen! Was mache ich jetzt?" heulte ich.
"Ruhig! Ganz ruhig!"
Die Stimme wurde immer leiser, sanfter und zugleich eindringlicher. Ich hörte wie hypnotisiert zu.
"Entspanne dich, schließe deine Augen und stelle dir vor, du bist eine Schlange! Ganz langsam gleitest du dahin, Stück für Stück, ganz mühelos. Ganz ruhig, atme tief ein und aus!"
Tatsächlich kam ich nun vorwärts, ich ließ absolut los und gehorchte der Stimme. Alles andere, alle Gedanken, die auftauchten, schob ich sofort beiseite, lauschte nur der Stimme und führte das aus, was sie mir sagte!
Meter um Meter arbeitete ich mich vorwärts, vorwärtsgleiten, nicht denken, Schlange sein, entspannen, atmen, schlängeln, loslassen...

Endlich entdeckte ich vor mir so etwas wie eine Öffnung, erleichtert schob ich mich etwas schneller voran.
Die Röhre endete in einer kleinen Höhle!
Total erschöpft, aber überglücklich, krabbelte ich hinaus und richtete mich auf. Es war nach wie vor schlechte Luft hier drin, aber wenigstens hatte ich Platz!
"Siehst du? Nun hast du es doch geschafft!" ertönte die Stimme wieder.
"Aber nur mit deiner Hilfe! Wer bist du?" fragte ich nun endlich.
"Kannst du dir das nicht denken? Ich bin der Berg!"
"Ich danke dir von ganzem Herzen!" sagte ich und lehnte mich an die Wand.
"Trink etwas, ruhe dich ein wenig aus und gehe dann weiter!" befahl der Berg.
Gehorsam setzte ich mich und nahm ein paar Schluck Wasser. Das tat gut!
Schließlich machte ich mich wieder auf den Weg. Am Ende der Höhle begann ein kleiner Gang und ich schritt nun zügig aus. Mehrmals stellte ich noch Fragen, doch der Berg gab keine Antwort mehr!

Einige Zeit später spürte ich einen frischen Luftzug, da mußte in der Nähe doch eine Öffnung sein. Ich ging noch schneller und da, tatsächlich, da vorne war der Ausgang!
Erleichtert hielt ich noch einmal inne, bedankte mich geistig bei dem Berg für seine Hilfe, als ich sie am nötigsten brauchte. Ich streichelte kurz die Wand neben mir und ging dann schnell weiter auf den Ausgang zu!
Ein Schritt, es polterte und ich rutschte beinahe in einen Abgrund hinab!
Krampfhaft hielt ich mich an den Seiten fest und zog mich vollends wieder hinein. Puh, das war knapp gewesen, ich bekam nachträglich noch einen Schweißausbruch!
Vorsichtig blickte ich nach unten und bemerkte ein schwaches Licht, das immer heller wurde.
Schließlich konnte ich recht gut sehen, daß ich beinahe in eine unermeßlich tiefe Schlucht gefallen wäre.
"Na, toll!" dachte ich, "hervorragend!"
Ungefähr 15 Meter entfernt konnte ich den Rand der Schlucht im hellen Mondlicht erkennen.
"Wie um alles in der Welt komme ich nun weiter? Verdammter Mist!" fluchte ich, während ich mich gründlich umschaute.
Ich inspizierte den Gang ganz genau, tastete alles ab, die Wände, den Boden, nach einer Möglichkeit weiterzukommen. Es mußte doch irgendwo einen Weg geben um über die Schlucht zu kommen!
Doch ich fand nichts, keine Auf- und keine Abstiegsmöglichkeit!
Sicher, ich konnte den langen Weg wieder zurückkriechen, aber ich sollte doch durch den Berg gehen und auf die andere Seite gelangen!
Ich setzte mich an den Rand des Ausgangs, schaute hinaus und überlegte fieberhaft wie es weitergehen sollte! Ich hatte wirklich keine Lust dazu nun aufzugeben, nach allem, was ich bisher erlebt und geschafft hatte. Der Einsiedler auf der anderen Seite des Berges war über jeden Zweifel erhaben! Wozu sollte er mich anlügen? Ich hatte Vertrauen zu ihm, also, irgendwie muß es weitergehen...
Springen?
"Nein, unmöglich!" dachte ich.

"Wieso unmöglich?" ertönte eine tiefe, weibliche Stimme aus dem Abgrund.
Ich war richtig zusammengezuckt, denn sie hatte eine starke Schwingung.
"Wer spricht da?" fragte ich vorsichtig.
"Deine Mutter!" kam es zurück.
"Meine Mutter? Das kann doch nicht sein!"
"Die Mutter aller Menschen, mein Kind, die Mutter Erde!" sagte sie sanft.
Ach, diese Stimme, könnte ich nur diese Stimme richtig beschreiben! So kräftig, dabei doch sanft, warmherzig, voller Güte! Ich fühlte mich augenblicklich irgendwie getröstet, sicher und geborgen...
"Mutter Erde, weißt du, wie ich weitergehen muß? Kannst du mir helfen?" fragte ich sie vertrauensvoll.
"Aber sicher kann ich das!" antwortete sie. "Ich freue mich, daß du nun schon so weit gekommen bist. Es ist auch für uns alle wichtig, daß du deinen Weg zu Ende gehst!"
"Für euch ist es wichtig? Aber warum? Und wen genau meinst du denn?" fragte ich verwirrt.
"Nun, ich denke, du weißt wen ich meine, mich, alle Kräfte der Natur, die diesen Planeten repräsentieren. Du weißt auch, daß ihr in einer wichtigen Zeit lebt!"
"Ja, in der Übergangsphase zu einem neuen Zeitalter, es sollen viele Naturkatastrophen kommen und viele Menschen werden sterben!" sagte ich traurig.
"Leider, mein Kind, leider, wir wünschten auch, es wäre anders und es ist noch immer möglich, daß der Übergang nicht so schlimm werden wird, sanfter vollzogen werden kann. Das liegt allein in eurer - der Menschheit - Hand. Wir lieben euch sehr und ihr gehört zu uns, ob ihr es glaubt oder nicht! Ihr seid wie ein Zweiglein am Ast der Erde, dieses Planeten, ihr seid meine Kinder und ich liebe euch über alles. Ich habe euch an meinem Herz geborgen, euch ernährt über die anderen Zweige an meinem Ast, die Pflanzen und Tiere, euch geschützt und geleitet. Doch leider habt ihr euch immer weiter von mir entfernt und fühlt euch getrennt von allem. Deswegen leiden auch viele Menschen heutzutage an Einsamkeit,

sie sehen nicht mehr, daß sie dazugehören und aus diesem Abgetrenntfühlen erwächst große Not und schlimmes Leid. Mein Kind, ich sehe in dein Herz, wie ich in alle Menschenherzen sehen kann. In vielen, so wie in deinem, sehe ich tiefe Traurigkeit über die Dinge, die geschehen. Die Menschheit hat einen Punkt erreicht, einen Punkt, an dem ich beginnen muß, mich zu schützen. Ihr habt meine Wasser vergiftet, meine Haut verätzt, glaubt nicht, ich spüre keine Schmerzen, habt meine Erde verbrannt, meine Luft zerstört und in meinen Schutzmantel habt ihr Löcher gemacht. Glaubt ihr nicht, daß es nun langsam genug ist? Glaubt ihr nicht, daß bald eine Wende kommen muß? Ich liebe euch sehr und ich verzeihe euch eure Taten, habe all die Schmerzen euch zuliebe lange ertragen, aber nun, nun zwingt ihr mich zu handeln, mich zu wehren. Ich bin sehr traurig darüber, aber ich darf nicht zulassen, daß ihr mich ganz zerstört, das begreifst du doch, nicht? Lange habe ich gewartet und gehofft, doch nun muß ich handeln! Begreift ihr denn nicht, daß es zwar schön ist, Kinder zu haben, aber daß ihr euch nicht unbegrenzt vermehren könnt? Ist das so schwer zu verstehen, daß irgendwann kein Platz mehr da ist und ich euch alle nicht mehr ausreichend ernähren kann? Ach, Kind, was habt ihr alles getan! Ihr beutet mich und meine anderen Kinder, die Tiere, Pflanzen und Mineralien aus, mißbraucht die Elemente, mißbraucht eure Verstandeskräfte, quält eure Geschwister, die es doch nur gut mit euch meinten. Eure Brüder und Schwestern, die euch ebenfalls sehr lieben, bieten sie nicht jedem von euch tagtäglich ihre Körper und ihre Lebenskräfte als Nahrung an? Was tut ihr mit ihnen? Ihr quält, vergiftet, mißachtet sie, anstatt dankbar dafür zu sein, daß sie ihr Leben geben damit ihr existieren könnt! Und selbst jetzt noch, nach allem, was ihr ihnen angetan habt, sind sie bereit in der kommenden Reinigungsphase aktiv mitzuhelfen, ja, sogar mit euch in den Tod zu gehen, mitzuhelfen durch ihre Schmerzen, euer sehr schlechtes Menschheitskarma abzutragen! Selbst jetzt noch ist ihre Liebe euch gegenüber so stark!"

Mit jedem ihrer Worte war ich ein Stück mehr in mich zusammengesunken, ich sah vor meinem geistigen Auge all das

Leid, fühlte die Schmerzen, das Unrecht, das die Menschheit der Erde, den Pflanzen, Tieren und allen anderen angetan hatte.
Ich spürte die Trauer und die Hoffnungslosigkeit - ich schaute unter Tränen in den tiefen Abgrund der menschlichen Seele.
Tränen, Ströme von Tränen flossen hinunter, mein ganzer Körper wurde geschüttelt! Wie schlecht und grausam ist der Mensch! Wie überheblich und undankbar!

Ich weiß nicht, wie lange ich so da gesessen und geweint habe, als mich ihre liebe Stimme wieder beruhigte.
"Mein Kind, hör` mich an!" sprach sie sanft. "Hör` mich an, es ist wichtig!"
"Ja, Mutter Erde. Kann ich irgendwas tun? Irgend etwas, das vielleicht ein bißchen hilft?"
"Das kannst du, mein Kind! Erzähle den Menschen von mir, erzähle die Geschichte, die du erlebt hast, gehe hinaus und sprich`!"
"Das nützt doch gar nichts!" sagte ich traurig.
"Woher willst du das denn jetzt schon wissen? Am Anfang stehen immer nur sehr wenige mit einer Idee und am Ende? Verliere den Mut nicht, mein Kind, jeder Mensch, der umdenkt und versucht sich anders zu verhalten, wird beachtet von uns. Jeder noch so kleine Schritt der Menschen auf uns zu, wird positiv bewertet und löst einen Schritt auf euch zu aus. Jedes positive Gefühl, jeder positive Gedanke, trägt dazu bei, daß die Reinigungsphase anders verlaufen kann! Du weißt doch, daß Gedanken sehr machtvoll sind, du fühlst das doch! Egal was man tun will, der Gedanke steht am Anfang - Gedanken bringen die Dinge in Bewegung, geben eine Richtung, ein Ziel, die Gefühle sind der Motor, die Energie, die den Gedanken in die Materie einbringen, verwirklichen kann. Gedanken und Gefühle sind das wichtigste, damit kann man alles verändern - zum Positiven wie auch zum Negativen hin. Das war schon immer so und wird auch immer so sein! Also, konzentriere dich auf das Positive und lasse deine Angst los! Meinst du nicht, daß ich meine guten Kinder schützen kann? Sie müssen doch überleben, um die neue Zeit aufzubauen, das goldene Zeitalter wie ihr es nennt! Und die anderen, glaubst du, sie sind verloren, nur weil sie ihre physische Hülle zurücklassen? Viele werden sterben, wieviele, das

hängt von jedem Einzelnen ab, jeder ist gleich wichtig! Die, die überleben, werden ein anderes Verständnis haben, eine neue Bindung zu ihren Geschwistern und ihrer Mutter! Wir rücken wieder ganz eng zusammen, wie eine Familie eng zusammenstehen sollte! Hab` Mut! Wenn du zurückkommst in deine Welt, wird dir alles zunächst wie ein Traum vorkommen. Dein logischer Verstand wird nach Beweisen suchen und zunächst keine finden. Doch dann werden dir Zeichen gesandt werden, du wirst wissen, daß alles, was du erlebt hast, real ist. Dies hier ist nur eine der vielen verschiedenen Wirklichkeiten."
Aufmerksam lauschte ich ihren Worten und spürte die Wahrheit in ihnen.
"Dann wirst du deine Geschichte aufschreiben und sie in die Welt hinaustragen. Es ist Teil eines großen Planes, den du derzeit vielleicht nur bruchstückhaft sehen kannst. Es gibt viele, die ähnliche Aufgaben haben, also, hab` Mut und Vertrauen! Vertraue deiner inneren Stimme, tue das, was du für richtig hältst und gehe deinen Weg, es wird alles gut werden!"
Ich fühlte mich wie neugeboren, die Schmerzen, durch die ich kurz zuvor durchging, fielen von mir ab. Ganz tief in meinem Inneren hatten mich alle ihre Worte berührt und ich spürte ein unendliches Vertrauen, ein Verstehen, ein Wissen um all die Dinge...

"So, mein Kind, es ist Zeit für dich, weitere Abenteuer warten auf dich, die letzten Prüfungen deiner Einweihung. Gehe, wenn du auf der anderen Seite bist, immer geradeaus weiter. Aber bevor du das tust, solltest du Rast machen und auch ein wenig schlafen. Brich` bei Dämmerung auf! Später, wenn du wieder in deiner Welt bist, wirst du intuitiv wissen, wie du in Kontakt mit mir kommen kannst. Verzweifle nicht, hab` Mut und Vertrauen und folge deiner inneren Stimme! Geh` jetzt, mein Kind!"
"Ja, Mutter Erde!"
Folgsam stand ich auf und blickte in den Abgrund. Ein Lichtstrahl erschien von unten, der eine Brücke vom Höhlenausgang zum gegenüberliegenden Rand des Abgrundes bildete. Eine Brücke aus Licht, etwa einen halben Meter breit!

Doch ich hatte keine Angst, langsam betrat ich die Brücke und wanderte hinüber.
Als ich auf der anderen Seite ankam, drehte ich mich nochmals um. Der Bogen aus Licht verschwand im Abgrund und es wurde schnell immer dunkler. Durch das Licht des Vollmondes konnte ich jedoch meine Umgebung recht gut erkennen. Ich stand auf einem ausgedehnten Felsplateau.
Ganz in meiner Nähe entdeckte ich eine Stelle, die dicht mit Pflanzen überwuchert war. Dort setzte ich mich hin und holte den Maiskuchen und den Wasserschlauch hervor.
Langsam legte sich meine innere Aufregung während ich aß.
Es war eine wunderschöne, klare Nacht und ich fühlte mich ganz eins mit allem um mich herum. Schließlich machten sich die überstandenen Anstrengungen bemerkbar und ich kuschelte mich ein und schlief bald darauf tief und fest.

Ein wehmütiger, langgezogener Schrei ließ mich erschreckt hochfahren. Was war das? Müde und noch etwas durcheinander schaute ich umher. Wieder ertönte der Ruf, diesmal etwas weiter weg. Ich entdeckte über mir einen großen Raubvogel, der majestätisch durch die Luft schwebte.
Es dämmerte schon und ich entschied mich weiterzugehen.
Vorsichtig stieg ich hinab in das Tal, das sich scheinbar unendlich ausdehnte. Ich kam recht gut voran und unten angelangt, bemerkte ich, daß es eine Wüste war! Nur Sand weit und breit, ein bißchen Geröll hin und wieder, aber keinerlei Pflanzen waren zu sehen.
Gemächlich wanderte ich geradeaus. Stellenweise war es sehr schwierig voranzukommen, ich versank recht tief in dem Sand.
Die Sonne ging auf, ein wundervoller Anblick und ich blieb einige Minuten stehen, um es richtig auskosten zu können, dann ging ich wieder weiter!

Es war sehr heiß geworden und noch immer lief ich geradeaus. Gegen Mittag wurde die Hitze beinahe unerträglich, ich war froh, als ich an eine Stelle kam, an der sich der Boden tief absenkte. Ich rutschte mehrmals aus und wäre fast die Düne hinuntergerollt, konnte mich jedoch gerade noch abfangen. Unten entdeckte ich eine

ganz kleine, schattige Stelle. Ein Felsüberhang, dort ruhte ich mich eine Weile aus.
Durstig trank ich einen Teil des verbliebenen Wassers, den letzten Rest hob ich mir für später auf. Ich wußte nicht, wie lange ich noch so zu gehen hatte, daher war ich lieber etwas vorsichtig!
Schließlich stand ich wieder auf und ging weiter, obwohl ich sehr erschöpft war.
Es war heiß und drückend, ständig stolperte ich und fiel auch ein paar Mal der Länge nach hin. Der Schweiß floß den Rücken hinunter, an den Schläfen entlang. Eine bleierne Müdigkeit überkam mich und ich hätte mich am liebsten einfach in den Sand gelegt, doch irgend etwas trieb mich vorwärts.
Um mich herum nur Sand, so weit das Auge reichte, und ich hatte das Gefühl, es könne gar nichts mehr anderes geben wie diesen Sand.
Trostlos, alles war so trostlos, ich bin ganz alleine, es gibt nur den Sand, die sengende Sonne und mich.
Ich fühlte mich unendlich einsam und verlassen!
"Was mache ich eigentlich hier?" dachte ich schließlich. "Wozu gehe ich? Warum gehe ich überhaupt und wohin eigentlich?"
Diese Fragen kreisten ständig in meinem Kopf, ein ständiger Rhythmus wie die mechanische Bewegung meiner Beine. Schritt, was, Schritt, wozu, Schritt, warum, Schritt, wohin und wieder Schritt, was, Schritt...

"Du weißt es nicht!" sagte da eine drängende Stimme in mir. "Du kennst die Antworten darauf nicht, also, dann kannst du dich genauso gut ausruhen!"
"Ich muß gehen, immer geradeaus!" antwortete eine zweite Stimme.
"Aber warum denn?" fragte die erste hartnäckig.
"Ich, mh, ich weiß nicht." sagte die zweite zögernd. "Ich muß einfach!"
"So ein Blödsinn!" schimpfte die erste. "Das ist doch sinnlos!"
"Nein!" widersprach die zweite.
"Natürlich ist es sinnlos!" beharrte wieder die eine. "Sonst wüßtest du auch, warum du es tust!"

"Ich wußte es aber!" stammelte die andere unsicher. "Ich glaube, ich weiß nicht, ich denke, vorhin habe ich es doch noch gewußt! Jetzt habe ich es vergessen!"
"Setz dich doch ein bißchen, ruhe dich aus, du bist doch müde, nicht?" flötete die erste sanft.
"Ja, nein, doch!"
Ratlos stand ich da, schaute mich um, nur Sand weit und breit, nur Sand. Es gab nur den Sand, die Sonne, die mir das Gesicht verbrannte und mich.
Alles war leer, bedeutungslos! Was mache ich eigentlich? Ich wußte es nicht, wußte gar nichts mehr, hatte alles vergessen.
Ich kam von, Moment einmal, woher kam ich denn? Ich kam von da hinten und gehe nach da vorne, mehr fiel mir nicht ein!
Wer bin ich eigentlich? Was bin ich? Ich wußte es nicht mehr, hatte es wohl vergessen, glaube ich, oder hatte ich es gar nie gewußt?
Unsicher schaute ich auf meine Füße, auf den Boden. Ich war müde, das wußte ich sicher und wenn man müde ist, ruht man sich aus, oder nicht?
Langsam setzte ich mich und starrte vor mich hin!
Ich wollte doch, mh, was war es denn noch was ich wollte? Es lag mir auf der Zunge, doch es fiel mir nicht ein. Wozu auch? Es war sowieso egal!

Mein Kopf brummte, alles tat mir weh, die Lider wurden schwer und ich konnte kaum noch die Augen offen halten. Heiß war es, so heiß, müde, am besten schlafe ich ein bißchen.
"Du mußt gehen!" sagte zaghaft die zweite Stimme.
"Quatsch! Sei still!" herrschte die erste laut. "Sie ist müde, muß schlafen!"
"Gehen!" wiederholte die andere leise, aber eindringlich.
"Steh auf und geh!"
Ich wollte aufstehen, hatte aber keine Kraft mehr dazu.
"Schlafe!" befahl die erste gellend.
"Gehe!" sagte die zweite sanft. "Trink Wasser!"
Wasser? Ach ja, der Schlauch mit Wasser.
Durstig trank ich den Rest, es war warm, schmeckte scheußlich, aber es gab mir etwas Energie zurück.

Ich stand auf und setzte mich wankend in Bewegung. Ich wußte nicht wohin, auch nicht warum, aber ich mußte gehen. Ein Schritt nach dem anderen, immer geradeaus gehen. Nicht anhalten, gehen, weiter, immer weiter!

Ich ging mechanisch, obwohl eine laute Stimme in mir ständig das Gegenteil befahl! Ich muß daran festhalten, das spürte ich intuitiv, immer weiter gehen, auch wenn ich nicht weiß warum, auf keinen Fall anhalten, nicht mehr ausruhen!
Mühsam schleppte ich mich voran, zwang meinem Körper meinen Willen auf!
Es wurde langsam etwas kühler, die Sonne neigte sich zum Horizont und mein Kopf wurde klarer. Monoton verstrich die Zeit, verrann wie Sand in den Händen, ein Schritt nach dem anderen, linkes Bein, rechtes Bein, linkes Bein, rechtes Bein...

Eine frische Brise wehte mir plötzlich ins Gesicht, ich hörte ein Rauschen. Schlagartig wurde ich herausgerissen aus dieser Monotonie, dieser Einsamkeit und Sinnlosigkeit!
Was ist das? Wasser? Das Meer, es war das Meer, dort vor mir hinter der hohen Sanddüne mußte es sein. Ich ging etwas schneller, stapfte mühsam nach oben.
Tatsächlich, da war das Meer unter mir!
Die Düne lief in einem sanften Bogen nach unten aus, ein strahlend weißer Sandstrand schloß sich an und nicht allzu weit weg war eine Insel zu erkennen, sie lag genau gegenüber!
Das kräftige Blau des Meeres und das leuchtende Grün, der mit Pflanzen stark überwucherten Insel, tat mir in den Augen weh. Ich mußte sie zunächst für kurze Zeit schließen, dann ging ich an den Strand hinunter.

Erleichtert ließ ich mich ins Wasser fallen. Ach, tat das gut!
Es weckte sofort meine Lebensgeister wieder und ich planschte ausgiebig darin herum!
Die laute Stimme in mir drin war ganz verstummt, die Sanfte drängte mich dazu, zur Insel hinüberzuschwimmen.

"Du bist bald am Ziel, eine Aufgabe noch und du bist am Ziel deiner Reise!" sagte sie.
Mit kräftigen Zügen schwamm ich zur Insel hinüber.
Sicher gab es dort auch Trinkwasser und etwas zum Essen, also, es war wirklich das Vernünftigste dorthin zu schwimmen.

Nach einiger Zeit bemerkte ich, daß ich mich wohl in der Entfernung gewaltig verschätzt hatte, und entschloß mich, langsamer zu werden, um meine Kräfte zu sparen. Ich hatte ja Zeit, hin und wieder drehte ich mich auch auf den Rücken und ließ mich etwas treiben.
Als ich etwa auf der Hälfte der Strecke war, zogen ziemlich schnell Wolken auf. Die Sonne verschwand und besorgt blickte ich immer wieder nach oben. Kein Zweifel, da braute sich langsam was zusammen!
Ein starker Wind kam auf, ausgerechnet aus der Richtung, in die ich schwamm. So kam ich noch langsamer vorwärts.
"Ganz ruhig bleiben!" sagte ich mir. "Das schaffst du schon!"
Die Wellen wurden immer höher und ich tanzte wie ein Korken auf und ab. Die Insel schien nicht näher zu kommen und ich war bald am Ende meiner Kraft.
Hoch ging es und in schnellem Tempo sauste ich hinunter, wieder nach oben, jedesmal ein Stück höher!
Das Meer sah gar nicht mehr freundlich aus, grau, brodelnd und zornig!
Es begann zu regnen, zunächst nur leicht, dann immer stärker. Schnell wurde es dunkler und ich bekam Angst! Was, wenn es ganz dunkel ist bevor ich dort ankomme? Vielleicht verfehle ich dann die Insel und treibe auf das offene Meer hinaus?
"Gedanken sind mächtige Energien, wie im Positiven, so auch im Negativen!" erklang eine Stimme in mir.
Eine Welle brach über mir zusammen, für einen Moment wußte ich nicht, wo oben und unten ist und schluckte vor Schreck jede Menge Salzwasser. Hustend und nach Atem ringend kam ich nach oben, doch nur für kurze Zeit, der nächste Brecher riß mich wieder in die Tiefe!
Innerlich schrie ich aus vollem Halse!

"Neptun! Hilf mir! Bitte! Neptun!"
Ich hörte mein Blut in meinen Ohren rauschen, wollte atmen, aber da gab es nichts zum Atmen! Es ist aus! Du hast es nicht geschafft! Blitzartig traf mich diese Erkenntnis und ich wurde schlagartig ganz ruhig, kämpfte nicht mehr dagegen an, ließ los und sank nach unten!

Eine Bewegung unter mir erschreckte mich, etwas berührte mich, drängte sich an mich und drückte mich kraftvoll nach oben!
Luft, endlich wieder Luft! Der Regen prasselte mir ins Gesicht, ich hustete und würgte Salzwasser heraus.
Als ich wieder zu Atem gekommen war, bemerkte ich erst, was mich da nach oben gebracht hatte. Es waren Delphine!
Ich hing zwischen zweien, der eine Arm über den Körper des einen, der andere über den anderen! Es waren die, mit denen ich gespielt hatte, ich erkannte sie sofort wieder!
"Danke!" krächzte ich heiser. "Ich danke euch von ganzem Herzen!"
"Na? Wieder da?" fragte da der eine vergnügt.
Ich war zu erschöpft, um noch mehr zu sprechen, daher nickte ich nur.
"Warum wartest du eigentlich immer bis es fast zu spät ist, bevor du um Hilfe rufst?" fragte der andere etwas vorwurfsvoll. "Du merkst doch selbst, daß dir dann sofort geholfen wird!"
"Aber du mußt erst bitten!" sagte der eine wieder. "Erst wenn du darum bittest, dürfen wir dir helfen, vorher nicht!"
Sie hatten recht, bisher hatte ich jedesmal, wenn ich in Not kam, sehr lange gewartet und erst in letzter Sekunde verzweifelt um Hilfe gerufen. Ich nahm mir fest vor, dies zu ändern!
"Ja, jetzt, wo du alles überwunden hast!" lachten die Delphine. "Jetzt willst du es ändern!"
Ich mußte auch grinsen.
Dankbar schaute ich die beiden an, sie schleppten mich langsam zur Insel. Die Wellen waren nach wie vor hoch, doch keine schlug mehr über mir zusammen.
Der Regen ging über in ein sanftes, aber gleichmäßiges Nieseln. Auch der Wind beruhigte sich nach und nach.

Als wir bei der Insel ankamen, hatte sich das Meer schon wieder sehr beruhigt. An der Stelle, an der ich stehen konnte, hielten sie an. Mir ging es schon viel besser und ein Teil meiner Kräfte war wieder zurückgekehrt!
"So, Kema!" meinte der eine. "Jetzt gehst du an Land, wünsche dir ganz fest, daß deine Kleidung trocken ist. Du wirst gleich danach feststellen, daß es so ist! Den Grund dafür weißt du ja inzwischen schon, oder?"
Ich nickte bestätigend.
"Du wirst, wenn du auf die Bäume zugehst, einen Pfad entdecken. Folge ihm und du triffst bald einen alten Freund von dir wieder!"
"Squiesel?" fragte ich hoffnungsvoll.
"Nein, einen anderen! Du wirst schon sehen! Gehe jetzt!"
Ich umarmte, streichelte beide und bedankte mich nochmals bei ihnen.
"Gehe jetzt!" sagten beide, schmiegten sich kurz an mich und schwammen dann schnell weg.

Seufzend drehte ich mich um und lief aus dem Wasser heraus. Dann blieb ich stehen, schloß meine Augen und wünschte mir ganz fest, daß meine Kleider trocken sind. Erstaunt stellte ich danach fest, sie waren tatsächlich trocken!
Langsam ging ich weiter, da war der Pfad!
Ich war sehr müde und wünschte, ich könnte mich irgendwo hinsetzen, etwas essen und großen Durst hatte ich auch.

Der Wind hatte sich gelegt und zum Schluß die Wolken vollends weggefegt. Es war wieder sehr klar, viele Sterne waren zu sehen. Ich fand mich gut zurecht, da auch der Mond aufgegangen war, und trottete langsam den Weg entlang. Nach einiger Zeit stieß ich auf eine Lichtung. Ich erschrak, als ich eine reglose Gestalt entdeckte, beruhigte mich aber gleich wieder. Das mußte der Freund sein, von dem der Delphin sprach, ich konnte ihn noch nicht erkennen.
Aber, das war doch... Lin Yutang!
Freudig lief ich auf ihn zu.
"Kema!" sagte er und verneigte sich vor mir. "Ich freue mich, dich wohlbehalten hier wiederzusehen!"

Ich verneigte mich ebenfalls tief vor ihm und unterdrückte den Wunsch, ihm um den Hals zu fallen.
"Lin Yutang, ach, ich freue mich!"
Ich brach vor Erleichterung in Tränen aus. Schützend legte er den Arm um mich herum und führte mich zu einem großen Steinblock.
"Komm, setz dich hierher! Es war doch ein bißchen viel das alles!" sagte er liebevoll.
Wir setzten uns auf den Boden, ich weinte immer noch und es dauerte geraume Zeit, bis ich mich wieder beruhigt hatte. Er streichelte sanft über mein Haar, es tat so gut und ich fühlte mich hinterher leichter und gestärkter.
"So, jetzt wäre es angebracht deinen Hunger und Durst zu stillen. Anschließend solltest du schlafen!"
Ich wollte widersprechen, doch er kam mir zuvor.
"Wirklich, du mußt dich ausruhen! Später können wir immer noch reden. Jetzt iß und trink erst einmal!"
Er nahm eine Tasche ab, die er umgehängt hatte, und holte daraus Verschiedenes hervor.
Gierig aß ich alles auf, ein großes Stück Maiskuchen und verschiedene Früchte. Dazu gab es kühles, frisches Wasser.
"So, jetzt leg dich hin!" befahl er, als ich fertig war, und brachte aus der Tasche eine Decke zum Vorschein.
Gehorsam legte ich mich hin, er deckte mich sorgfältig zu und schon war ich erschöpft eingeschlafen.

Schnell flog ich durch die Luft, ich fühlte mich frei, sicher und absolut geborgen! Eine immense Kraft strömte durch meinen Körper!
Vor mir sah ich eine Art Leinwand mit leuchtenden Farben, so klar und rein. Es sah aus wie ein Schmetterlingsflügel unter dem Mikroskop betrachtet.
Wunderschön waren die Farben, so pudrig, aber kräftig, sie zogen mich magisch an!
Ich flog durch ein wohltuendes, kräftiges Orange und gelangte so in einen anderen Raum, von dem weiße Tücher von der Decke hingen. Bläulich schimmerte es ringsum, es waren wie Schleier, durch die

ich durchbrach und dann flog ich ins Universum. Auf die Sterne zu....

"Kema!" sagte eine Stimme. "Kema, aufwachen!"
Mühsam kam ich zu mir, ein bißchen verärgert darüber, daß jemand mich zurückholte.
Langsam schlug ich meine Augen auf, blinzelte und räkelte mich schläfrig. Vor mir stand Lin und lächelte mich freundlich an.
"Guten Morgen!"
"Guten Morgen, Lin!" sagte ich und gähnte herzhaft.
"Na, wie fühlst du dich?"
"Phantastisch! Ich hatte einen tollen Traum!"
"Komm, steh auf, wir wollen frühstücken und dann erzählst du mir von deinem Traum, ja?"
Langsam erhob ich mich und schaute mich, neugierig geworden, genauer um.
Es war ein wundervoller Ort, ringsum Urwald, eine üppige Vegetation mit vielen, exotischen Blüten in bizarren Formen und leuchtenden Farben.
"Oh, ist das schön!" hauchte ich.
Wir waren um den großen Stein herumgegangen und vor mir lag ein kleiner See, leuchtend blau, an manchen Stellen schimmerte er grünlich.
Auf ihm schwammen große, weiße Seerosen oder waren das Lotusse?
Ich kam mir vor wie in einer Märchenwelt. Am Rand des Sees waren vereinzelt Steine, teilweise ganz überwuchert mit Schlingpflanzen oder mit Moos bedeckt.
Auf der gegenüberliegenden Seite war ein Felshügel aus dem ein kleiner Wasserfall hervorbrach. Auch da gab es Unmengen von Pflanzen, Arten, die ich nie zuvor gesehen hatte. Es war wild, exotisch und wunderschön!
"Ja, es ist wirklich bezaubernd!" sagte Lin.
"Präge dir das Bild dieses Ortes gut ein und du kannst dann, wenn du meditierst, jederzeit hierherkommen. Es ist ein ganz besonderer Ort, er dient der Heilung, der Regeneration und du kannst dich aufladen mit neuer Energie! So, nun geht es nach links!"

Ein kleines Stück am Ufer entlang, entdeckte ich zwei kleine, flache Steine, daneben einen großen, auf dem verschiedene Früchte ausgebreitet waren.
Dort setzten wir uns und begannen mit dem Frühstück. Hinterher redeten wir einige Zeit über meine überstandenen Abenteuer und dann erzählte ich ihm von meinem Traum.
"Was bedeutet er?" fragte ich schließlich gespannt.
"Das wirst du irgendwann zum richtigen Zeitpunkt selbst herausfinden!" sagte er lächelnd. "Deine Reise ist nun fast zu Ende, Kema. Es wird Zeit, daß wir gehen und du nochmals Squiesel wieder triffst!"
"Squiesel?" rief ich freudig aus. "Ach, schön!"
Wir erhoben uns.
"Doch, zunächst möchte ich dir noch jemand anderen zeigen!"
Erwartungsvoll schaute ich ihn an.
"Sieh` hinter dich!" sagte er, ich drehte mich um und erschrak.
Ein großer Grizzlybär stand hinter mir und richtete sich in voller Größe auf, hob die rechte Tatze und ließ ein gefährliches, durchdringendes Brummen hören. Mir lief es eiskalt den Rücken hinunter, ich kam mir neben ihm vor wie ein kleines Kind.
Doch ich nahm all meinen Mut zusammen und schaute ihn direkt an. Plötzlich wußte ich, daß er mir nichts tun würde, im Gegenteil!

Langsam ging ich auf ihn zu, er legte seine Tatze auf meine Schulter und da wußte ich, daß wir Freunde waren.
"Ja, das seid ihr!" sagte Lin. "Der Grizzly ist nicht dein einziger Freund, schau` um dich!"
Zuerst entdeckte ich eine Königskobra, die sich hoch aufrichtete und sich an mir hochschlängelte. Vorsichtig streichelte ich sie, ihre Haut war warm und samtweich!
Ein Adler kreiste über uns und landete schließlich auf meinem ausgestreckten Arm. Nachdem ich ihn ausgiebig betrachtet hatte, kletterte er vorsichtig auf meine freie Schulter.
Danach tauchte ein schwarzer Panther auf, er brüllte laut, kam näher und schmiegte sich an meine Beine.

Von irgendwoher kam ein Schmetterling angeflattert, ungewöhnlich groß mit einer wunderschönen Zeichnung. Er setzte sich auf meine linke Hand.
Erfreut betrachtete ich ihn genauer, seine Flügel schillerten in allen Regenbogenfarben!
Ein lauter Schrei ließ mich aufhorchen, das war doch...
"Sokrates!" rief ich begeistert aus.
"Hallo, Kema!" meinte er und ließ sich auf meinem Kopf nieder.
Ich kam gar nicht dazu, mehr zu sagen, denn etwas verschlug mir die Sprache! Erstaunt sah ich, daß ein Delphin heranschwamm, einfach so in der Luft! Er blieb direkt vor meinen Augen stehen und schaute mich vergnügt an, ganz sanft berührte er mich dabei im Gesicht!
Ich war vollkommen fassungslos, Tränen stiegen in mir hoch!
So stand ich da, überglücklich, die Tatze des Grizzlybären auf der einen, den Adler auf der anderen Schulter, die Schlange um den Hals, mit dem Panther zu meinen Füßen, dem Delphin vor mir, dem Schmetterling auf der Hand und der Eule auf dem Kopf!
Überwältigt schaute ich Lin an. Er betrachtete uns zunächst eine Weile ruhig und lächelte dabei.
"Diese Tiere, wie alles was existiert, repräsentieren bestimmte Kräfte." meinte er dann. "Der Grizzly steht für Ruhe, Entschlossenheit, die Kobra für Weisheit und Heilung, der Panther für Flexibilität und Anpassungsfähigkeit, der Adler für Freiheit, Distanz und Überblick, der Schmetterling für Leichtigkeit, Transformation und Veränderung, die Eule für Wissen, die Kräfte der Dunkelheit und die Erfahrung und schließlich der Delphin für Lebensfreude und Verspieltheit. Alle zusammen verkörpern zudem noch Mut, Intelligenz, Kraft, Stärke und ein Stück Wildheit. Mit den Energien der Elemente, die du in dir erschlossen hast, hast du auch ihre Energien in dir verankert und lebst sie schon zum Teil. Nun stehen sie dir symbolisch als Krafttiere zur Verfügung, wann immer du diese Kräfte oder auch nur eine Kraft weiterentwickeln möchtest oder sie dringend brauchst, konzentriere dich auf die Tiere, die dafür stehen und du wirst feststellen, wie sie verstärkt in dein Leben fließen. Befindest du dich in einer akuten Gefahr, dann rufe sie, sie werden kommen und dich beschützen! Und so wie du

sie als enge Freunde und Begleiter bekommen hast, so kannst du nach und nach noch mehr Freunde gewinnen und dir andere Kräfte erschließen. Schau` dich um, wenn du in die Natur gehst, alles lebt, alles verkörpert bestimmte Energien und du kannst an allem teilhaben! Das nächste Mal, wenn du auf ein Problem keine Antwort findest, dann gehe hinaus und frage die Bäume, den Wind, die Sonne, den Vogel, frage, wen auch immer du fragen willst, dann höre nach innen, ganz tief in deinem Herzen werden sie dir antworten! Früher gab es Zeiten, da war es für den Menschen vollkommen natürlich in dieser Art und Weise mit allem was lebt zu sprechen, Führung und Unterstützung zu erhalten. Sie lebten ruhig, harmonisch mit sich, den anderen und der Natur. Es gab keine Kriege, kein Leid, kein Hunger und keine Krankheiten. All dies Negative, das ihr erlebt, zeigt euch nur, wie weit ihr schon von dem entfernt seid, was ihr mal wart und wieder sein könntet. Es dient nur dazu, euer Gleichgewicht wieder herzustellen. Irgendwann werdet ihr alle begreifen, daß es all das nur gibt, weil in eurem Geist, eurem Denken ein Ungleichgewicht herrscht. Ihr seid an dies schon so gewöhnt, daß ihr mit euren Gedanken ständig noch zusätzliches Leid und Krankheiten erschafft. Trefft ihr zum Beispiel jemanden, der eine Erkältung hat, dann denkt ihr, oh, ich muß aufpassen, daß ich mich nicht anstecke, obwohl das unsinnig ist! Jede Krankheit hat einen geistigen/psychischen Hintergrund und stellt somit einen Ausgleich dar. Gleichzeitig stellt sie ein Lernprozeß dar, in dem sie euch veranlaßt, zu hinterfragen, warum ihr krank seid."

Er unterbrach sich, schaute mich aufmerksam an und als er merkte, daß ich alles verstanden hatte, fuhr er fort.

"Ihr sprecht von Unfällen, Zufällen, Schicksalsschlägen, Pech, Glück und dergleichen, erkennt aber nicht, daß ihr es selbst seid, die eure Realitäten erschafft! Jeder erschafft sich seine Realität durch seine eigenen Gedanken. So ist das! Verbinde dich mit den Energien um dich herum und nutze sie. Ich meine nicht das Benutzen oder Ausnutzen, sondern ein Bitten, ein Einladen und dankbar annehmen - ein Geben und Nehmen oder, wie unsere Philosophen es ausdrückten: Yin und Yang, ein Gleichgewicht schaffen! Geben sie dir etwas, gibst du ihnen etwas!

So, mein Kind, nun gehen wir weiter, vergiß` nie deine wahren Freunde!"

Ich genoß noch für einen Augenblick die Anwesenheit meiner neuen Freunde, ihre Energien und das Gefühl des Zusammengehörens.
Dann machten wir uns auf den Weg, um einen anderen Freund von mir wiederzutreffen - Squiesel! Bevor wir auf einem anderen Pfad in den Urwald verschwanden, drehte ich mich noch einmal um und schaute sie alle an. Obwohl ich wußte, daß ich sie immer wieder treffen konnte, war Traurigkeit in mir!
"Kommen und gehen, wiedersehen und Abschied nehmen, Yin und Yang!" sagte Lin. "Der Zweifel ist es, der diese negativen Gefühle in dir entstehen läßt. Der Zweifel, der die Einheit aufspaltet und aus der Eins die Zwei macht - Yin und Yang!"
Ganz tief in mir drin spürte ich die Bedeutung dieser Worte und sie trösteten mich, ich lächelte ihm dankbar zu und er lächelte zurück. Dann setzten wir unseren Weg fort!

Der Pfad schlängelte sich in kleinen Windungen durch den Urwald. Stumm wanderten wir langsam weiter, ich konnte mich nicht satt sehen an all den schönen Pflanzen und Blumen um uns herum.
Nach einiger Zeit kamen wir aus dem Wald heraus und überrascht blieb ich stehen!
Das kannte ich doch! Das war doch der Hügel, auf dem ich mich von Squiesel verabschiedet hatte. Ich erkannte es sofort wieder, dort unten das Tal, in der Ferne der Wald, in dem ich Sokrates zum ersten Mal begegnet war, und dahinter der Berg, auf dem der Einsiedler lebte!

"Ich bin im Kreis gegangen!" rief ich verblüfft aus und schaute Lin an.
Er nickte lächelnd.
"Ja, aber auch nein. Es kommt dir so vor, wie wenn du im Kreis gegangen wärst, äußerlich scheint es auch so. Aber fühlst du dich denn wirklich so wie zu dem Zeitpunkt, als du das erste Mal hier auf dem Hügel gestanden hast?"

"Nein, natürlich nicht!"
"Du bist reifer geworden, hast Erfahrungen gesammelt, neue Erkenntnisse gewonnen - kurzum, du hast dich innerlich verändert, oder?"
Erstaunt nickte ich.
"Das heißt, du bist nur scheinbar im Kreis gelaufen, in Wirklichkeit hast du dich auf einer Spirale nach oben bewegt. Du erkennst zwar den Ausgangspunkt wieder, bist aber auf einer höheren Ebene in deinem Bewußtsein - das ist Evolution, Kema!"
Ich schaute ihn nur stumm an und wartete gespannt darauf, was er noch sagen würde.
"Entwicklung verläuft immer in Spiralen. Wenn du genauer darüber nachdenkst, wirst du das überall bestätigt finden. Der Kreislauf Leben, Tod, erneutes Leben ist in Wirklichkeit eine Spirale, die sich immer höher aufschwingt, langsam aber stetig, zu höheren Bewußtseinsformen!"
Schweigend standen wir da und betrachteten die Umgebung.

"Huhu!" ertönte plötzlich eine vertraute Stimme hinter uns.
Abrupt drehte ich mich um, da war er, Squiesel!
Freudig lief ich auf ihn zu, wir umarmten uns und er klopfte mir anerkennend auf die Schulter.
"Ich wußte, daß du das alles gut überstehst!" grinste er.
"Dann wußtest du mehr wie ich!" lachte ich erleichtert.
"Natürlich!" meinte er daraufhin und versuchte verzweifelt überheblich dreinzublicken.
Einerseits war ich froh, daß die Aufregungen nun vorüber waren, aber andererseits war ich auch traurig darüber.
"Tz, tz, tz!" sagte er zu Lin gewandt. "Das ist wieder typisch Kema! Steckt
sie in einem Abenteuer drin, dann will sie so schnell wie möglich heraus. Hinterher wünscht sie sich dann, es nochmals durchleben zu können!"
Das war wieder genau treffend und wir mußten alle lachen.
"Ja, das stimmt!" sagte Lin wieder ernst geworden.
"Kema, das ist etwas, was du noch unbedingt lernen mußt! Genieße den Augenblick so wie er ist. Erlebe ihn mit vollem Bewußtsein,

denke nicht ständig an die Vergangenheit oder die Zukunft! Es gibt Menschen, die hängen ständig an Vergangenem, andere leben nur in der Zukunft und sind dann enttäuscht, wenn sie zur Gegenwart wird. Doch nur im Jetzt, in der Gegenwart, lebst du wirklich. Nur im Jetzt hast du die Möglichkeit, dir eine schöne Vergangenheit zu schaffen und einen Grundstein für die Zukunft zu legen. In der Gegenwart, im bewußt erlebten Augenblick, schaffst du deine Vergangenheit und deine Zukunft, nur hier sind Veränderungen möglich! Denn, wie schon viele weise Menschen erkannten, das Heute ist das Gestern von Morgen, Kema, vergiß das nie!"
Beide schauten mich liebevoll lächelnd an.
"Es wird Zeit, Kema!" sagte Squiesel. "Wir müssen dich zurückbringen!"

Hintereinander drückten wir uns durch die Felsspalte und standen in dem langen Gang.
"Lin bringt dich wieder zurück!" sagte Squiesel und umarmte mich.
"Na, na!" meinte er, als er mein trauriges Gesicht sah.
"Wir werden uns bald wiedersehen und dann kannst du mich oft besuchen kommen. Genauso, wie du es früher getan hast! Die Tür steht für dich jetzt wieder offen, Kema!"
Das tröstete mich etwas, ich gab ihm zum Abschied noch einen Kuß.
"Nun verschwinde schon!" meinte er verlegen.
Lin nahm mich am Arm und führte mich den Gang entlang und Squiesel verschwand schnell in der Höhle.

Lin bog die Zweige auseinander und ließ mich vorangehen. Da waren wir wieder auf dem Berg, es schneite nach wie vor kräftig.
Ich fühlte mich so losgelöst von allem, innerlich war ich bis oben hin angefüllt mit all den Erlebnissen. Alles war so klar, einfach und leicht, ja, und irgendwie selbstverständlich!
Lin übernahm wieder die Führung, wir gingen den Pfad nach unten. Doch anstatt ins Dorf zu gehen, schlugen wir die entgegengesetzte Richtung ein. Schließlich erkannte ich den Weg wieder, der mich ganz am Anfang ins Dorf geführt hatte. Er hakte sich bei mir ein

und schweigend gingen wir zum Durchgang. Es gab nichts zu sagen im Moment und meine Gefühle kannte er ohnehin, das wußte ich. Er blieb stehen und schaute mich lange liebevoll an, dann griff er nach seiner Tasche und zog ein gerolltes Papier heraus.

"Mein Geschenk für dich, Kema!"

Behutsam nahm ich es entgegen und rollte es auf. Es war ein wunderschönes Bild im Stil chinesischer Malerei. Es zeigte den Hügel, die Ebene, links den Urwald und den Kraftort, in der Ferne den Berg mit dem Einsiedler und auf dem gesamten Bild verteilt, waren die Krafttiere zu sehen.

"Ach, ist das schön!" seufzte ich. "Ich danke dir, Lin!"

Vorsichtig legte ich es in meinen Beutel mit all den vielen anderen Geschenken. Es waren sieben, Moment mal, es waren auch sieben Tiere gewesen! Überrascht schaute ich ihn an.

"Ja, sieben ist eine wichtige Zahl!" sagte er lächelnd. "Auch die drei, die vier, die neun und die dreizehn sind wichtig! Es gibt noch viele bedeutsame Zahlen, aber akzeptiere es im Moment einfach so wie es ist, du wirst es irgendwann von ganz alleine verstehen! Du mußt jetzt zurückgehen, Kema!"

Er verneigte sich tief vor mir und ich tat es ihm gleich.

Als ich aufblickte, war er verschwunden!

Gleich darauf wurde mir schwindlig, alles drehte sich um mich herum, ich fiel in einen tiefen Abgrund und glitt durch etwas Kaltes in eine absolute Dunkelheit...

Weihnacht

Die Kirchturmuhr schlug, ich zuckte zusammen, vier hellere Töne und dann ein dunkler!
Mein rechter Fuß kribbelte unangenehm, ich öffnete meine Augen, aber alles drehte sich vor mir, daher kniff ich sie schnell wieder zu. Ein leises Winseln ließ mich aufhorchen, wieder fuhr ich zusammen, etwas hatte sich auf meinen Arm gelegt. Langsam öffnete ich nun meine Augen wieder und atmete erleichtert auf - es war Bandit, sie hatte mit ihrer Pfote meinen Arm berührt! Nun saß sie da und schaute mich mit schiefgelegtem Kopf fragend an.
"Alles o.k., Bandit!" krächzte ich heiser.
Mühsam bewegte ich meine Beine, die Arme, streckte mich und sprang dann schnell auf. Das Kribbeln im Fuß war noch extremer geworden, er war eingeschlafen! Ich lief ein bißchen hin und her, bewegte meine Glieder, ich kam mir dabei so unbeholfen vor, wie wenn ich nicht so recht die Kontrolle über meinen Körper hätte. Alles war so schwer und beengt!
Bandit ließ mich nicht aus den Augen, ich tätschelte sie ein bißchen und murmelte beruhigend auf sie ein.

Was war geschehen? Mein Blick blieb an der Schneekugel hängen, ich war doch... nein, das geht doch nicht, ich muß wohl eingeschlafen sein und geträumt haben! Ich konnte unmöglich in der Kugel gewesen sein und all dies erlebt haben! Oder doch?
Bleierne Müdigkeit überkam mich schlagartig, ich konnte mich kaum noch auf den Beinen halten.
Langsam zog ich die Decke auf dem Bett zur Seite, setzte mich auf den Rand. Mir war warm und so zog ich die Hose aus und schleuderte sie mit einem kräftigen Fußtritt in eine Ecke.
Ach, die Schneekugel sollte ich doch ausmachen. Ich war aber viel zu müde und kroch nur noch unter die Decke. Ich konnte schon gar nicht mehr klar denken und kuschelte mich zufrieden ein.
Schon halb im Schlaf öffnete ich noch einmal meine Augen und schaute nach oben zum Dachfenster hinaus - eine schöne, große Sternschnuppe flog quer über den Himmel!
"Ich muß mir was wünschen!" dachte ich. "Etwas wün..."

Ich kämpfte gerade verbissen gegen das große Ungeheuer mit den grünen Augen, da fing es auf einmal an zu schnurren. Es schnurrte immer lauter und lauter und dann kitzelte es mich am Ohr!
Schnell öffnete ich meine Augen und sah in zwei große Katzenaugen, die mich forschend ansahen!
"Ach, du bist`s, Danny!" brummte ich.
Sie stupste mich mit ihrer Schnauze und schleckte schnell einmal über meine Nase.
"Hör` auf!" knurrte ich und kroch ein Stück tiefer unter die Decke.
Sogleich machte sie sich daran, mich durch heftiges Kratzen wieder freizulegen.
"Ist ja gut! Ich stehe ja gleich auf!"
Langsam schälte ich mich aus meiner Decke und streckte mich gähnend. Danny flitzte schnell zur Tür, schaute prüfend zurück, ob ich auch tatsächlich hinterherkommen würde und sauste dann hinaus.
Ich blickte auf die Uhr, es war schon kurz nach elf - kein Wunder also, daß Danny Hunger hatte!
Müde tapste ich in den Raum, der für meine Tiere bestimmt war. Sie waren dort schon versammelt und blickten mich erwartungsvoll an.
Ich versorgte alle und während sie vor sich hinschmatzten, überlegte ich, ob ich mich noch eine Weile ins Bett verkriechen sollte, denn ich war immer noch müde. Mein Magen fällte die Entscheidung, denn er gab ein unüberhörbares Knurren von sich!
Ich ging zuerst nach unten, setzte Kaffee auf und zwischenzeitlich wollte ich duschen. Brr, war das ekelhaft naß!
Doch danach war ich endlich soweit munter und mir fiel ein, daß ich die Schneekugel vergessen hatte auszuschalten. Ich ging ins Schlafzimmer, doch die Kugel war aus! Seltsam, ich war ganz sicher, sie nicht ausgeschaltet zu haben! Ich zuckte mit den Schultern, da hatte ich mich eben geirrt!
Den Jogginganzug schnappte ich noch und stopfte ihn im Badezimmer in den Wäschekorb, dann ging ich nach unten, um endlich zu frühstücken!

Es begann wieder zu schneien, der Himmel war ganz grau, vermutlich würde da heute noch eine ganze Menge herunterkommen!
Nach dem Frühstück erlaubte ich es mir, über die seltsamen Geschehnisse in der Nacht nachzudenken.
Es mußte einfach ein Traum gewesen sein, doch andererseits hatte ich noch nie so einen langen und klaren Traum gehabt! Ich drehte mich gedanklich ständig im Kreise!
Lin Yutang!
Natürlich, das war`s! Kerzengerade richtete ich mich auf! Ja, klar, warum war mir das nicht sofort eingefallen?
Gleich nach den Feiertagen würde ich zu ihm gehen und alles mit ihm besprechen. Er kam ja auch in diesem merkwürdigen Traum vor und konnte mir sicher alles erklären!
Erleichtert lehnte ich mich zurück und nahm mir vor, das Erlebte zunächst einfach mal beiseite zu stellen, bis ich mit dem Chinesen gesprochen hatte.

Ganz so einfach war es jedoch nicht, immer wieder wanderten meine Gedanken zurück zu Squiesel und all den anderen. Den ganzen Tag über war ich immer wieder tief in Gedanken versunken, was Bandit überhaupt nicht behagte!
Ich schaute einen Film an, doch hinterher wußte ich nicht mehr, wovon er gehandelt hatte. Später versuchte ich einen Brief zu schreiben, aber ich saß nur grübelnd vor einem leeren Blatt Papier, was mir bis dahin noch nie passiert war. Ich hatte zu nichts rechte Lust und war auch gar nicht so richtig da!

Erst spätabends, als ich noch einen kleinen Spaziergang mit Bandit machte, kam ich zu einem Entschluß.
Gleich am nächsten Tag wollte ich alles aufschreiben, von Anfang bis zum Ende, nein, besser noch auf mein Diktiergerät sprechen, so würde es schneller gehen!
Zufrieden legte ich mich dann später schlafen. Genau so würde ich es machen, ob es nun real war oder nicht, es war auf jeden Fall wert, daß ich es aufschreibe. Zudem würde dann der Tag schneller vorbei

sein und am darauffolgenden Tag könnte ich gleich morgens in die Stadt fahren und die ganze Sache aufklären!
Recht schnell schlief ich ein und wachte erst nach über zwölf Stunden wieder auf! Trotzdem war ich total übermüdet, was ich gar nicht verstehen konnte! Nun ja, auch das konnte ich Lin dann fragen!

Den zweiten Feiertag verbrachte ich damit, das gesamte Erlebnis von Anfang an auf Band zu sprechen. Ich machte zwischendurch nur Pausen, um etwas zu essen oder die Tiere zu versorgen. Natürlich ging ich auch am Nachmittag mit Bandit zum spazieren. Der Schnee war sehr hoch und es schneite immer noch, beide hatten wir Mühe voranzukommen und Bandit drängte bald wieder nach Hause. Ihr gefiel zwar Schnee, aber solche Mengen? Das war dann doch etwas zuviel!
Abends räumte ich dann noch die Wege frei und ging recht früh schlafen. Den Wecker hatte ich mir auf sieben Uhr gestellt und ich war froh, nun endlich Näheres erfahren zu können.

Was ist Realität?

Wütend versuchte ich zu ergründen, was da so ekelhaft laut fiepte. Ich hatte plötzlich etwas kleines Rechteckiges in der Hand. Was ist das nur? Und warum piepste es denn?
Kurz entschlossen löste ich das Problem, indem ich das Ding einfach unter mein Kissen stopfte. Dann drehte ich mich um und zog die Decke über den Kopf!

Nach einiger Zeit kam ich vollends zu mir. Wo war der Wecker nur geblieben?
Leise piepste es immer noch unter dem Kopfkissen, ich schaltete ihn schließlich ganz aus.
Warum bin ich nur so hundemüde?
Schnell stand ich auf, aus Angst, ich könnte wieder eindösen.

Ich war sehr aufgeregt und gespannt auf das Gespräch mit dem Chinesen. Zügig versorgte ich meine Tiere und frühstückte hastig, ich konnte es kaum erwarten, Antworten auf meine Fragen zu bekommen. Es dauerte nicht lange und bald befand ich mich auf dem Weg in die Stadt, es hatte aufgehört zu schneien und der Himmel war klar.
Unterwegs konnte ich immer wieder Leute beobachten, die fluchend den vielen Schnee von ihren Autodächern fegten. Manche Autos sahen putzig aus, es waren nur noch kleine Schneehügel zu sehen!

In der Stadt war nicht allzu viel los und ich war froh darüber. Menschenmengen hätte ich an diesem Tag nicht gebrauchen können!
Endlich bog ich in die Straße ein, in der Lin Yutang`s Geschäft lag.
Ich beschleunigte meine Schritte und ging zügig in den Hinterhof.
Betroffen blieb ich stehen!
Fassungslos schaute ich umher - da war nichts, absolut gar nichts!
Nur eben ein Hinterhof!
Nun begriff ich gar nichts mehr!
Hatte ich das auch alles geträumt? Was war nur los mit mir? Drohte ich den Verstand zu verlieren?
Panik stieg in mir auf und ich war nahe daran einfach loszuheulen.

"Reiß` dich zusammen!" schalt ich mich innerlich. "Vielleicht bist du auch in der falschen Straße oder im falschen Hof!"
Ich ging wieder zurück und schaute mich gründlich um.
Doch, ich hatte mich nicht geirrt, es war die richtige Straße und auch der richtige Hinterhof!
Ratlos stand ich wieder im Hof, da kam ein alter Mann auf mich zu.
"Suchen Sie was?" fragte er freundlich lächelnd und nickte mir aufmunternd zu.
"Mh, ich weiß nicht," stammelte ich, "gab es hier nicht mal ein Antiquitätenladen, den ein Chinese betrieben hat?"
"Ein Antiquitätengeschäft?" fragte er zurück, legte seine Stirn in Falten und dachte angestrengt nach. Schließlich hellte sich sein Gesicht auf.
"Aber ja, natürlich!" rief er. "Das hätte ich fast vergessen, ich wohne schon sehr lange hier! Klar, das Geschäft gab es hier auf dem Hof. Ein kleiner Laden, vollgestellt mit allem möglichen alten Kram und der Chinese hieß, mh, warten Sie mal, Li..., mh, Li Ütan oder so ähnlich!"
"Lin Yutang!" fiel ich ihm begeistert ins Wort.
"Ja, ja, genau, Lin Utan!" meinte er. "So hieß er! Ein sehr netter Mann, so höflich und wohlerzogen, nur schade, daß so ein Chaos in dem Laden herrschte!"
"Genau der ist es!" bestätigte ich eifrig. "Den meinte ich!"
Der alte Mann schaute mich plötzlich mißtrauisch von der Seite an.
"Aber, woher wissen Sie das, junge Dame? Das ist schon, warten Sie mal, ja, gut 40 Jahre her!"
Fassungslos schaute ich ihn an und sein Gesicht verfinsterte sich immer mehr.
Oh je, er mußte mich wohl für komplett verrückt halten!
"Wissen Sie, es ist so..." begann ich und überlegte fieberhaft, was ich sagen könnte. "Mein Großvater erzählte mir an Weihnachten davon und da ich, äh, einen antiken Tisch suche, ehm, meinte er, ich solle hier mal nachsehen!"
Ich bekam einen hochroten Kopf vor lauter Verlegenheit, du meine Güte, was faselte ich da nur zusammen?
"Nun ja, aber nach über 40 Jahren, da muß man doch davon ausgehen, daß es hier nichts mehr gibt!" erwiderte er und blickte

mich immer noch skeptisch, aber nicht mehr gar so finster an.
Ich lachte verlegen.
"Ja, sicher, das hatte ich ihm auch gesagt! Aber er meinte, ich solle einfach mal hingehen, ja, er bestand regelrecht darauf, wenn ich, ehm, sowieso schon in der Nähe sei!"
"Ach so!" meinte der Alte dann wieder etwas freundlicher. "Tja, tut mir leid, daß ich nicht behilflich sein konnte!"
"Trotzdem, vielen Dank!" sagte ich erleichtert.
"Ich muß weiter! Dann viel Erfolg noch und einen guten Tag!"
"Das wünsche ich Ihnen auch und danke nochmals für die Auskunft!"
Erleichtert beobachtete ich, wie der Mann davonstapfte.
Ratlos stand ich da und schaute auf die Stelle, an der vor über vierzig Jahren Lin`s Laden gestanden hatte.
Was nun? Müde wandte ich mich zur Einfahrt zu und es war mir, als hätte ich im Augenwinkel etwas aufblitzen sehen. Abrupt drehte ich mich um und schaute zurück, nein, da war nichts!
Ich ging zurück zur Straße und stand plötzlich vor der Katze - kein Zweifel, es war Lin Yutang`s Katze!
Sie schaute mich unverwandt an und raste dann blitzschnell in den Hof, ich folgte ihr keuchend vor Aufregung!
Doch im Hof war sie nicht mehr! Er lag noch genauso verlassen da wie zuvor! Verwirrt strich ich mir über die Augen! Der Hof war leer!
Enttäuscht ging ich wieder zur Straße, ich war vollkommen durcheinander und wollte nur noch eines - so schnell wie möglich nach Hause fahren!
Daheim angekommen, war ich sehr traurig, enttäuscht und auch verängstigt! Ich wußte nicht, wen ich jetzt anrufen könnte, doch mir war klar, ich mußte so bald wie möglich mit irgendjemandem darüber sprechen, bevor ich noch den Verstand zu verlieren drohte!

Nach dem Mittagessen war mir schon etwas wohler, ich kuschelte mich auf dem Sofa ein und alle meine Tiere waren um mich herum. Ich war so froh darüber, die Nähe tat mir gut und ich schlummerte friedlich ein.
Ich träumte von allen, von Squiesel, Achat, Lin Yutang, die Katze,

die Elfen, Neptun, Knork und allen anderen. Sie standen alle vor mir und schauten mich betrübt an.
„Kema!" sagte Squiesel ernst. "Du bist nicht verrückt, es ist alles real!"
Verschwitzt fuhr ich aus dem Schlaf! Das war so wirklich, alle meine Freunde waren so greifbar nahe, so lebendig gewesen!
Was ist Realität? Wer kann sagen, was real ist und was nicht?
Müde strich ich mir die Haare aus dem Gesicht und stand auf. Einem Impuls folgend ging ich nach oben ins Schlafzimmer.
Da stand die Schneekugel und sie war angeschaltet!
Langsam und nachdenklich strich ich über das Glas, ich fühlte sie, sah sie - sie war zweifellos da!
Was ist real und was nicht? Gab es überhaupt eine objektive Realität?
Warum empfindet der eine Mensch dieselbe Sache anders wie ein anderer? Das bewies doch eindeutig, daß die Realität grundsätzlich subjektiv ist, also, daß jeder in seiner eigenen geschaffenen Realität lebt!
Aber, war das nicht genau das, was Squiesel und die anderen auch sagten, nur mit anderen Worten?
"Hab` Mut, mein Kind!" hörte ich eine dunkle Stimme ganz leise in mir. "Wenn du zurückkommst in deine Welt, wird dir alles zunächst wie ein Traum vorkommen. Dein logischer Verstand wird nach Beweisen suchen und zunächst keine finden. Doch dann werden dir Zeichen gesandt werden, du wirst wissen, daß alles, was du erlebt hast, real ist. Dies hier ist nur eine der vielen verschiedenen Wirklichkeiten!"
Gebannt schaute ich vor mich hin. Wer hatte das gesagt? Ja, Mutter Erde war es gewesen!
Zeichen? Ich war wie elektrisiert, die Katze heute, die einfach verschwand, das war doch ein Zeichen! Aber sie sprach von mehreren Zeichen, nicht nur einem, also, was noch?
Die Geschenke meiner Freunde, könnte es sein, daß ...
Aufgeregt rannte ich ins Badezimmer und stülpte den Wäschekorb um. Ungeduldig wühlte ich in den Sachen, da, das war die Jogginghose, die ich angehabt hatte!

Ich griff in die Tasche und erstarrte! Eiskalt lief es mir da den Rücken hinunter, ich hatte einen Beutel in der Hand!
Langsam zog ich ihn heraus, mein Herz pochte wie wild, und öffnete ihn. Eins nach dem anderen kam zum Vorschein, die Muschel, der Schneekristall, der Anhänger, die Holzfigur, der Kristall, das zusammengerollte Bild und schließlich die Münze! Ungläubig starrte ich auf alles und strich mir ein paar Mal über die Augen.
Das waren die Zeichen!
Es war wahr, ich hatte dies alles erlebt - es war real!
Ich wurde mit einem Mal ganz ruhig und eine unbeschreibliche Freude durchströmte mich. Langsam packte ich eines nach dem anderen wieder in den Beutel und ging nach unten. Dort öffnete ich die Glastür zum Garten und trat ins Freie. Tief sog ich die kalte, klare Luft ein!
"Mutter Erde?" fragte ich zaghaft.

"Ja, mein Kind!"

Anhang

Bei einigen Begriffen gibt es sehr viele unterschiedliche Deutungen und Erklärungen. Ich erhebe mit nachfolgenden Erläuterungen keinen Anspruch darauf, die einzig richtige Deutung gefunden zu haben. Es ist so erklärt, wie ich persönlich es als wahr empfinde.
Jeder sollte für sich selbst prüfen und entscheiden, was er für sich übernehmen kann und was nicht!

ÄTHERKÖRPER	erster feinstofflicher Körper, Bindeglied zum physischen Körper, das sich 3 - 5 Tage nach dem physischen Tod wieder auflöst.
ASTRALKÖRPER	oder auch Emotionalkörper, zweiter feinstofflicher Körper, Träger unserer Gefühle und Charaktereigenschaften. Löst sich später auch auf.
ASTRALEBENE	Nach dem physischen Tod befinden wir uns zunächst auf dieser Ebene. Auch im Schlaf können wir aus dem Körper herausgehen und verschiedenen Lebewesen begegnen, uns mit ihnen unterhalten, die unterschiedlichsten Orte besuchen. Das nennt man dann ASTRALREISE. Manche Menschen können das bewußt in einer Meditation, sehr viele reisen unbewußt in der Nacht und haben kaum oder gar keine Erinnerung mehr daran. Diese Ebene ist in verschiedene Stufen unterteilt, wie auch die Mental- und Kausalebene.
AURA	Ausstrahlung. Jeder feinstoffliche Körper hat eine Aura. Zusammen ergeben sie dann die Gesamtaura.
CHAKREN	Chakra bedeutet so viel wie "Rad". Es sind feinstoffliche Energiezentren, die ihren Sitz im Ätherkörper haben. Sie sehen wie Wirbel, Räder oder Blütenkelche aus und sie dienen zur Aufnahme, Umwandlung und Weitergabe von Energien. Es gibt sieben Hauptchakren und unzählige Nebenchakren. Blockaden in den Chakren können psychische als auch physische Beschwerden auslösen.

HÖHERES SELBST	Göttlicher Funke eines jeden Lebewesens. Der innere Führer, Heiler, der über die innere Stimme, die Intuition zu der Persönlichkeit spricht. Im Prinzip brauchen wir keine äußeren Führer, ist die Verbindung zum Höheren Selbst ausgeprägt, kann man nicht fehl gehen. Alles ist in dir! Erkenne dich selbst!
INKARNATION	bedeutet so viel wie "Fleischwerdung", d.h., in die Materie geboren werden.
KARMA	Konzept (aus dem Hinduismus) von Ursache und Wirkung. Hat die Bedeutung von "Tat" oder "Tun". Gute Taten erzeugen gute Gelegenheiten, böse Taten erzeugen Leid. Wir kennen das Sprichwort "So wie man in den Wald hineinruft, schallt`s heraus!" oder "Was du säest, das wirst du ernten!", was diesem Konzept genau entspricht! Letztendlich dient alles zur Weiterentwicklung. Gerade durch negative Geschehnisse kann man, sofern man offen ist, am meisten lernen, sich am schnellsten weiterentwickeln.
KAUSALKÖRPER	auch Spiritueller Körper genannt. Vierter feinstofflicher Körper. Speicher aller Erlebnisse aller Inkarnationen. Löst sich erst auf, wenn das Höhere Selbst des Wesens sich in das Göttliche ganz zurückziehen will.
KRAFTPLÄTZE	Orte auf der Erde, die Kraft ausstrahlen und an denen man neue Energie auftanken kann.

KRAFTTIERE	von Indianern auch Totemtiere genannt. Tiere, Pflanzen, Steine verkörpern bestimmte Energien. Will man eine spezifische Energie in seinem Leben verstärken, ist es hilfreich, sich das Bild des Lebewesens, das diese Energie verkörpert, vorzustellen, darüber zu meditieren. Im Laufe der Entwicklung ist es möglich, daß man im Traum oder in der Meditation Krafttiere zugewiesen bekommt. Das heißt zum einen, man hat sich diese Kräfte ganz oder teilweise erschlossen und zum anderen stehen einem auf der feinstofflichen Ebene nun zusätzliche Helfer zur Verfügung. Es ist ein Geschenk!
MENTALKÖRPER	dritter feinstofflicher Körper, Träger unserer Gedanken und Ideen, rationalen sowie intuitiven Erkenntnissen. Löst sich später auch auf.
NATURGEISTER	Erd-/Feuer-/Luft- und Wassergeister. Die Namen und den Zweck, den sie erfüllen, variieren. Es gibt auch verschiedene Namen für ein und dasselbe Lebewesen, was zur Verwirrung noch beigetragen hat. Man sollte sich vielleicht nicht so sehr an den einzelnen Begriffen festklammern, sondern sich an die Grundidee halten, die dahintersteht! Die gesamte Natur ist belebt, auch scheinbar "tote" Gegenstände wie Steine, sind beseelt. Alles ist lebendig und steht untereinander in Beziehung. Wenn man mit Respekt an diese Wesen herangeht und sich öffnet, kann man sehr viel lernen und Unterstützung ganz allgemein erfahren.
REINKARNATION	Wiedergeburt in der Materie
SILBERSCHNUR	Die feinstofflichen Körper sind über diese Schnur mit dem physischen Körper verbunden. Einer Nabelschnur gleich, doch unendlich weit dehnbar. Erst wenn sie zerreißt, stirbt der Körper!

Weiterführende Literatur

Thema	Autor	Titel	Verlag
KRAFTPLÄTZE	David Luczyn	"Magisch reisen - Deutschland. Ein Führer zu Orten des Lichts und der Kraft"	Goldmann Verlag
NEUES ZEITALTER	Silvia Wallimann	"Die Umpolung. Vom Materiellen zum Geistigen"	Verlag Hermann Bauer
	Barbara Marciniak	"Boten des Neuen Morgens"	Verlag Hermann Bauer
SPIRITUELLE LEBENSHILFE	Sanaya Roman	"Sich dem Leben öffnen" Band 1	Ansata Verlag
		"Sich den Höheren Energien öffnen" Band 2	Ansata Verlag
		"Zum Höheren Selbst erwachen" Band 3	Ansata Verlag
	Shakti Gawain	"Leben im Licht"	Peter Erd Verlag
NATURGEISTER	Ted Andrews	"Zauber des Feenreichs. Begegnung mit Naturgeister"	Smaragd Verlag
CHAKREN	Shalila Sharamon u. Bodo J. Baginski	"Das Chakra-Handbuch"	Windpferd Verlag
	Genevieve Lewis Paulson	"Das Kundalini Handbuch"	Windpferd Verlag
ALTERNATIV HEILEN	Irene Dalichow u. Mike Booth	"Aura-Soma. Heilung durch Farbe, Pflanzen- und Edelsteinenergie"	Knaur Verlag